Stacy Eldredge

Werden wie du mich siehst – für junge Frauen

Über die Autorin

Stacy Eldredge leitet die Frauenarbeit von *Ransomed Heart Ministries.* Mit ihrem Mann John hat sie den sehr erfolgreichen Titel „Das wilde Herz der Ehe" veröffentlicht. Über drei Millionen Exemplare ihrer Bücher wurden bislang verkauft. Sie lebt mit ihrer Familie in Colorado Springs, USA.

stacy eldredge

Werden wie *du* mich siehst

Gottes Traum für dein Leben

Aus dem Englischen von Marion Achenbach

für junge Frauen

GerthMedien

Wenn ihr seid, was ihr sein sollt,
werdet ihr die Welt in Brand setzen.
Katharina von Siena

Für alle Mädchen auf der ganzen Welt,
die mit einem Leben in der Liebe die Welt in Brand
setzen wollen.

* für
Noi
von Mama

im September 2016

Einleitung

Dieses Buch ist genau das richtige für dich, wenn du dich nach mehr sehnst.

Nach mehr Freude.

Nach mehr Freiheit.

Nach mehr Hoffnung.

Mehr Heilung.

Mehr Leben!

Wenn du mehr lachen

und freundlicher sein willst.

Wenn du glücklicher sein willst.

Wenn du mehr *du selbst* sein willst.

Wenn du mehr lieben willst, Gott besser kennen möchtest und dich in deiner Haut wohler fühlen willst.

Ganz ehrlich, wer will das nicht?

Es gibt in uns so etwas wie eine „heilige Unzufriedenheit". Das ist so ein unbeständiges inneres Gefühl, das nicht in Selbstverachtung endet, sondern ein leidenschaftliches Bedürfnis nach dem Gott in dir weckt, der sagt: „Das ist noch nicht alles im Leben!"

Ich möchte mehr. Und ich wette, du möchtest das auch.

Hallo erst mal! Ich bin Stacy und, zugegeben, es ist schon eine Weile her, dass ich zur Schule gegangen bin, oder dass jemand meinen Personalausweis verlangt hat, weil ich eine Flasche Wein für eine Einweihungsparty kaufen wollte. Damit du gleich Bescheid weißt: Ich habe die 50 schon überschritten. Aber ich bin weder deine Lehrerin noch deine Tante noch deine Schwester, die Leiterin deiner Jugendgruppe, deine Nachbarin oder deine Mutter. Ich habe bis jetzt schon so einige Lebenserfahrungen gesammelt und sowohl von älteren als auch von jüngeren Frauen, denen ich begegnet bin, eine Menge gelernt. Einiges davon möchte ich gerne mit dir teilen. Bist du bereit? Dann fangen wir gleich einmal mit einer ultimativen Lebensweisheit an:

Tröste dich. Es wird besser.

Du glaubst das nicht? Ist aber so. Gibt es Dinge, mit denen du gerade so richtig zu kämpfen hast? Nun, das Leben ist manchmal hart, aber ich kann dir versichern, dass es besser wird. Hand aufs Herz!

Du wirst deinen Weg finden. Du wirst dich weiterentwickeln, immer mehr den Durchblick bekommen und irgendwann die Veränderung feststellen, nach der du dich jetzt so sehr sehnst. Denn Jesus ist auch noch da. Bei Jesus ist Veränderung nicht nur möglich, sondern er verspricht sie uns sogar.

Wir alle aber stehen mit unverhülltem Gesicht vor Gott und spiegeln seine Herrlichkeit wider. Der Herr verändert uns durch

seinen Geist, damit wir ihm immer ähnlicher werden und immer mehr Anteil an seiner Herrlichkeit bekommen.
2. Korinther 3,18

Du wirst verändert, damit du Jesus immer ähnlicher wirst. Er hat dich auserwählt, und was er in dir angefangen hat, wird er auch zu Ende führen. Du bist nicht auf dich allein gestellt. Aber dein Einsatz ist gefragt! Denn du spielst eine aktive Rolle in deinem Leben. Jesus will, dass du die Freiheit hast, du selbst zu sein, dass du dich anderen zeigst, so wie du bist, und Freude daran hast. Willst du das auch? Dann lass uns loslegen! Ich bin überzeugt: Dieses Buch hält ein paar wunderschöne Schätze für dich bereit!

Ein kurzer Überblick

Ich wünsche mir natürlich, dass du dieses Buch liest. Das wäre echt cool. Noch cooler wäre es, wenn du das Buch zusammen mit Freunden liest und ihr eure Gedanken darüber untereinander austauscht. Teile dein Leben mit anderen! Dieses Buch ist kein Ratgeber; es ist ein Buch über die Reise deines Lebens. Falls du mich trotzdem um ein paar praktische Tipps für dein Leben bitten würdest, würde ich dir Folgendes raten, und du könntest dir diese Tipps sogar auf ein Poster schreiben und an die Wand hängen:

Geh mit Köpfchen an die Sache ran. Sei stark. Sei freundlich. Zeig dich von deiner besten Seite. Sei mutig. Sei DU. Achte auf dein Inneres, auch auf deinen Körper. Erlaube dir zu träumen.

Stell Fragen. Durchbrich Schranken. Schreibe kleine Dankeskärtchen. Streck dich nach der Wahrheit aus. Und nach Heilung. Folge Jesus nach.

Sei fröhlich. Lass das Leben in dir sprudeln. Kümmere dich mehr um dein Inneres als um dein Äußeres. Sag dir selbst, dass du wunderschön bist. Geh spazieren. Hab Träume. Mach einen Selbstverteidigungskurs. Sei hilfsbereit. Setz dich für andere ein, die in Not sind. Finde deine Leidenschaften. Lies ein Buch und hab Spaß dabei. Bete. Hör zu.

Finde Bilder in den Wolken. Lache über dich selbst. Schenke Fremden ein Lächeln. Sei großzügig in dem, was du gibst. Sei gastfreundlich. Sag einfach danke, sooft du kannst. Unterdrück deine Intuition, dein Bauchgefühl, nicht. Achte beim Begrüßen auf einen festen Händedruck. Sieh anderen in die Augen.

Bitte Gott, dass er dir seine Liebe zeigt. Sei achtsam. Vergib anderen, die dich verletzt haben. Trenn dich von Leuten, die keine wahren Freunde sind. Schau nicht zurück. Probier Neues aus. Geh zum Bowlen. Geh in den Zoo. Lass im Park einen Drachen fliegen. Hol dein Fahrrad noch einmal heraus. Kauf dir ein Fahrrad. Streichele einen Hund. Setze dir ein Ziel. Lebe dein Leben. Lade jemanden ein, dich ein Stück deines Weges zu begleiten.

Wenn du dich über etwas freust – sei es ein bestimmter Duft, ein Gefühl oder eine schöne Aussicht, die du genießt –, betrachte es als das, was es ist: eine Liebesbotschaft von Jesus an dich. Dann bedank dich bei ihm und sag: „Ich liebe dich auch."

So, das waren jetzt genug Ratschläge. Lass uns jetzt zum Kern der Sache kommen … dein Herz.

Kapitel 1:

Der springende Punkt

Du selbst zu sein in einer Welt, die dich ständig anders haben will, ist die größte Errungenschaft.
Ralph Waldo Emerson

Sag mir, was hast du vor mit deinem einen ungezähmten, kostbaren Leben?
Mary Oliver

Gerade versuche ich ein bisschen zu arbeiten, aber ich passe gleichzeitig auf einen neun Wochen alten, kleinen Hund auf. Ich bin sozusagen abgelenkt. Es ist ganz schön anstrengend, auf ihn aufzupassen, aber auch total schön, denn ich habe schon lange nicht mehr so sehr gelacht. Im Moment untersucht er eine künstliche Pflanze. Er gräbt seine Schnauze in den Topf, schnappt mit seinen kleinen, scharfen Welpenzähnen nach den grünen Blättern und knurrt sie immer wieder an. Dieser Welpe ist zu hundert Prozent er selbst!

Sein Name ist Roper. Er ist ein Heeler, er ist clever und lernt, in welchen Grenzen er sich bewegen darf.

Roper verkörpert die Glückseligkeit eines Hundes. Er platzt fast vor Freude. Er ist ein so fantastischer Hund, weil er nicht versucht, etwas anderes zu sein als das, was er ist. Er ist ein Welpe. Kein junges Kätzchen und auch keine Rennmaus. Er ist kein ausgewachsener Hund. Er ist Roper, die neun Wochen alte Version von Roper. Und das ist eine sehr gute Sache. Denn genau das soll er auch sein.

Er soll ganz er selbst sein. Ich soll ich selbst sein. Du sollst du selbst sein.

Als „selbstbewusst" hätte mich in meiner Schulzeit bestimmt niemand beschrieben. Selbstsicher. Selbstbeherrscht. Furchtlos. Vielleicht sah ich nach außen hin so aus. Klar habe ich alles versucht, um diesen Eindruck zu erwecken. Ich war wohlerzogen. Aber wenn ich ein Schild vor meinem Herzen getragen hätte, dann hätte darauf gestanden: „Sag mir einfach, wer ich sein soll, und ich werde so sein." Meine Eltern hatten eine bestimmte Vorstellung davon, wie ich sein sollte. (Klüger! Dünner! Beliebter!) Meine Freundinnen ließen mich nur allzu gern wissen – ohne es auch nur auszusprechen –, wie sie mich haben wollten. (Lustiger! Hübscher!) Meine Schwestern durften mir sagen, wer ich sein sollte. Und nicht zu vergessen: die Jungs.

Ich ließ zu, dass andere mir sagten, wer ich sein sollte und wer nicht, und dabei hatte ich selbst noch keine Ahnung, wer ich eigentlich war.

Wir werden nicht mit einem großartigen Selbstwertgefühl in diese Welt hineingeboren. Oder vielleicht doch. Vielleicht werden wir als Neugeborenes noch bestärkt, aber dann beginnt das Leben, an unserem angeborenen, einzigartigen Wohlbefinden zu kratzen. Das Leben ereignet sich, es passieren viele – nicht immer angenehme – Dinge, schöne und unschöne Worte werden ausgesprochen, und es dauert nicht lange, bis wir herausfinden, dass wir eine bestimmte Person sein müssen, um zu überleben, und diese Person sind nicht wir selbst. Wir können nicht wirklich zu hundert Prozent und ungehindert wir selbst sein.

Sag mir einfach, wer ich sein soll, und ich versuche so zu sein.

Seufz.

Das Leben kann wirklich einsam sein.

Ich wette, du weißt, was als Nächstes kommt, nicht wahr? Ich werde dir sagen, dass du *du selbst* sein musst, wenn du ein Leben führen willst, das sich lohnt! Du hast recht.

Um ein lohnenswertes Leben zu führen, musst du *du selbst* sein. Nicht die Version, die deine Eltern, Freunde oder die Jungs dir vorschreiben. Nicht eine Version, für die es ein Update im Internet gibt. Glaub mir: Du solltest so sein, wie du wirklich bist!

Du bist du. Eigentlich kannst du auch gar niemand anders sein. Gott hat dich so gewollt. Du bist das einzige Lebewesen, das jemals so war oder so sein wird, wie du bist. Der brillante Dr. Seuss (ein US-amerikanischer Kinderbuchautor und Cartoonzeichner; Anm. d. Übers.) hat einmal gesagt: „Heute bist du *du*! Das ist wahrer als wahr! Niemand ist da, der mehr du ist als du!“[1] Du sein bedeutet nicht die Person, die du einmal sein wirst, sondern die, die du nach Gottes Plan sein sollst.

Probleme kommen dann, wenn wir jemand anderes sein wollen. Manchmal mögen uns die anderen nicht. Manchmal mögen wir uns selbst nicht. Wir wissen genau, was uns Probleme bereitet, wo wir versagen, verletzt sind oder einfach nur ausbrechen wollen. Wir wissen, dass wir nicht hundertprozentig so sind, wie es unserer Bestimmung entspricht.

Aber hier ist die gute Nachricht: Du darfst du selbst sein, dich in deiner Persönlichkeit aber auch weiterentwickeln. Du darfst dich verändern und in den Bereichen wachsen, in denen du dich nach Veränderung sehnst.

Allein die Tatsache, dass wir uns nach Veränderung sehnen, ist ein deutliches Zeichen dafür, dass wir uns verändern *sollen*. Unsere Unzufriedenheit mit unseren Schwächen weist auf die Tatsache hin, dass wir nicht dazu bestimmt sind, in diesen Schwächen stecken zu bleiben. (Lies die beiden letzten Sätze am besten noch einmal.)

Genau darum geht es im Leben. Du bist dazu bestimmt, dich immer weiterzuentwickeln und beharrlich das Ziel zu verfolgen, noch mehr du selbst zu sein. Das sollst du aber natürlich nicht nur aus eigener Anstrengung schaffen. Und auch nicht aus eigener Willenskraft, durch harte Selbstdisziplin oder durch eine strenge Form der Selbstverachtung. Sondern durch die Liebe Gottes.

Ich möchte wachsen. Ich will mich verändern. Ich möchte wahrhaftiger werden, liebevoller, authentischer, mehr ich selbst. Jesus will das auch. Er wünscht sich das auch für dich!

Jesus liebt dich, so wie du bist. Er sieht dich und kennt dich und er findet dich fabelhaft. Er weiß außerdem, wie Gott dich gemeint hat, als er dich schuf. Weil er so liebevoll und barmherzig ist, will er dich gerne auf deinem Lebensweg begleiten.

Dein Herz

Das Leben ist wie eine Reise zu deinem wahren Ich – zu deinem Herzen.

Das Herz ist der Ort, wo jede Tat ihren Anfang nimmt. Dein Herz ist das Zentrum. Es wurde verletzt und das wird immer wieder vorkommen. Es kann dir großen Schmerz bereiten, und noch größer können die Schwierigkeiten sein, in die es dich bringt. Du wirst versucht sein, dein Herz zu verschließen, es zu ignorieren, zu betäuben oder sogar sterben zu lassen. Ganz gewiss wirst du dein Herz auch mal verlieren. Die Sache ist jedoch die: Du kannst eigentlich gar nicht ohne dein Herz leben. Und du bist zum Leben bestimmt.

In Wahrheit ist dein Herz der wichtigste Teil von dir. Dein Herz ist auch für Gott das Wichtigste.

Und jetzt kommts! Das sind jetzt wirklich gute Neuigkeiten. Jesus kam, um dein Herz zu gewinnen. Er kam, um dein wahres Ich zu befreien und zu erneuern. Er hat Himmel und Erde nicht dafür in Bewegung gesetzt, dass du dich anständig benimmst. Oder damit du dich besser in die Masse einfügst. Oder auf deine Manieren achtest. Nein. Er möchte dein Herz umwerben und für sich gewinnen, damit du ihn von Herzen liebst und daraus Kraft für dein Leben schöpfst.

Diese Nachricht ist echt krass.

Ich hatte gedacht, im Leben geht es darum, sich zusammenzureißen, weniger Mist zu bauen und einfach nur ein braves Mädchen zu sein, andern zu dienen, zu gehorchen, die Regeln zu befolgen. Ich hatte gedacht, das sei Gott am wichtigsten. Was hatte ich mich da getäuscht!

Was ich dir jetzt rate, ist wichtiger als alles andere: Achte auf deine Gedanken und Gefühle, denn sie beeinflussen dein ganzes Leben!
Sprüche 4,23

In der Bibel werden wir dazu aufgefordert, auf unsere Gedanken und Gefühle zu achten. Nicht wie ein Wachhund, der die Herde zusammenhält, sondern wie ein fürsorglicher Hirte; „achtgeben" ist hier also im Sinne von „hüten", „beschützen" und „pflegen" gemeint. Die meisten von uns tun das nicht. Wir achten eher darauf, dass der Zeiger auf der Waage nicht zu hoch klettert, als dass wir auf unser Herz aufpassen. Das ist nicht sehr weise, denn unser Herz ist von großer Bedeutung.

Warum also ist es wichtiger als alles andere, dass wir auf unsere Gedanken und Gefühle achten? Mein Mann hat das in seinem Buch „Der ungezähmte Christ" folgendermaßen begründet:

Gott weiß, dass unser Herz der Kern unseres Seins ist. In ihm entspringt unsere ganze Kreativität, unser Mut und unsere Überzeugungen. Es ist die Quelle unseres Glaubens, unserer Hoffnung und natürlich unserer Liebe. Dieser „Urquell des Lebens", der in uns ist, macht unsere gesamte Existenz aus, er ist das Zentrum unseres Seins. Dein Herz ist der wichtigste Teil von dir. Ohne dein Herz kannst du nicht werden, was du sein sollst.[2]

Ganz am Anfang der Bibel steht: „Jetzt wollen wir den Menschen machen, unser Ebenbild, das uns ähnlich ist. … So schuf Gott den Menschen als sein Ebenbild, als Mann und Frau schuf er sie“ (1. Mose 1,26–27). Du bist nach dem Ebenbild Gottes geschaffen! Hast du dich jemals gefragt, wo dieses Ebenbild in dir zu finden ist?

Dein ganzes Wesen wurde nach dem Bild Gottes erschaffen – natürlich auch dein Herz! Gott hat dich als weibliche Person erschaffen. Er will, dass du als Frau mit einem weiblichen Herzen sein Ebenbild ausstrahlst. Dein Herz ist das Spiegelbild Gottes.

Wenn ich über das Herz spreche, meine ich damit nicht deine Gefühle, deine Emotionen. Natürlich ist dein Herz der Ort, an dem deine tiefsten Gefühle entspringen, aber von dort kommen auch deine tiefsten Gedanken. Wenn ich also über das Herz spreche, dann meine ich damit den Ort, wo Jesus durch den Glauben in dir wohnt. Es ist das Zentrum deines Seins. Nirgendwo bist du mehr du selbst als in deinem tiefsten Innern.

Okay, vielleicht hältst du mich jetzt für verrückt, weil man dir beigebracht hat, dass das Herz hinterlistig und böse ist. Das steht nämlich in Jeremia 17,9: „Nichts ist so undurchschaubar wie das menschliche Herz, es ist unheilbar krank. Wer kann es ergründen?“ Ja, *vor* der Hinwendung zu Jesus ist das Herz böse. Aber wenn jemand in seinem Herzen glaubt, dass Jesus der Sohn Gottes ist, der gekommen ist, um uns zu erlösen;

wenn er Gott sein Leben anvertraut, dann bekommt er ein neues Herz! „Ich will euch ein anderes Herz und einen neuen Geist geben. Ich nehme das versteinerte Herz aus eurer Brust und gebe euch ein lebendiges Herz“ (Hesekiel 36,26).

Gott weiß, wo es Probleme gibt, und er ist gekommen, um sich mit ihnen zu befassen. Er weiß, dass wir seine Hilfe brauchen. Er weiß, dass aus unserem Herzen Dinge kommen, die hinterlistig und böse sind, und er hat Vorkehrungen getroffen, dass das nicht so bleiben muss. Ja, wir haben immer noch mit der Sünde zu kämpfen, auch wenn wir als Christen von Gott ein neues Herz bekommen haben. Aber die gute Nachricht ist: Wir können das Böse in uns mit Gottes Hilfe besiegen.

Für den Anfang ist wichtig:

Dein Herz ist Gott am allerwichtigsten.

Dein Herz muss beschützt werden.

Du musst es gut behandeln.

Wir können so gemein zu uns selbst sein, nicht wahr? Wir sagen uns Dinge, die wir niemals einem andern Menschen sagen würden. Wir können sehr streng mit uns sein. (Unsere eigenen Fehler sind uns deutlich vor Augen, aber das Gute in uns können wir nur schwer erkennen, nicht wahr?) Die Sache ist die: Du musst nett zu dir sein, damit du auch nett zu anderen bist. Denn so wie du dich selbst behandelst, so wirst du auch andere behandeln. Neulich hatte ich die Ehre und den Kummer (jawohl, beides gleichzeitig), bei der Beerdigung des 24-jährigen Sohnes meines Freundes dabei zu sein.

Während des Gottesdienstes herrschte eine heilige Atmosphäre. Und ich meine wirklich „heilig“. Wir haben getrauert, dass er nicht mehr da ist. Wir haben sein Leben gefeiert und Gott dafür gedankt, dass der Tag kommen wird, an dem alles neu wird, an dem es keinen Abschied mehr geben wird, nie wieder.

Während des Gottesdienstes sprach keiner darüber, wie gut oder schlecht sein Zimmer aufgeräumt war, ob er immer sein Bett gemacht oder seine Kleidung weggeräumt hatte. Niemand hat ein Wort darüber verloren, wie alt er war, als er seinen Führerschein gemacht hatte. Keine Silbe über seine Schulnoten und beruflichen Erfolge.

Aber die Leute erzählten immer wieder, wie sie sich in seiner Nähe gefühlt haben. Die Geschichten über seinen Sinn für Humor nahmen kein Ende. Die Anwesenden schwärmten geradezu von seiner *Liebe* zu den Menschen, von seiner Leidenschaft, mit der er gelebt hatte, und von der Freude, die er verbreitet hatte – indem er sich einfach so zeigte, wie er war: einzigartig, mit all seinen Eigenarten und Unvollkommenheiten, großartig und völlig unverfälscht.

Sein Herz war das, worauf es ankam. Und auch auf dein Herz kommt es an.

Wie geht es dir heute damit? Wie geht es deinem Herzen? Wie behandelst du dich selbst? Bist du freundlich? Ermutigend? Liebevoll? Auch zu dir selbst? Jesus wünscht sich das von dir. Er hat uns aufgetragen, unseren Nächsten so zu lieben wie uns selbst. Und genau das wird passieren. Wir werden andere so lieben *wie uns selbst*. Wenn wir also schroff und eklig zu uns selbst sind, werden wir zu anderen genauso sein, ob wir das wollen oder nicht.

Jesus liebt dich. Er findet, dass du es ihm wert bist, dass er dich beschützt, dir nachgeht, über dir wacht, in dich investiert und sein Leben für dich gibt. Er möchte auch, dass du dich selbst liebst, auch dann, wenn es bestimmte Bereiche in deinem Leben gibt, wo du etwas ändern willst.

Nimm dir jetzt einen Moment Zeit und danke Gott für dein Leben. Bitte ihn, dass er dir hilft, dich selbst zu lieben.

Wachsen und Werden

Meine Freundin Julie hielt sich diszipliniert an ihren neuen Fitnessplan. Sie joggte jeden Tag brav ihre selbst verordneten Runden, auch wenn es regnete. Doch als dann wieder einmal ein anderer Jogger wie eine Gazelle an ihr vorbeilief, stöhnte sie missgelaunt.

Vielleicht ist Fitness nur für diejenigen, die fit sind, dachte sie. „Hey Gott!“, rief sie. „Es ist so schwer, sich zu ändern!“

Tief in ihrem Herzen hörte sie seine Antwort. *Und wenn die Veränderung darin besteht, dass ich dir zeige, wer du wirklich bist?*

Moment mal! Ist es nicht so, dass es in unserem Leben in erster Linie um Gott gehen soll – und nicht um uns selbst? Johannes der Täufer hat doch schließlich gesagt: „Christus soll immer wichtiger werden und ich als Mensch will immer mehr in den Hintergrund treten!“ (siehe Johannes 3,30).

Das ist das Merkwürdige an unserer Verwandlung. Einerseits geht es darum, uns selbst und alle Bereiche unseres Lebens Gott anzuvertrauen – auch all unsere Bemühungen, uns zu ändern, und all unseren Frust, es nicht zu schaffen. Andererseits schiebt Gott uns nicht beiseite. Er macht uns zu der Person, die wir wirklich sind. Während er unser Inneres heilt, fordert er uns dazu auf, uns den Herausforderungen des Lebens zu stellen und uns damit auf die wichtigste Reise, die ein Mensch machen kann, zu begeben. Diese Reise erfordert Mut, Glauben und vor allem die Bereitschaft, zu wachsen und loszulassen, um damit am Ende bei sich selbst anzukommen.

Ja, es scheint etwas ziemlich Widersprüchliches zu sein (aber es ist ein wunderschöner Widerspruch): Je mehr wir wie Gott werden, desto mehr werden wir *wir selbst* – das Selbst, das Gott im Blick hatte, als er vor Erschaffung der Welt an uns dachte. Dieses Selbst steckt in dir; es mag schwer angeschlagen und mit jeder Menge Schmutz bedeckt sein, aber es ist da. Und Jesus kommt und möchte es zur vollen Entfaltung bringen! Der Weg dorthin ist jedoch nicht easy: Wir werden immer wieder hin- und hergerissen sein zwischen Entscheiden und Nachgeben, Wünschen und Loslassen, Versuchen und Aufgeben.

Wenn du dich auf diesem Weg befindest, wirst du entdecken, dass es immer wieder Dinge gibt, die dir wie scharfkantige Steine im Weg liegen.

Scham und Disziplin führen zu nichts

Erstens: Scham ist keine Hilfe auf dem Weg, immer mehr wir selbst zu werden.

Ähnlich wie ein Koffeinschub am Morgen kann uns Scham und Selbstverachtung zwar auf den Weg der Veränderung treiben, doch wir werden bald feststellen, dass sie uns in einen Kreisverkehr ohne Ausfahrt schicken. Wenn wir morgens auf die Waage steigen und das angezeigte Gewicht uns zur Verzweiflung bringt, dann schwören wir uns, nie mehr zu viel zu essen. Die Scham ist so groß, dass wir es womöglich schaffen, bis zum Mittagessen eisern zu bleiben, aber sie wird uns nicht zur Freiheit verhelfen. Selbstverachtung, Scham und Furcht – diese Gefühle, die sich tief in unserem Inneren breitmachen – können uns niemals auf dem Weg zu uns selbst weiterbringen. Und doch versuchen die meisten von uns, die Scham als inneren Antrieb zu nutzen. Auch ich habe das getan.

Hast du es schon erlebt, dass die Scham dein innerer Antrieb war, irgendetwas zu denken oder zu tun? Geht es dir jetzt immer noch so? Wenn ja, was sagt dir diese Stimme der Scham? Wozu will sie dich antreiben? (Mit Scham meine ich einen inneren Dialog, bei dem du dich selbst tadelst, weil du nicht das bist oder das tust, was du glaubst, sein oder tun zu müssen.)

Scham führt uns nicht zu Gott hin. Tatsächlich zieht sie uns noch weiter weg von seinem liebevollen, barmherzigen Herzen.

Scham ist weder ein Zeichen von Reue noch wird sie uns zu der Veränderung hinführen, nach der wir uns so sehr sehnen. Wenn wir uns selbst ständig wegen unserer Fehler und Schwächen fertigmachen, rauben wir uns damit nur die Kraft, uns zu verändern.

Ja, es ist etwas sehr Gutes und Wichtiges, wenn wir unsere Schuld und unser Versagen bedauern. Wenn wir uns aber deswegen zermartern, führt das absolut zu nichts.

Zweitens: Selbstdisziplin wird uns auch nicht aus unserem Dilemma befreien.

Disziplin, insbesondere Disziplin in Sachen Glauben, ist gut. Doch wenn das unser einziges Mittel ist, um die Veränderungen zu erreichen, nach denen wir uns sehnen, dann werden wir bald feststellen, dass wir es durch bloße Anstrengung nicht schaffen, ein Mensch zu werden, der von Gottes Gnade erfüllt ist. Wir ärgern uns; wir verlieren den Mut. Und wenn wir es doch mal schaffen, aus dem einen oder anderen Kampf als Sieger herauszugehen, kann es leicht passieren, dass wir anfangen, auf andere denselben Druck auszuüben. Wir werden zu einem Menschen, der nach dem Motto lebt: „Reiß dich zusammen!"

Bei der Selbstdisziplin bleibt das „Selbst" im Zentrum, und damit befinden wir uns bereits in einer schlechten Ausgangsposition. Unsere Bemühungen, unser Eifer, unsere harte Arbeit bringen uns vielleicht durch die Woche, aber ganz sicher nicht durchs Leben. Und doch glauben viele Christen, dass man nur auf diese Art und Weise in unserer Welt zurechtkommt.

Hast du dir schon einmal eine Liste gemacht, auf der steht, wie du leben willst? Angenommen, du hättest diese Liste: Wirst du es schaffen, diese Liste einzuhalten?

Echte Veränderung kann nicht von außen erzwungen werden. Es ist ein innerer Prozess. Hast du dir schon einmal eine Liste gemacht, auf der steht, wie du leben, essen, Sport treiben, lernen, Gott suchen, wachsen und dich verändern willst? Wie lange konntest du deine Vorsätze umsetzen? Solche Listen funktionieren für niemanden über längere Zeit, und das Ergebnis des „Listen-Einhaltens“ ist es, dass wir wieder in die Selbstverachtung zurückfallen. Das Problem ist nicht unsere mangelnde Disziplin. Das Problem liegt darin, wie wir die Sache angehen. Das Problem sind die Listen.

Übrigens haben wir Menschen eine sensationelle Begabung, Listen aufzustellen. Verhaltensregeln. Benimmregeln. *Halt die Hand vor den Mund, wenn du gähnst. Lass die Serviette auf deinem Schoß liegen. Sprich nicht beim Essen und halt den Mund beim Kauen geschlossen. Unterbrich den anderen nicht. Heb die Hand, wenn du etwas sagen willst. Warte, bis du an der Reihe bist. Achte auf eine gerade Haltung.*

Fängst du nicht schon beim Lesen an zu gähnen?

Was steht noch auf deiner ungeschriebenen Verhaltensliste?

Gott gab dem Volk Israel eine an sich richtig gute Liste. Lüg nicht. Stehle nicht. Begehre nicht die Frau deines Nachbarn, seinen Diener, seinen Ochsen, seinen Esel oder seine neuen Stiefel. War das wirklich zu viel verlangt? Es war eine stattliche

Liste, und die Israeliten merkten bald, dass sie die Regeln auch nicht einen einzigen Tag lang befolgen konnten.

Dann kam Jesus. In seiner berühmten Bergpredigt lehrte er, dass es auf unser Herz ankommt. Er betonte, dass es genauso schlimm ist, einen Menschen im Herzen zu hassen, wie ihn umzubringen. Hm, da sitzen wir wohl alle irgendwie in der Klemme!

Eine Liste von Gesetzen, Regeln, Tipps, Techniken und Strategien bringt kein verändertes Herz hervor. Wir alle haben Bereiche in unserem Leben, in denen wir Veränderung brauchen und uns auch wünschen, doch die Veränderung wird nur dann passieren, wenn sie im Herzen geschieht.

Scrooge, der berühmte Geizkragen aus Charles Dickens „Eine Weihnachtsgeschichte“ hat eine Veränderung seines Herzens erfahren und seinem Angestellten Bob Cratchit schließlich eine Lohnerhöhung gewährt. Cinderella erfuhr eine Veränderung des Herzens und ging zum Ball des Prinzen. Saulus, der wütende Pharisäer und Christenhasser, erfuhr eine Veränderung des Herzens und wurde der wichtigste Missionar für Jesus Christus. Ich erfuhr eine Veränderung des Herzens, als ich mein Leben Jesus anvertraute. Als mein Herz sein wahres Zuhause fand, veränderten sich viele Dinge schlagartig.

Wenn wir eine innere Veränderung erfahren, wird diese Veränderung nach außen sichtbar werden. Aber du und ich wissen mittlerweile, dass der größte Teil unserer Heilung und Umwandlung nicht in dem Augenblick geschieht, wo wir Jesus zum ersten Mal unser Herz anvertrauen. Es passiert mitten im ganz normalen Alltag. Und genau dorthinein kommt Jesus.

Scham führt zu nichts und auch Disziplin bringt uns nicht zum Ziel. Gott lädt uns ein, uns auf einen Prozess der Veränderung einzulassen. Er will unsere innere Welt heilen, so, dass schließlich auch unsere äußere Welt verwandelt wird. Tiefe, innere Heilung, Wachstum, Verwandlung und Freiheit sind immer ein Prozess. Er beginnt erst dann, *wenn wir glauben, dass wir geliebt sind.*

Wie in deinem Leben, so gibt es auch bei mir Bereiche, die ich verändern will und muss. Aber ich habe eine sehr befreiende Wahrheit gelernt: Gott wird mich nicht mehr oder weniger oder anders lieben, wenn oder falls ich es schaffe, meine überschüssigen Kilos loszuwerden und mein Gewicht zu halten, wenn ich regelmäßig Sport treibe – ja, noch nicht einmal dann, wenn ich freundlicher, netter oder besser organisiert bin. Jesu Liebe zu mir, die Liebe meines himmlischen Vaters zu mir, ist unveränderbar. Ja, es stimmt, die Gemeinschaft mit ihm kann manchmal belastet sein, doch sein Herz verändert sich nicht. Er liebt mich leidenschaftlich. Noch besser: Ich glaube, er mag mich. Und übrigens steht er auch total auf dich. Ja, auf dich! Genau jetzt, in diesem Augenblick.

Da ist die Stimme der Scham, die sagt: „Eigentlich hasse ich mich. Ich würde mich am liebsten selbst loswerden."

Die Stimme der Disziplin sagt: „Ich muss mich bessern, denn ich bin nicht gut."

Gott aber sagt: „Ich liebe dich. Lass dich von mir wieder heil machen!"

Diese Stimme mag ich am liebsten.

Gott bringt ans Licht, wer wir wirklich sind. Das ist das „unverhüllte Gesicht“, wie Paulus es ausdrückt. All die Nebelschleier der Scham und der Sünde und des falschen Ichs, all diese Schleier, die andere Menschen auf uns gelegt haben, die glauben zu wissen, wie wir sein sollten – Gott nimmt sie fort, damit wir mit unverhülltem Gesicht seine Herrlichkeit widerspiegeln können.

Wir alle aber stehen mit unverhülltem Gesicht vor Gott und spiegeln seine Herrlichkeit wider. Der Herr verändert uns durch seinen Geist, damit wir ihm immer ähnlicher werden und immer mehr Anteil an seiner Herrlichkeit bekommen.
2. Korinther 3,18

Wer möchtest du werden? Wie möchtest du gerne sein? Bitte Gott, dass er dein Herz mit Hoffnung füllt, einer Hoffnung darauf, dass du tatsächlich so werden kannst.

Gemeinsam

Kann man sich wirklich verändern? Auch ganz tief im Innern? Ich glaube, ja. Ich habe es selbst schon gesehen; die Bibel verspricht es – und es passiert in meinem Innern.

Ich bin mir sicher, dass du in der Vergangenheit schon versucht und gehofft hast, dich zu verändern. Gott lädt dich heute dazu ein, erneut zu hoffen. Durch den *Glauben.* Wir können uns nicht selbst heilen, selbst befreien oder selbst retten. Wir können nicht aus eigener Kraft wir selbst werden. Aber wir sind nicht allein auf uns gestellt. Gott sieht uns und kennt uns. Er stärkt uns und motiviert uns, das Leben zu leben, für das er, der König der Liebe, uns geschaffen hat. Er will uns helfen, uns zu verändern und zu wachsen. Wir können das nicht alleine schaffen, aber *er kann es*. Er ist sehr, sehr gut darin. Und das ist genau das, was er uns versprochen hat.

Wen Gott nämlich auserwählt hat, der ist nach seinem Willen auch dazu bestimmt, seinem Sohn ähnlich zu werden, damit dieser der Erste ist unter vielen Brüdern und Schwestern.
Römer 8,29

Ich habe Folgendes gelernt:

Welpen sind einfach bezaubernd und sie haben sehr scharfe Zähne.

Wir sind unaussprechlich geliebt.

Es gibt *Gründe* dafür, dass wir mit bestimmten Dingen kämpfen.

Gott hat sich etwas dabei gedacht, als er dich so gemacht hat, wie du bist.

Kapitel 2:

Wie lautet deine Geschichte?

Falls ihr diese Geschichte schon einmal gehört habt, unterbrecht mich bitte nicht, denn ich möchte sie gerne noch einmal hören.

Groucho Marx

Es war einmal ein junges Mädchen, das lebte mitten im Wald. Was sie dort tat, wusste sie nicht, denn obwohl ihr Häuschen mit lauter lieblichen Dingen gefüllt war, so fehlte ihr doch eines: die Erinnerung.

Liebst du auch schöne Geschichten? Geschichten sind die Sprache des Herzens. Deshalb hat Jesus so viele davon erzählt. Er ist nicht nur der mutigste Mensch, dem du jemals begegnen kannst, sondern auch der genialste! Er spricht zu uns durch Geschichten.

Die Bibel liest sich nicht wie ein Telefonbuch.

Du bist in eine Geschichte hineingeboren. Dein Leben ist eine Geschichte! Es ist die Geschichte deines Herzens: wie es behandelt wurde und welches Bild du als Folge davon jetzt von dir hast. Weißt du das? Du solltest es wissen. Erinnerungen sind wichtig. Für dich und für mich.

Mein Leben zu vergessen – meine Fehler, meine Siege, meine Herausforderungen, meine Sorgen, meine *Geschichte* – würde mich daran hindern, vorwärtszugehen und mich in die Frau zu verändern, die ich werden soll. Es ist wichtig, dass ich mich erinnere, und ich lade dich dazu ein, dies mit mir gemeinsam zu tun. Es mag uns vielleicht seltsam erscheinen, dass wir an bestimmten Punkten unserer Reise zurückblicken müssen, um vorwärtsgehen zu können, aber – glaub mir – es ist nötig.

Wenn wir uns an Vergangenes in unserem Leben erinnern, sind wir manchmal versucht, bestimmte Situationen zu bedauern, anstatt sie mit liebevollen Augen zu betrachten. Gott dagegen sieht den Dingen auf den Grund und sein Blick ist gefüllt mit Barmherzigkeit. Deshalb dürfen auch wir barmherzig mit uns sein.

Ich kann mich natürlich nicht mehr an alle Begebenheiten meines Lebens genau erinnern. Vieles fällt mir spontan wieder ein, wie eine Brise, die mich umweht, begleitet vom Gesang der Vögel, die fröhlich damit beschäftigt sind, ihr Futter zu suchen. Es ist ein Lufthauch der Ewigkeit, eine Verbindung zu vergangenen Jahreszeiten, Erinnerungen an Momente des Staunens, der Sehnsucht und der Erkenntnis. Auch wenn ich jetzt über 50 bin – ich bin immer noch drei und sieben und sechzehn Jahre alt!

Grillenzirpen

Die Melodie meiner ersten zehn Lebensjahre besteht aus Grillenzirpen, Gewitterstürmen und dem Geräusch der Blätter, die im Herbst fallen und unter meinen Füßen rascheln, wobei sie einen erdigen Duft verströmen. Ich wuchs in einem Wohnviertel auf, in dem es keine Zäune, dafür aber jede Menge Kinder gab. Wir erforschten die Tiere im Bach. Wir fingen Schmetterlinge und steckten sie in Marmeladengläser. Das war wirklich so. Das passiert nicht nur in Filmen. Wir spielten „Fischer, Fischer, wie tief ist das Wasser", und wir führten kleine Theaterstücke für unsere Eltern auf, die wir uns vorher ausgedacht hatten.

Im Winter liefen wir Schlittschuh auf einem zugefrorenen See und den ganzen Sommer hindurch waren wir im Schwimmbad. Wir verkauften selbst gemachte Limonade am Straßenrand, fuhren Schlitten und Fahrrad. Wir nahmen – wie bei uns in Amerika üblich – an Tornadoübungen teil, gingen sonntags zur Kirche, und wenn wir nach Hause kamen, wurden wir jedes Mal mit einem kleinen Imbiss empfangen.

Ich war sechs Jahre alt und lag mit Windpocken im Bett, als ich die wunderbare Nachricht bekam, dass ich bei einem Malwettbewerb gewonnen hatte. Meine Freude darüber war riesengroß! Das Foto, das meine Mutter damals von mir gemacht hat, als sie mir von meinem Sieg erzählte, habe ich immer noch. Darauf sitze ich mit meiner Puppe im Arm auf meinem Bett und lächle so breit, dass man jede einzelne Zahnlücke erkennen kann. Der Preis, den ich gewonnen hatte, war ein Gutschein für einen Süßwarenladen. Aber allein die Begeisterung, dass sie mich als Gewinnerin ausgesucht hatten, war wie eine dicke Belohnung für mich. Oh ja, ich erinnere mich noch gut daran.

Meine Mutter kochte jeden Abend für uns. Jeden Abend! Abendessen im Restaurant waren eine Seltenheit, die wir für den Silvesterabend und ab und zu für Pausen während langer Autofahrten reservierten. „Wie viel dürfen wir ausgeben?", fragten wir dann immer, während wir über den Verlockungen der Speisekarte brüteten. Meine Mutter trug keinen Perlenschmuck, aber stets eine Schürze. Und wenn sie nicht gerade „Bridge" spielte, ehrenamtlich in der Kirche tätig war oder das Haus putzte, war sie in der Regel in der Küche anzutreffen.

An den meisten Tagen schmiss ich mich nach der Schule vor den Fernseher. Auch vierzig Jahre später kann ich noch die Melodien der Reklamespots singen, die damals ausgestrahlt wurden. Ich kann mich nicht daran erinnern, dass ich jemals irgendwelche Hausaufgaben aufgehabt hatte.

Meine Güte, hat sich die Welt von damals verändert! Ich wette, als du zehn warst, hat deine Mutter keine Schürze getragen. Ganz bestimmt hattest du im vierten Schuljahr (oder auch schon eher) Hausaufgaben auf und bist danach zum Reiten oder zum Klavierunterricht gegangen. (Was hast du nach der Schule gemacht?) Hast du mit acht Jahren mit deiner Familie zusammen am Tisch zu Mittag gegessen oder saßt du dabei im Auto, vor dem Fernseher oder Computer? Kannst du dich an Sendungen oder Werbespots erinnern, die du besonders gerne gesehen hast, oder an Spiele, die du gern gespielt hast?

Als ich sechzehn war, war ich noch davon überzeugt, dass ich eine megatolle Kindheit gehabt hatte. Aber irgendwann wurde mir bewusst, dass meine Familie vielleicht gar nicht so perfekt war, wie ich gedacht hatte, und das riss mir fast den Boden unter den Füßen weg.

Es ist wichtig, sich zu erinnern. Aber es ist genauso wichtig, dabei ehrlich zu sein. (Zumindest dann, wenn wir dazu bereit sind und von Gott darin unterstützt werden.)

Wenn ich ehrlich bin, dann ist die Melodie meiner Kindheit auch das Klackern von Eiswürfeln im Glas und der Geruch von Whisky. Es ist der Klang bissiger Bemerkungen, die meine Eltern sich mit tödlicher Treffsicherheit gegenseitig an den Kopf warfen und das klatschende Geräusch eines Ledergürtels, kurz bevor damit zugeschlagen wurde. Es ist die betäubende Eintönigkeit des Fernsehens und das Geräusch von Bierdosen, die geöffnet wurden. Es ist das Gefühl von einem sich vor Angst verkrampfenden Magens, das Gefühl von Verlassenheit und der unerfüllte Wunsch, man möge doch mit mir spielen. Es ist der greifbare Schmerz der Sehnsucht nach Annahme, Bestätigung und Wertschätzung. Es ist das Gefühl, kläglich versagt zu haben.

Während ich mich an die verschiedenen Stationen meines Lebens erinnerte, zeigte mir Gott die ganze Wahrheit. Ich hatte Verluste, Kummer und tiefen Schmerz erlebt. Das machte mich zunächst sehr wütend. Aber dann, ganz, ganz langsam, zog die Barmherzigkeit bei mir ein, ich erlebte Vergebung, Heilung und Liebe.

Meine Kindheit war keine Idylle. Ich denke, das kann keiner von sich behaupten, und deshalb wette ich, dass auch deine Kindheit nicht perfekt war. Aber ein tieferes Verständnis unserer Lebensgeschichte führt zu einem tieferen Verständnis unserer Person – wer wir sind und wozu Gott uns geschaffen hat. Ja, da gibt es garantiert Kummer und Leid, aber da ist auch Schönheit.

Wie würdest du die Melodie deiner Kindheit in den ersten zehn Lebensjahren beschreiben? An welche Melodien erinnerst du dich gern? Welche findest du weniger schön?

Von der Kindheit geprägt

Die ersten zehn Lebensjahre eines Menschen vergehen leider viel zu schnell, doch sie beeinflussen sein ganzes weiteres Leben. Ob nun eher gut oder schlecht, die Kindheit der meisten Menschen besteht aus einer Mischung von beidem. Diese ersten Jahre sollten von den Problemen der Erwachsenen weitgehend frei und unbelastet sein. Es sind die Jahre voller Staunen, voll mit Seifenblasen, Kreidekunstwerken auf dem Bürgersteig und fantasievollen Wolkenbildern. Es ist die Zeit des Entdeckens und Erforschens, gefüllt vom Klang quietschender Schaukeln und dem Duft der Blumen. Diese prägenden ersten Jahre sind der Grundstein für den Rest unseres Lebens.

Wie waren deine ersten zehn Lebensjahre? Was hat dir gefallen? Welche Spiele hast du geliebt? Hat man *dich* geliebt? Hast du das Gefühl, dass man dich heute liebt?

Wie warst du als kleines Mädchen? Denk einmal einen Moment darüber nach. Wie würdest du dich damals beschreiben? (Hübsch, lebhaft, einsam, verängstigt …)

Halte einige Augenblicke still vor Gott. Frag ihn, wie er dich als kleines Mädchen beschreiben würde. Was denkst du, was er sagt?

Welche Kindheitserinnerung gehört zu deinen liebsten?

Als jüngste von fünf Töchtern wuchs Annie im ländlichen Minnesota auf, umgeben von einer weitläufigen, offenen Landschaft und einer großen Familie. Ihr blondes Haar und ihre blauen Augen passten gut zu ihrer holländischen Herkunft, im Gegensatz zu ihrem schwachen, kranken kleinen Körper. Annie litt an schwerem Asthma. Sie konnte weder Sport treiben noch an spontanen Fußballspielen mit den Nachbarskindern teilnehmen. Wenn es Zeit zum Schlafengehen war, hatte sie furchtbare Angst und verbrachte deshalb die meisten Nächte auf einer Matratze im Schlafzimmer ihrer Eltern. Die Allergien, die sie quälten, ließen es nicht zu, dass sie an Gewicht zunahm, tief durchatmen und unbeschwert leben konnte. Wenn Annie von ihrer Kindheit spricht, beschreibt sie sich selbst als kränklich, mager und einsam.

Wie können sportliche Eltern, die ihren aktiven Kindern zugetan sind, einem unsportlichen, kränklichen, am Rande stehenden Kind Liebe und Anerkennung vermitteln? Annie wuchs nicht mit dem Gefühl auf, geliebt zu sein. Sie passte nicht in ihre Familie. Annie spürte, dass ihre Eltern nicht wussten, was sie mit ihr anfangen sollten. Die meiste Zeit blieb sie sich selbst überlassen. Und dann wurde ihr die entscheidende Wunde ihres Lebens von einem ihrer Cousins zugefügt. Sie war für Stunden ohne Aufsicht und Schutz gelassen worden, als er sie sexuell missbrauchte. Wie die meisten Mädchen (und Jungs), denen das zustößt, glaubte auch Annie, sie sei missbraucht worden, weil sie wertlos war – nicht wert, dass man sie schützte, auf sie achtete. Sie dachte, mit ihr sei etwas nicht in Ordnung.

Wie sah deine Kindheit aus? Was waren deine Vorlieben, Träume, Lieblingsspielsachen? Wie hast du dich gefühlt? Was hast du geglaubt? Lade Jesus ein, an deiner Erinnerung und der Wahrnehmung der Erinnerung teilzunehmen.

Mein liebes Mädchen! Falls du auf irgendeine Art und Weise missbraucht worden bist, sexuell oder anders, lass dir als Erstes gesagt sein, dass es nicht deine Schuld ist. Du bist nicht die Ursache für das sündige Verhalten einer anderen Person. Zweitens: Bitte sprich mit einem Erwachsenen darüber, dem du vertraust. Es mag sein, dass du das Gefühl hast, so jemanden gibt es nicht. Bitte vertrau dich trotzdem jemandem an, einer neutralen Person, die nicht aus deinem

direkten Umfeld kommt. Es ist nicht richtig, dass du so behandelt wirst. Das muss aufhören! Du bist es wert, darum zu kämpfen und dich selbst zu schützen.

Sei mehr, sei weniger

Meine Geschwister und ich kitzelten uns früher oft so sehr durch, dass es manchmal fast schon kein Spiel mehr war, sondern mehr wie eine Folter.

Ich habe zwei Schwestern und einen Bruder und bin die Jüngste. Die Erinnerung an meine Kindheit und meine Erfahrungen sind deshalb ganz anders als die meiner Geschwister. Wenn wir uns heute treffen und uns über früher austauschen, merken wir, dass wir die Vergangenheit ganz unterschiedlich erlebt und empfunden haben. Ich war zehn, als mein Vater mit dem Trinken aufhörte. Mein Bruder war damals vierzehn, meine Schwestern sechzehn und siebzehn. Einige Jahre später bekam mein Vater die Diagnose, dass er manisch-depressiv sei, und begann Medikamente zu nehmen, die seine Gefühle stabilisieren sollten. Zu diesem Zeitpunkt hatten meine Schwestern bereits das Haus verlassen, und mein Bruder war ständig auf Achse und suchte auf jede erdenkliche Weise Gründe, damit er nicht zu Hause sein musste. Ihre Erfahrungen innerhalb unserer Familie waren also ganz andere gewesen als meine.

An unsere Rangeleien beim Kitzeln kann ich mich allerdings noch ganz genau erinnern. Wer gerade das Pech hatte und am Boden festgenagelt wurde, wurde so lange gekitzelt, bis er keine Luft mehr bekam. Zusätzlich wurde er dann noch mit einem feuchten Schwamm geknebelt oder manchmal auch mit einer schmutzigen Socke.

Heute frage ich mich, wie man auf solche Ideen kommen kann!

Wir hatten zu Hause einen Familiensong. Wenn meine Geschwister und ich uns heute Nachmittag irgendwo träfen, könnten wir ihn dir immer noch fehlerlos vorsingen. Das Lied hieß: „*It was only an old beer bottle* – Es war nur 'ne alte Bierflasche.“ Nun, was sagt so ein Text wohl über unsere Familie aus? Ich kann dir zum Beispiel erzählen, dass jeder, der meinem Vater die Bierdose öffnete, stets mit dem ersten Schluck belohnt wurde. Als Dreijährige war ich ganz scharf auf dieses Privileg und ich mag diesen Geschmack noch heute.

Es war nur 'ne alte Bierflasche,
die auf den schäumenden Wellen trieb.
Es war nur 'ne alte Bierflasche,
weit weg von zu Hause verblieb.
Darin 'ne Botschaft auf Papier,
die folgende Worte enthielt:
Wer diese Flasche findet,
sieht keinen Tropfen Bier. (Keiiiiiinen Tropfen Bier.)

Wir sind sozusagen eine singende Familie, jedenfalls in gewisser Hinsicht. Und obwohl ich mir sicher bin, dass meine Geschwister mich lieb haben, waren wir in unserer Kindheit nicht gerade ein Herz und eine Seele. Wir waren keine Feinde. Aber wir gingen uns mehr oder weniger aus dem Weg.

Obwohl wir also alle zusammen unter einem Dach lebten und das drohende Unheil spürten, das über uns schwebte, fühlte sich jeder von uns allein. Allein damit, wie wir mit der chaotischen Ehe unserer Eltern fertigwurden. Allein mit der Botschaft, die meine Eltern jedem von uns vermittelten: *Du bist so eine große Enttäuschung für uns!* Tu dies, tu das, tu jenes – die Liste ihrer Nörgeleien war endlos. Nimm endlich ab. Geh mal mehr in die Sonne. Tu mal was für deinen Körper. Sei aktiver. Mach dich beliebt. Such dir doch mal eine Sportart aus. Spiel Golf. Spiel Klavier. Sei mehr. Sei weniger. Sei *anders*.

Diäten

Bei meiner ersten Diät, die meine Mutter mir aufgebrummt hatte, war ich im vierten Schuljahr. Ich war acht Jahre alt und ein ganz klein wenig mollig. Meine Lunchpakete für die Schulpause bestanden fortan aus Selleriestangen und Diätwurst. Oh, die Glücklichen, die aus ihrem Ranzen Kartoffelchips oder gar Schokomuffins herausholten!

Ich nahm die sieben Pfund, die ich zu viel auf den Rippen hatte, mit viel Anerkennung und Lob ab, und damit kam der Stein ins Rollen. Studien haben gezeigt, dass man durch eine kalorienarme Diät zwar einige Pfunde verliert, doch der

Körper passt sich der Diät an, und von nun an wird die Person, die Diät macht, mit unterschiedlicher Intensität ständig um ihr Normalgewicht kämpfen. Sobald du eine Diät machst, um Gewicht zu verlieren, ist also schon vorprogrammiert, dass du in diesen endlosen Kreislauf hineingerätst.

Mein Vater arbeitete in der Modebranche. Demzufolge war ihm auch das äußere Erscheinungsbild seiner Frau, seiner Töchter und seines Sohnes enorm wichtig. Meine Mutter hatte eine fabelhafte Figur. Sie war allerdings anderer Überzeugung, probierte deshalb ständig neue Diäten aus und versuchte auch uns zu „helfen", unser Traumgewicht zu erreichen. Als ich im zehnten Schuljahr war, schickten meine Eltern mich zu einem Diät- und Ernährungsberater, weil sie unbedingt wollten, dass ich schlank war. Für ihn musste ich alles, was ich aß, genau aufschreiben und mich wöchentlich auf die Waage stellen. Ich war fünfzehn Jahre alt, 1,70 m groß und wog 63 Kilo.

Wenn ich mir jetzt Fotos aus meiner Jugendzeit ansehe, suche ich vergeblich nach dem dicken, unscheinbaren Mädchen, das ich in den Augen meiner Eltern war. Stattdessen blickt mir auf allen Fotos ein hübsches, unsicheres Mädchen mit einer vollkommen normalen Figur entgegen. Gott sei Dank bin ich trotz der Kommentare meiner Eltern weder magersüchtig noch esssüchtig geworden. Aber ich begann Trost im Essen zu suchen – wenn auch zunächst nur sehr eingeschränkt. Eigentlich waren es immer nur die vier Extrakekse, die ich mir heimlich aus dem Kühlschrank holte, damit Mama es nicht merkte.

Meine Mutter wollte, dass ich besser wurde, als ich in ihren Augen war, besser als sie selbst in ihren Augen war. Es war eindeutig: Für sie waren wir beide nicht gut genug. Und ihrer Meinung nach waren wir beide zu dick.

Wenn meine Mutter missbilligend meine Frisur betrachtete, sagte sie: „Jenny frisiert sich ihre Haare so elegant, dass man ihr Übergewicht überhaupt nicht bemerkt." Wallis Simpsons Motto „Eine Frau kann nie reich oder schlank genug sein" klang in den Ohren meiner Mutter wie das Evangelium – zumindest der Teil mit dem Schlanksein. Je dünner man war, desto wertvoller war man ihrer Ansicht nach.

In den letzten beiden Jahren meiner Highschoolzeit suchte ich Trost und Zuspruch bei verschiedenen Partnern. Gleichzeitig nahm ich immer mehr an Gewicht zu. Die sieben zusätzlichen Kilos kamen mir vor wie fünfundzwanzig! Zwei Jahre lang war ich also tatsächlich übergewichtig. Erbärmlich!

Als ich dann von der Highschool abging, entdeckte ich die Macht von Appetithemmern, und ich verlor innerhalb von zwei Monaten mehr Gewicht, als nötig gewesen wäre. Aber ich fühlte mich immer noch „fett". Ungeliebt. Unattraktiv. Und hatte Angst, abgelehnt zu werden. Ich spürte, dass ich für meine Eltern eine Enttäuschung war, nie so angenommen werden würde, wie ich es mir so sehnlichst wünschte. Meine Geschwister und ich hatten nie das Gefühl, den Erwartungen unserer Eltern zu entsprechen.

Aber Gott war da.

Gott war da

Als ich zehn Jahre alt war, zog ich mit meiner Familie von Kansas nach Kalifornien. Dreißig Jahre später hatte ich Gelegenheit, an unseren ersten Wohnort zurückzukehren. Während ich mit dem Auto langsam in unser altes Wohnviertel einbog, bat ich Gott, mir zu zeigen, dass er damals bei mir gewesen ist. Ich parkte vor dem Haus meiner Kindheit, das ich so sehr geliebt hatte und an das ich mich so deutlich erinnerte. Und Gott antwortete mir. Auf der vorderen Veranda stand eine Löwenstatue und hielt Wache. Der Löwe von Juda flüsterte mir in meinem Herzen zu, dass er all die Jahre, die ich dort gelebt hatte, über mir gewacht hatte. Ich ließ den Wagen stehen und ging die Straße bis zu meiner Grundschule hinauf. Dort hatte es einige Lehrer gegeben, die mir besondere Aufmerksamkeit geschenkt und meinem ausgehungerten Herzen Nahrung gegeben hatten.

„Ich weiß, dass du hier warst, Gott. Aber kannst du es mir auch zeigen?" Mittlerweile war aus dem Schulgebäude eine Kirche entstanden. Die Tür war offen und ich ging den Flur bis zu meinem letzten Klassenzimmer entlang. Ich spähte durch das Fenster und las die Worte, die mit großer Schrift an der Tafel standen: „Gott liebt dich."

Oh ja, er war da.

Er war auch für Annie da. Als sie dreißig war, gab Gott ihr die Gelegenheit, sich zu erinnern. Und sie tat es. Sie erinnerte sich an ihren Kummer, ihre Einsamkeit, ihren Schmerz. Und dann erinnerte sie sich an noch etwas. Als kleines Mädchen hatte sie den Frühling geliebt. Wenn der Winter endlich die

Welt aus seinen Klauen entließ, zog Annie ihre Stiefel an und ging in das Moor, das sich ganz in der Nähe ihres Hauses befand. Bei den ersten Anzeichen des Frühlings konnte man in dem Moorschlamm etwas Schönes entdecken: Hahnenfuß. Diese hellgelben, zarten, winzigen Blumen bedeckten das gesamte Sumpfland. Der Hahnenfuß, ein einfaches Gewächs, bringt seine volle Schönheit nur auf schlammigem Moor so richtig zur Geltung. Er wächst nicht auf gedüngten Weiden oder Wiesen. Auch nicht auf grasigen Hügeln. Er gedeiht nur auf sumpfigen Böden.

Annies Kindheit war schlammig und trüb. Aber ganz ehrlich, sie ist eine der schönsten Frauen, die ich je kennengelernt habe. Annie war wie eine gelbe Hahnenfußblume, die auf sumpfigem Boden emporgewachsen ist, mit einem Glauben, der ansteckend und unbeschreiblich schön ist. Sie ist Gottes ganz persönliche Blume. Ja, Gott war da. Er ist immer noch da.

Nicht nur Annies Kindheit war schlammig und trüb, sondern auch meine. Und auch deine Kindheit war zu manchen Zeiten wahrscheinlich ein einziger Morast. Aber Gott war auch für dich da. Er hat dich gerufen. Dich versorgt. Dich beschützt. Mit dir gefühlt, wenn es dir schlechtging. Dich geliebt. Warum ließ er bestimmte Dinge zu und hat sie nicht verhindert? Ich weiß es nicht. Wir werden es wohl erst dann wissen, wenn wir ihm eines Tages gegenüberstehen. Aber wir wissen, dass er gut ist und dass er zu uns hält.

Paulus hat einmal gesagt: „Das eine aber wissen wir: Wer Gott liebt, dem dient alles, was geschieht, zum Guten. Dies gilt für alle, die Gott nach seinem Plan und Willen zum neuen

Leben erwählt hat" (Römer 8,28). Eines Tages werden wir das vollkommen verstehen. Doch bis dahin fordert Gott uns auf liebevolle Weise auf, die Dinge mit seinen Augen der Barmherzigkeit zu sehen.

Frag Gott einmal nach deinen ersten zehn Lebensjahren. Bitte ihn, dir zu zeigen, wo er dir besonders seine Liebe gezeigt, dich beschützt und dich für sich zu gewinnen versucht hat. „Warst du da, Gott? Wo warst du? Wie hast du dich gezeigt?"

Was machen wir nun damit?

Jeder Mensch hat irgendeinen wichtigen Bereich in seinem Leben, in dem er nicht so erfolgreich ist, wie er es sich wünscht, was wiederum einen Einfluss darauf hat, wie er sich selbst sieht. Jeder innere Kampf, der seine Wurzeln in der Vergangenheit hat – sei es eine tief sitzende Selbstverachtung oder der starke Drang, alles zu kontrollieren –, bewirkt eine verzweifelte Sehnsucht nach Gott. Wir alle haben Dinge in unserem Leben, die uns zu Gott hintreiben. Wir würden uns diese Dinge niemals freiwillig aussuchen oder sie anderen wünschen, aber es gibt mindestens einen, vielleicht auch zehn Bereiche in unserem Leben, durch die uns bewusst wird, dass wir Gott brauchen. Wir können uns nicht selbst befreien. Wir sind schwach, wir spüren, dass etwas in unserem Innern zerbrochen ist und sich nach Veränderung sehnt. Es ist ein großes

Geschenk, wenn wir den Kampf endlich aufgeben und alles bei dem Einen, der stark ist, abladen können.

Und glaub mir: Es ist keine Schande, dass du Jesus so verzweifelt brauchst. Aus irgendeinem Grund empfinden wir es als beschämend, wenn wir verzweifelt sind. Wir sehen Verzweiflung als ein Zeichen dafür, dass irgendetwas mit uns nicht stimmt. Aber dem ist nicht so. Gott hat uns mit voller Absicht so geschaffen, dass wir Jesus verzweifelt nötig haben. Wir haben ihn schon immer nötig gehabt und wir werden ihn immer nötig haben. Ich glaube nicht, dass Gott das Unglück und den Schmerz in unserem Leben herbeiführt, aber ich weiß, dass er sie benutzt, um uns näher zu ihm zu bringen. Die Verzweiflung in dem Sinne ist also eine gute Sache. Der schottische Schriftsteller und Pfarrer George MacDonald schrieb einmal:

Wie oft wird deine Hilfe zuteil denen, die zu lernen bereit!
Den einen in schlimmer Pein, den andern in Mutlosigkeit.
Den einen in Müdigkeit, schlimmer als jede Pein.
Den einen in Kummer, so quälend, beängstigend und blind …
Den andern in Hunger, der niemals vergeht.[1]

In welchen Bereichen sehnst du dich verzweifelt nach Gott? Mit welchen Dingen hast du zu kämpfen und was würdest du am liebsten verändern? Wann hat das alles angefangen? Bitte Jesus, dass er dir diese Dinge zeigt, und dass er dir seine Kraft und Stärke gibt, damit du frei und heil werden kannst.

Ich bin eine hungrige Frau. Ich bin hungrig nach Liebe, Annahme, Zugehörigkeit und danach, dass ich anderen etwas bedeute. Ich sehne mich verzweifelt nach Gott. Ich kenne den schmerzhaften Abgrund in mir, den auch schon viele andere Schriftsteller beschrieben haben.

Der englische Prediger Oswald Chambers schrieb zum Beispiel: „Es gibt nur ein Wesen, das den letzten schmerzenden Abgrund des menschlichen Herzens befriedigen kann, und das ist Jesus Christus, der Herr."[2] Heute weiß ich das auch. Aber als kleines Mädchen, damals, als ich nach Anerkennung und Liebe hungerte, wusste ich das nicht. Ich bin nicht jeden Morgen aufgewacht und hüpfend und springend durchs Haus getanzt, weil ich wusste, dass Jesus der eine ist, der den Hunger in meinem Herzen stillt. In dieses Wissen bin ich erst hineingewachsen. Und ich wachse immer noch hinein.

Als ich frisch verheiratet war, war ich mir noch nicht einmal bewusst, wie hungrig ich eigentlich war – selbst dann nicht, als ich mein Herz an Fast-Food-Restaurants verschenkte. Ich wusste nicht, dass ich mich damit in Gefangenschaft begab. Das Essen stillte für eine Weile meinen Hunger, meine Einsamkeit und meinen Schmerz. Aber nur für eine kleine Weile. Dann brauchte ich wieder etwas zu essen und wieder und wieder. Dreißig Jahre lang habe ich versucht, aus dieser Sucht herauszufinden.

Die Botschaften, die ich in meiner Kindheit erhielt, und insbesondere die Fixierung meiner Mutter auf mein Gewicht, haben diesen inneren Kampf in mir ausgelöst. Sie haben den Weg dafür bereitet, dass das Essen in meinem Leben eine Macht bekommen hat, die es niemals haben sollte. Mein zwanghafter Umgang mit Waage und Konfektionsgröße hatte dazu geführt, dass ich meinen Wert als Frau daran maß, wie viel ich wog und wie ich aussah.

Mein zwanghafter Drang, mich ständig mit Essen vollzustopfen, hat mein Leben tief geprägt. Das, was ich heute aufgrund meiner Hilflosigkeit (meines Scheiterns) über mich selbst denke, mein Entschluss, mich durch meine Scham hindurchzukämpfen, mich nicht zu verstecken, sondern anderen so gut ich kann sogar zu helfen – all das hat meine Seele zutiefst geprägt. Wenn ich sehe, wie das Herz meines Mannes wegen *meines* aussichtslosen Kampfes gegen die Esssucht zerbrochen ist und schließlich umgewandelt wurde, erkenne ich, dass dieser Teil meiner Lebensgeschichte absolut entscheidend ist.

Auf dem Weg zur Heilung

In meiner Wut und Verzweiflung wandte ich mich immer wieder an Jesus. Meine Hilferufe waren ein qualvolles Stöhnen voller Selbstverachtung, Selbstanklage und Hoffnungslosigkeit. Und Gott begegnete mir. Mitten in meiner übermächtigen Scham – ich schämte mich nicht nur für meinen Körper, sondern für mich *selbst* – zog Gott mich an sein Herz und sprach zu mir. Seine Worte waren voller Liebe und Wahrheit. Sie durchdrangen meinen Schmerz und die vertrauten Stimmen, die mich ständig anschrien: „Du elende Versagerin!"

Ein Teil unserer Heilung geschieht durch Vergebung (wir müssen uns selbst und anderen vergeben) und ein Teil geschieht durch Reue, also durch ernsthaftes Bedauern eigener Schuld. Doch zunächst müssen wir damit beginnen, dass wir erkennen, wie Gott uns sieht. Wie er dich sieht. Weißt du es?

- Du bist zutiefst und vollkommen geliebt (Römer 8,38–39).
- Gott hat dir alles vollständig vergeben (1. Johannes 2,12).
- Wenn Gott dich sieht, sieht er dich durch Jesus als einen Menschen, der freigesprochen ist (2. Korinther 5,21).
- Du bedeutest ihm alles (Johannes 3,16).
- Er findet dich wunderschön. Genau in diesem Augenblick (Hohelied 4,1).
- Er hat versprochen, dich zu heilen (Römer 8,29).
- Du bist und warst niemals allein (Hebräer 13,5).

Suche dir eine der eben genannten Aussagen aus. Glaubst du daran? Wirklich? Ganz tief in deinem Herzen? Was hilft dir, daran zu glauben? Was hindert dich?

Vergebung

Hier noch ein paar Worte zur Vergebung. Vergebung ist ganz entscheidend, wenn wir unsere Lebensgeschichte mit liebevollen Augen betrachten wollen. Vergebung, genau wie echte Reue, ist so wichtig wie die Luft zum Atmen. Sie ist ein Akt des Willens. Gott befiehlt uns sogar zu vergeben. Wenn wir anderen vergeben, sagen wir damit nicht, dass das, was sie getan haben, richtig war. Ganz und gar nicht. Wir bringen damit zum Ausdruck, dass wir nicht mehr länger bereit sind, an unserem Schmerz, unserer Wut und dem Gefühl, ungerecht behandelt worden zu sein, festzuhalten. All das geben wir an Gott ab, damit er sich damit befasst – und wir weigern uns, uns länger davon verletzen zu lassen.

Gibt es Menschen, denen du vergeben solltest? Bitte Gott, dass er dir dabei hilft.

Mein Kampf gegen mein Gewicht ist nur ein Teil meiner Geschichte. Ja, ein sehr wichtiger Teil, der mehr als zwei Jahrzehnte meines Lebens beherrschte. Aber Gott hat diesen Kampf dazu benutzt, mich näher an sein Herz zu ziehen. Ich glaube nicht, dass er die Ursache für meine Gewichtsprobleme war. Aber ich weiß, dass er sie zum Guten gebraucht hat. Und ich habe beschlossen, meiner Mutter zu vergeben. Ich vergebe meinem Vater. Ich vergebe sogar mir selbst. Mal wieder.

Unsere Vergangenheit hat uns zwar geprägt, aber wir *sind* nicht unsere Vergangenheit. Unsere Fehler und Schuld haben eine Auswirkung darauf gehabt, wer wir sind, aber wir werden nicht durch unsere Fehler und unsere Schuld *definiert*. Denkmuster und Süchte haben uns belastet, doch sie haben uns nicht überwältigt und werden uns niemals überwältigen. Jesus hat den Sieg für uns erkämpft. Jesus ist unser Sieg.

Die Geschichten unserer Vergangenheit, die uns geprägt haben, und die Worte, die über unser Leben ausgesprochen wurden und uns verletzt haben, haben nicht den Hauch einer Chance, wenn wir sie in das Licht von Gottes gigantischer Liebe und Barmherzigkeit stellen. Ja, Gott gebraucht unsere Erlebnisse und Erfahrungen, um uns zu formen. Denen, die ihn lieben, lässt er alle Dinge zum Guten dienen, auch die schrecklichen Dinge. Das, was Gott in seiner Vollkommenheit tief in unseren Herzen tut, während wir leiden und kämpfen und weinen und uns nach Veränderung sehnen, das ist so absolut fantastisch. Vielleicht kannst du jetzt noch nicht sehen, was bitte schön gut daran sein soll, aber eines Tages wirst du es erkennen. Ganz sicher! Es geschieht dann, wenn wir unser Leben mit Gottes Augen betrachten.

Jesus lädt uns ein, die Bereiche in uns wiederherzustellen, die wir versucht haben zu verstecken oder loszuwerden, weil wir gehofft haben, dass wir dann von anderen mehr akzeptiert werden. Gott möchte, dass wir ihn von ganzem Herzen lieben. Und zu diesem „ganzen Herzen" gehören auch die Teile unserer Persönlichkeit, die wir gerne verändern würden, die längst begrabenen Träume und die Wunden, die wir ignoriert haben.

Gott kommt dir zu Hilfe. Er hat dich nicht verlassen und wird das auch niemals tun. Manchmal kommt uns der Schmerz des Lebens fast unerträglich vor. Aber wenn wir uns dann in unserem Leid an Jesus wenden und ihn um Hilfe bitten, dann herrscht Freude im Himmel, das Negative hat keine Macht mehr über uns, und der Heilige Geist, der uns näher ist als unsere Haut, verändert uns mehr und mehr.

Kapitel 3:

Die Landschaft deines Lebens

Was hinter uns und was vor uns liegt, ist beides unbedeutend verglichen mit dem, was in uns steckt.

Ralph Waldo Emerson

Gestern Morgen war mir danach zumute, einen kleinen Welpen zu kaufen; heute Nachmittag war ich so geladen, dass ich mich gefragt habe, für wie viele Jahre ich wohl ins Gefängnis käme, wenn ich eine bestimmte Person einfach ins Jenseits befördern würde.

Bin ich eigentlich komplett verrückt geworden? Ist das die sündige Natur, von der in der Bibel immer wieder die Rede ist, und ich bin einfach dazu verdammt, ihr immer wieder auf den Leim zu gehen? Nein. In mir gibt es etwas, was in meiner Welt Chaos anrichtet, aber gemeint sind nicht Verletzungen, Sünde oder mangelnde Reife – und auch nicht ein Hauch von

Geistesgestörtheit. Im Leben einer Frau gibt es heftige Gezeiten, die wie Ebbe und Flut in uns wüten. Sie haben einen enormen Einfluss auf unser Leben und darauf, wie wir unser Leben wahrnehmen.

Viele Mädchen und Frauen sind sich nicht bewusst, wie sehr ihre Hormone ihr Leben beeinflussen – emotional, körperlich und geistlich. Aber wir müssen nicht länger unwissend bleiben oder uns verzweifelt fragen, ob wir in bestimmten Zeiten unseres Lebens (oder im Monat) kurz davor sind durchzudrehen. Der Körper, in dem wir leben und die erstaunlichen Kräfte der Hormone, die durch ihn fließen und zu solch krassen Veränderungen in uns führen, beeinflussen sämtliche Erfahrungen, die wir im Leben machen. Lass uns mal ansehen, was da eigentlich passiert.

Vier Jahreszeiten

Hast du gewusst, dass der Körper einer Frau die Natur widerspiegelt? Jedes Jahr erleben wir Frühling, Sommer, Herbst und Winter – vier wunderschöne Jahreszeiten. Bezogen auf die Menstruation gibt es im Leben einer Frau auch vier Jahreszeiten und einen Vier-Wochen-Zyklus – diese Zeiten sind allerdings nicht immer exakt voneinander zu trennen. Manche Frauen haben einen Zyklus, der so unzuverlässig ist wie die Wettervorhersage, und bei manchen Frauen ist er so pünktlich wie ein Schweizer Uhrwerk. In jedem Fall ist es für uns sehr hilfreich, wenn wir verstehen, was sich in unserem Körper so alles abspielt.

Beginnen wir mit den vier Jahreszeiten.[1] Die Phase, in der sich der kindliche Körper manchmal auf rapide und sogar befremdliche Weise entwickelt, ist die sogenannte *Präadoleszenz.* Diese Jahre legen den Grundstein für unsere Selbstwahrnehmung. Die tiefsten Fragen unseres Herzens werden in jenen Jahren beantwortet: *Werde ich geliebt? Bin ich es wert, geliebt zu werden? Wen verzaubere ich?* Vom Säugling über das Kleinkind bis zum kleinen Mädchen entwickelt sich unser Ich und wir werden zu einer Frau. In dieser Phase, dieser „Jahreszeit", sind wir ganz und gar weiblich, und zwar ohne die Nachteile (oder Vorteile) der Menstruation.

Die nächste Jahreszeit im Leben einer Frau ist die Jahreszeit der Menstruation. Zu ihr gehören die Jahrzehnte, in denen wir theoretisch dazu in der Lage sind, ein Kind zu gebären. Der Eintritt in diese Phase geht mit massiven hormonellen Veränderungen einher. Es kann eine schwierige Übergangszeit sein, die oft von Gewichtszunahme, unreiner Haut und gewaltigen inneren Kämpfen begleitet wird. (Leider.) Viele Mädchen plagen sich mit den Fragen: Wer bin ich? Was macht meinen Wert aus? Wohin gehöre ich?

Die Pubertät ist für die meisten eine echt harte Zeit.

Das ist die Jahreszeit, in der du dich vermutlich gerade befindest. Offiziell beginnt die Pubertät mit der ersten Menstruation. In deinem Körper finden Veränderungen statt, die manchmal unerklärlich und oft auch unangenehm sind. All die Hormone, die in deinem Körper ausgeschüttet werden, können deine Gefühle ganz schön ins Wanken bringen.

Dein Körper, deine Seele, deine emotionalen Fähigkeiten – alles an und in dir entwickelt sich weiter.

Wusstest du, dass deine Empfindungen als Teenager viel stärker sind als bei einem Erwachsenen? Das ist wirklich so. Freude, Traurigkeit, Verlust, Kummer – deine Emotionen erlebst du sehr intensiv. Deshalb gibt es auch nicht wirklich so etwas wie „bloße Schwärmerei". Die Gefühle für deine erste Liebe sind unglaublich heftig. (Sei aus diesem Grund besonders vorsichtig, an wen du dein Herz verschenkst!)

Während dein Hormonspiegel sich ständig verändert und nach oben schießt, kann es sein, dass du dich gleichzeitig mit Hautproblemen herumschlagen musst. Auch Jungs werden plötzlich viel interessanter für dich. Flüchtige Blicke oder ein Arm, der dich nur leicht streift, und dir wird ganz flau im Magen, in positivem Sinne. Die Beziehungen zu anderen Mädchen können schwieriger werden; ihre Ansichten haben viel mehr Gewicht und sie scheinen sich ständig zu verändern. Deine Freundschaften können komplizierter werden. Erwachsene kommen dir plötzlich so dumm vor. Deine Mutter nervt ständig. Deine Familie ist so peinlich.

Das ist normal.

Ganz ehrlich!

Es wird vorbeigehen.

In dieser Jahreszeit wirst du wahrscheinlich auch viel mehr Risiken auf dich nehmen, als dir später lieb sein wird. An manchen Tagen willst du dich am liebsten einfach nur in die Ecke schmeißen und warten, bis diese Zeit vorbei ist, aber es klappt nicht. Na ja, vielleicht kannst du dich mal für einen Nachmittag oder sogar für eine Woche zurückziehen, länger aber nicht. Eigentlich ist diese Zeit eine der schönsten und abenteuerlichsten in deinem Leben.

Alles, was du in dieser Zeit fühlst, denkst, erlebst und welche Entscheidungen du triffst, ist von Bedeutung. Für heute. Jetzt. Immer. Du bist von Bedeutung. Diese Jahre fühlen sich vielleicht nicht so an, als wenn das die besten Jahre deines Lebens wären, aber sie gehören einfach dazu. Dein Heute wird dein Morgen prägen. Morgen wirst du dich an gestern erinnern.

Nach und nach wirst du immer mehr Antworten auf deine Fragen finden und dich daran gewöhnen, eine Frau zu werden. Unsere Monatsblutung kann regelmäßig sein oder uns jedes Mal überraschen – diese Jahre, in denen wir unsere Regel haben, bilden die längste Jahreszeit im Leben einer Frau. Achte auf jeden Fall darauf, dass du immer ausreichend Tampons in deiner Tasche dabeihast (oder auch Damenbinden – was immer dir lieber ist).

Wie hat die Pubertät dein Leben verändert? Welchen Einfluss hat sie auf deine Selbstwahrnehmung?

Die dritte Jahreszeit im Leben einer Frau bezeichnet man auch als *Perimenopause* oder als „Wechseljahre". Das ist für dich jetzt noch eine Ewigkeit weit weg. In dieser Phase, die rund ein Jahrzehnt andauert, verändert sich der weibliche

Körper auf dramatische Weise, vergleichbar mit dem Beginn der Pubertät.

Die vierte Jahreszeit nennt man *Menopause*. Dann haben wir keinen Menstruationszyklus mehr, wir können nicht mehr schwanger werden und müssen uns keine Sorgen mehr darüber machen, dass unsere Unterhosen unansehnliche Flecken bekommen. Auch diese Jahreszeit ist fantastisch. In dieser Zeit kommt die Persönlichkeit einer Frau mehr zum Ausdruck. Sie wird auf einmal kreativer. Die Zweifel an sich selbst und die Selbstkritik haben nicht mehr so viel Macht über sie wie damals, als sie noch jung war und ihr noch das Selbstvertrauen fehlte. Viele Frauen genießen in dieser Phase eine nie gekannte Tiefe der eigenen Wertschätzung.

Jede dieser vier Jahreszeiten hat ihren eigenen Wert und ihre eigene Schönheit. Jede einzelne soll dazu dienen, dass sich deine einzigartige, von Gott geschenkte Stärke als Frau weiterentwickelt und du andere damit beglücken kannst. Und du wirst feststellen, dass du immer mehr Freude daran haben wirst, du selbst zu sein – im Frühling, Sommer, Herbst und im Winter!

Der Vier-Wochen-Zyklus

Ich will nicht drum herumreden und gebe zu, dass ich mich in der ersten Woche im Menstruationszyklus am wohlsten fühle. Ich bin dann voller Energie und habe eine positive Einstellung. Ich schmiede Pläne für eine Party, treibe mit Begeisterung Sport und glaube all die wundervollen Dinge, die Gott in der Bibel über mich sagt, mit viel größerem Eifer als noch wenige Tage zuvor. Ich interessiere mich mehr als sonst für die Not anderer Menschen und bin bereit, ihnen so gut ich kann zu helfen.

Meine Hormone erfüllen ihre Leben spendende Aufgabe. Ich würde ja gern glauben, dass diese Variante meiner Person die wahre ist, aber wie sieht das in drei Wochen aus, wenn meine Freunde zur Party kommen, zu der ich sie eingeladen habe, und ich dann keine Lust mehr auf Feiern habe? Das bin dann immer noch ich. Diese ständigen Wechselbäder der Gefühle, das Auf und Ab, die Höhen und Tiefen – all das gehört auch zu deinem Leben.

Der Zyklus einer Frau dauert vier Wochen. Genauer gesagt, achtundzwanzig Tage. In der ersten Woche wird das Hormon Östrogen ausgeschüttet und unsere Eierstöcke beginnen an einer Eizelle zu arbeiten. Das Östrogen ist auch mit dafür verantwortlich, dass in unserem Gehirn so fantastische Stoffe wie Dopamin und Serotonin freigesetzt werden. Wir sind glücklicher. Unser Energielevel ist auf dem Höchststand. Das ist unsere „Du schaffst es!"-Woche. („Klar werde ich zum Klassensprecher gewählt!")

Zu Beginn der zweiten Woche ändert sich einiges. Der Östrogenspiegel pendelt sich ein und nimmt dann etwas ab. Wir sind noch immer voller Tatendrang, fühlen uns emotional stabil und sind kreativ, sind aber vielleicht nicht mehr ganz so euphorisch. Dann findet der Eisprung statt. Der Östrogenpegel steigt leicht an und die Konzentration des Hormons Progesteron erhöht sich. Das Ei wandert durch den Eileiter. Unsere

Stimmung ist friedlich und wir sind vielleicht auch mehr dazu bereit, Sex zu haben. In dieser Woche fällt es uns meist schwerer, uns an die Grenzen zu halten, die Gott uns gegeben hat.

(Wenn ich dir einen Tipp geben darf: Falls du einen Freund hast und ihr euch küssen wollt, fang nicht an, dich auszuziehen. Leg dich beim Küssen auch nicht hin. Überdenke am besten noch einmal die ganze Sache mit dem Küssen. Okay, ich bin nicht deine Mutter, aber ich bin *eine* Mutter und manchmal ergreift eben mein mütterlicher Instinkt Besitz von mir. *Triff gute Entscheidungen!)*

Aber dann, am Ende dieser zweiten Woche, lässt unsere Energie allmählich nach. Auch unsere Gefühlswelt kann ein wenig durcheinandergeraten.

Die Schönheit, Kraft und das Wunder deiner Sexualität ist ein zu tief gehendes Thema, als dass ich hier weiter darauf eingehen möchte. Es gibt sehr gute Bücher darüber, und ich empfehle dir dringend, mehr darüber zu lesen.[2]

In der dritten Woche, wenn keine Befruchtung stattgefunden hat, signalisiert unser Gehirn, dass sich Östrogen und Progesteron aus dem Staub machen sollen. Unsere Stimmung rutscht ein wenig in den Keller. Auch der Blutzuckerspiegel sinkt ab. Wir haben weniger Selbstvertrauen. Ein paar Tage lang spüren viele junge Mädchen und Frauen nach diesem Absinken des Hormonspiegels eine innere Leere.

Während der vierten Woche verschwinden sowohl Östrogen als auch Progesteron von der Bildfläche, sofern wir nicht schwanger sind; und die Gebärmutterschleimhaut, die sich gebildet hatte, um einen warmen, sicheren Platz für einen Embryo zu schaffen, löst sich ab. Unsere Regelblutung setzt ein. An Schokolade kommen wir nicht vorbei und schon ein Werbespot kann uns zu Tränen rühren. Ob wir Krämpfe haben oder Schmerzen oder überhaupt keine körperlichen Beschwerden merken: Emotional sind wir oft so mies drauf, dass wir am liebsten den Stecker vom Telefon herausziehen und ein paar Tage aus unserem Leben verschwinden würden. In dieser Woche gibt es bei mir immer mindestens einen oder zwei Tage, an denen ich davon überzeugt bin, nicht eine einzige Freundin zu haben, aber das ist mir dann auch egal, weil ich zu diesem Zeitpunkt sowieso niemanden leiden kann. Es sind die Tage, an denen wir es uns erlauben sollten, uns nachmittags eine Runde aufs Bett zu werfen und vielleicht eine Zeitschrift durchzublättern. Ein ausgiebiges Schaumbad könnte jetzt deine Stimmung etwas anheben.

Und dann kommt der Frühling wieder und die Hoffnung kehrt zurück. Die Krokusse blühen. Die Narzissen zeigen sich in fröhlicher Pracht. Ein neuer Zyklus beginnt.

Siehst du, du bist also nicht verrückt.

Welchen Einfluss haben deine Hormone auf dich? In welcher Zykluswoche befindest du dich gerade?

Ich werde bald keine Menstruation mehr haben und ich lerne erst jetzt die einzelnen Facetten so richtig kennen. Der Zyklus hat vierzig Jahre lang meine Stimmung beeinflusst und erst jetzt begreife ich, dass Stimmungsschwankungen normal sind. Ich habe oft gedacht, dass ich bald durchdrehe. Sehr oft war ich geknickt, habe mich abgewiesen gefühlt. Warum habe ich meine Periode bloß nicht schon früher im Kalender festgehalten? (Ich rate dir dringend dazu! Schreibe dir jeden Monat in deinen Kalender, wann du deine Periode bekommst. Das ist so unglaublich *hilfreich.)*

Ich habe lange Zeit meinen Körper nicht weiter beachtet, sein Bedürfnis nach Fürsorge ignoriert. Meine Gefühle, und wenn sie auch noch so deutlich waren, habe ich einfach links liegen lassen. Das war keine gute Entscheidung. Ich habe mich praktisch von mir selbst abgekoppelt. Mein Körper gehört aber genauso zu mir wie mein Geist, meine Seele, meine Gefühle, meine Träume, meine Wünsche und mein Sinn für Humor. Das ist auch bei dir so. Aber, ganz ehrlich, jetzt achte ich auf mich und ignoriere mich nicht länger. Ich gebe zu, dass ich niedergeschlagen und erschöpft bin, dass meine Brüste sich schwer anfühlen und schmerzen. Und weil ich inzwischen etwas gelernt habe, kann ich mit Sicherheit sagen, woran das *nicht* liegt.

Ich bin weder depressiv, orientierungslos, verwirrt noch überfordert. Ich habe keinen an der Klatsche, trete nicht auf der Stelle, bin nicht launisch und werde auch nicht für den Rest meines Lebens unfähig sein, mein Leben zu meistern.

Der Grund, warum ich so bin, liegt einfach darin, dass sowohl mein Östrogen- als auch mein Progesteronspiegel momentan sehr niedrig sind. Das ist das ganze Geheimnis. Ist das nicht eine Erleichterung?

Ich bitte Jesus, mir dabei zu helfen, mich selbst und andere freundlich zu behandeln und mir zu erlauben, niedergeschlagen und erschöpft zu sein. Es gehört einfach zu meinem Frausein dazu, und das ist auch gut so. Ja, natürlich mag ich die übrigen Wochen des Monats lieber. In meiner „Ja, ich schaffs!"-Woche möchte ich schreiben, reden, joggen gehen, mehr Erfahrungen mit Gott machen, andern die heilende Botschaft von Jesus bringen und irgendein Zimmer neu streichen. Aber heute will ich nichts von alledem. Ich möchte eine heiße Schokolade trinken, im Bett liegen, einen Film sehen, Popcorn essen und mit niemandem reden müssen, außer wenn mir jemand noch ein paar weiche Kissen bringen will.

Ich bin keine Hormonexpertin, aber es gibt welche und an die dürfen wir uns gerne wenden. Es ist enorm wichtig, dass wir Mädchen und Frauen uns selbst annehmen und uns Zeit nehmen zu entdecken, was in unserem Körper vor sich geht und wann das geschieht. Die Hormone beeinflussen uns auf emotionaler, physischer und geistlicher Ebene. Für einige von uns sind die Auswirkungen sehr unangenehm und beeinträchtigen stark das Gefühlsleben. Aber wir müssen nicht darunter leiden und allein damit fertigwerden. Es gibt viele Möglichkeiten, Hilfe zu bekommen. Sprich mit einer erwachsenen Person, der du vertraust, mit deiner Mutter, einer Lehrerin, einem Therapeuten oder einem Arzt. Lies ein gutes Buch zu diesem Thema. Wenn du willst, kannst du auch einen Naturheilpraktiker oder Frauenarzt aufsuchen.

Und stütze dich auf Gott. Verbringe viel Zeit mit ihm. Die schwierigen Tage des Monats können eine Ruhepause sein, in der wir bei Gott Schutz und Geborgenheit suchen. Er versteht uns immer und er liebt uns unendlich. Jeden von uns.

Als Allererstes ist es aber wichtig, dass du dich selbst nicht verwünschst, indem du deinen Körper oder deine Weiblichkeit verwünschst. Es ist klasse, ein Mädchen zu sein. Klar, wir müssen etwas aushalten, was die Jungs nicht kennen. Das ist jedoch kein Grund, sie zu beneiden oder Verwünschungen über uns selbst auszusprechen. (Verwünschen bedeutet übrigens, wenn du Dinge sagst wie: „Ich hasse meinen Körper. Ich hasse meine Periode. Ich hasse Hormone. Ich wünschte, ich wäre ein Junge.“) Wir können davon heil werden, wenn wir Worte des Segens, also das Gute, aussprechen:

Ich segne meinen Körper. (Ich wünsche ihm Gutes.) Danke, Gott, dass du mich als Frau geschaffen hast. Ich nehme meinen Körper und meine Weiblichkeit als Geschenk an. Ich segne die Hormone in mir. Ich weihe meinen weiblichen Körper Jesus. Ich weihe ihm meine Hormone. Jesus, bitte komm und heile meine Gedanken. Verwandle den Sturm in meinem Inneren in Stille, so wie du damals die Wellen auf dem See beruhigt hast. Komm und segne meine Weiblichkeit, und hilf mir zu verstehen, wie du mich gemacht hast und wie ich mit mir selbst und dem Rhythmus meines Körpers leben kann.

Worüber würdest du gerne mit Gott reden, wenn du an deinen Monatszyklus oder an deinen Körper denkst?

So weit der kurze Überblick über die inneren Vorgänge in uns. Nun wollen wir uns mit der äußeren Landschaft beschäftigen, in der wir uns alle bewegen. Sie kann einen noch viel größeren Einfluss auf uns haben als die Hormone, und ich versichere dir, dass so manche junge Frau davon betroffen ist …

Der Krieg um uns herum

Neulich las ich die Geschichte eines zwölfjährigen Mädchens aus Äthiopien, das von einigen Männern entführt worden war, weil es einen von ihnen heiraten sollte. Nach einer Woche fand man sie. Man hatte sie brutal geschlagen, sie blutete und war völlig verängstigt. Ihre Peiniger waren in die Flucht geschlagen – von drei Löwen, die dem Mädchen zu Hilfe gekommen waren und sie seitdem bewacht hatten. Drei wilde Löwen, die normalerweise Menschen angreifen würden, hatten dem Mädchen, wie durch ein Wunder, das Leben gerettet![3]

Ich liebe diese Geschichte. Doch nachdem ich sie gelesen hatte, fand ich heraus, dass in Äthiopien die Entführung und Misshandlung junger Mädchen und deren Zwangsverheiratung an der Tagesordnung sind. UN-Schätzungen zufolge kommen mehr als 70 Prozent der Eheschließungen in Äthiopien auf diese Weise zustande.

Mir geht es hier nicht darum, speziell das Land Äthiopien zu kritisieren. Seine Geschichte und die aktuelle Lage im Land sind nur ein Spiegelbild von dem, was auch in vielen anderen Ländern geschieht. Die Statistiken über das Leid in der Welt sind trostlos und bedrückend. Aber hier ist die Geschichte eines Mädchens. Ich bin verblüfft und freue mich über ihre Rettung, aber gleichzeitig bin ich tief betrübt, wenn ich an die Millionen anderen Mädchen denke, die nicht aus ihrer schlimmen Lage befreit werden.

Die meisten kleinen Mädchen träumen davon, einmal ein Märchen zu erleben. Die große Überraschung beim Älterwerden ist aber nicht die, dass das Märchen ein Mythos war, sondern die Erkenntnis, dass das Leben viel gefährlicher ist, als man anfangs dachte. Wir leben in einem Märchen, aber oft scheint es so, als ob die böse Hexe gewinnt – oder der böse Drache. (Manchmal haben wir das Gefühl, sogar selbst der Drache zu sein – wenn wir unseren monatlichen inneren Kampf ausfechten.) Doch eines will ich in aller Ernsthaftigkeit anmerken: Egal, ob wir wach sind oder schlafen, in jedem Augenblick tobt um uns herum ein Kampf. Die äußere Landschaft, in der wir alle leben, befindet sich mitten in einem Kampf – nicht nur zwischen Gut und Böse, sondern auch zwischen Leben und Tod.

Das Leben ist nicht so, wie es ursprünglich geplant war. Wir leben nicht mehr im Garten Eden. Wir wurden in diese Welt, wie sie jetzt ist, hineingeboren. Wir kamen und rangen nach Luft und wir ringen heute noch danach. Es ist nicht leicht, hier zu leben, es ist nicht leicht, sich an diesem Ort etwas aufzubauen. Feuer und Eis. Schönheit und Terror. Schmerz und Heilung. Das gehört alles zusammen.

Die gute Nachricht angesichts all des Negativen ist: Das Leben wird sich durchsetzen. Es hat bereits gesiegt! Die Liebe hat gesiegt. Doch das Schlachtfeld ist immer noch da, gerade dort, wo wir uns befinden, und die Bühne für diesen Kampf ist eine Welt voller Hass – auch und besonders gegen Mädchen und Frauen. Gott liebt jedes Mädchen und jede Frau. Jesus liebt sie. Aber der Feind, das Böse, treibt immer noch sein Unwesen in der Welt.

Das sind nicht gerade erfreuliche Nachrichten, aber wir müssen uns ihnen stellen. Unsere Lebensreise vollzieht sich auf unfreundlichem Terrain. Du wusstest das bereits. Bei dem geistlichen Kampf, der um uns herum stattfindet, entsteht ein Rauch, der unsere Augen tränen und uns nur schwer atmen lässt. Kanonenkugeln werden auf unser Herz abgeschossen und wir dürfen diese Realität nicht ausblenden. Ein großer Teil des Kummers in unserem Leben wurzelt in der Frauenfeindlichkeit. Vielleicht bist du jetzt überrascht, vielleicht siehst du es nicht so. Aber ich habe es hautnah erlebt und viele andere Frauen und Mädchen machen tagtäglich diese traurige Erfahrung.

Der Frauenhass

Misogynie: Frauenhass. Vom griechischen misein „hassen“ + gyne „Frau“[4].

Der griechische Philosoph Aristoteles lebte etwa dreihundert Jahre vor Christus und übte auf die uns bekannte Welt einen gewaltigen Einfluss aus. Er war der Ansicht, dass Frauen als eine natürliche Verunstaltung von Männern beziehungsweise als unvollkommene Männer anzusehen wären. [5] Er stand mit dieser Ansicht nicht allein da und seine Vorstellung hat sich auf der ganzen Welt verbreitet. Das ist die Welt, in die du hineingeboren wurdest. Unsere Welt ist von Frauenfeindlichkeit geprägt und das färbt auch auf dein Leben ab. Wenn wir das erkennen, können wir unser Leben besser verstehen und meistern.

Frauenhass ist der Hass auf Frauen und alles Weibliche. Er entstand beim Sündenfall und hat nicht nur in den Männern, sondern auch in uns Frauen Einzug gehalten. Dieser Hass zeigt sich auf vielfältige Weise: angefangen von Witzen unter der Gürtellinie über Pornografie und Sexhandel bis hin zur Selbstverachtung, die eine Frau für ihren Körper empfindet. Warum ist wohl die plastische Chirurgie so weit verbreitet? Magersucht, Bulimie und Esssucht haben ihre Wurzeln in der Selbstanklage, im Frauenhass. Die Geschichte unserer Welt ist voll von Verletzungen, Unterdrückung, Herabsetzung, Verachtung und Angst, die auf Frauen und Mädchen gerichtet sind.

Als Jesus auf den Plan trat, stellte er die Frauenfeindlichkeit auf den Kopf. Damals hätte kein Rabbi in der Öffentlichkeit das Wort an eine Frau gerichtet, noch nicht einmal an seine eigene (bei orthodoxen Rabbinern ist das heute noch so üblich). Selbst heutzutage ist es einem orthodoxen Juden verboten, eine Frau zu berühren, die nicht seine eigene ist oder mit der er nicht nahe verwandt ist. Und er darf auch nicht von ihr berührt werden. Jesus hielt sich nicht an solche Regeln. Während seines Dienstes hier auf der Erde hatte er oft mit Frauen zu tun. Er sprach mit ihnen. Er berührte sie. Er lehrte sie. Er schätzte sie wert. Und es gab Frauen, die sich um Jesu körperliches Wohl sorgten, ihn berührten, seine Füße wuschen, ihn mit Öl und mit ihren Tränen salbten. Jesus hatte selbstverständlich weibliche Jünger, die mit ihm durch das Land zogen, ihn unterstützten, von ihm lernten und zu seinen Füßen saßen. Wenn wir, die Gemeinde, der Leib Christi, dem Beispiel Jesu gefolgt wären, anstatt uns an menschliche Traditionen zu halten, die in der Sünde verwickelt sind, dann könnten wir in Bezug auf die Frauen dieser Welt auf eine ruhmreichere Geschichte zurückblicken.

Doch der Frauenhass gelangte in die christlichen Gemeinden, und das bereits vor sehr langer Zeit. Im Laufe der Jahrhunderte wurden viele mit Bibelstellen gespickte Predigten gehalten, die sich für die Unterdrückung der Frauen aussprachen. Aber wir müssen verstehen, dass die Bibel Informationen enthält und von kulturellen Gepflogenheiten berichtet, die sie jedoch nicht gleichzeitig auch befürwortet! In der Bibel wird von vielen sündigen Taten berichtet (sie werden teilweise sogar im Detail beschrieben), aber sie werden deswegen noch lange nicht gutgeheißen. Nehmen wir als Beispiel die Sklaverei – die Bibel berichtet davon, doch sie spricht sich *nicht dafür* aus.

Dagegen wurde im Amerika des achtzehnten Jahrhunderts die Sklaverei oftmals von der Kanzel herunter befürwortet und mit Aussagen aus der Bibel bekräftigt. Und genauso wurden die Worte des Apostels Paulus über die Frauen nur allzu oft verdreht, um die Unterdrückung von Frauen zu rechtfertigen, was ganz und gar nicht seine Absicht war!

Die gute Nachricht ist: Die Dinge ändern sich. Tatsache ist auch, dass das Christentum mehr als jede andere Bewegung in der Geschichte dazu beigetragen hat, die gesellschaftliche Stellung der Frau zu verbessern und zu fördern.

Was denkt Jesus deiner Ansicht nach über Frauen und Mädchen? Warum?

Doch in viel zu vielen Kulturen gibt es in dieser Hinsicht noch keinerlei Veränderung. Ja, wir sind schon weit gekommen, aber wir haben noch eine Menge vor uns. Der Frauenhass regiert erbittert weiter. Er kann sogar schon in kleinen Mädchen sein Unwesen treiben!

Denke nur einmal zurück an die Zeit auf dem Spielplatz. Kleine Mädchen können so gehässig sein und schon früh im Konkurrenzkampf zueinander stehen. Die Jungs hauen sich für gewöhnlich einmal kräftig die Hucke voll und sind fünf Minuten später schon wieder die besten Freunde. Mädchen dagegen denken sich regelrechte Rachestrategien aus. Sie sind raffiniert und ihre Worte können so verletzend sein wie Messerstiche.

Ältere Mädchen konkurrieren miteinander um die Aufmerksamkeit der Jungs. Wie viele Mädchen haben ihre beste Freundin schon für die Freundschaft mit einem Jungen geopfert? Viele Mädchen fühlen sich durch die Schönheit, die Intelligenz und den Charme eines anderen Mädchens bedroht. Wenn wir einen Raum betreten, mustern wir unbewusst die anderen Mädchen oder Frauen, um dann blitzschnell zu beurteilen, wo wir uns selbst in der Rangliste der Attraktivität (was für uns gleichbedeutend ist mit unserem Wert) befinden. Meist bemerken wir noch nicht einmal, dass wir das tun, weil es schon ganz automatisch geschieht. Auch dieses Verhalten hat seine Wurzeln in der Frauenfeindlichkeit, und das ist Hass, wohlgemerkt.

Ob wir uns dessen bewusst sind oder nicht, wenn wir andere Mädchen hassen, hassen wir uns selbst. Wir kooperieren mit dem Feind, und die Verletzungen, die daraus entstehen, bleiben bestehen. Laut Jesus ist Hass sogar gleichzusetzen mit Mord.

Und so kann die Frauenfeindlichkeit natürlich auch zu körperlicher Gewalt führen: durch Mädchen. Durch Jungen. Der folgende Tweet von Jimmy Carter macht es ganz unmissverständlich klar:

Der Missbrauch von Frauen und Mädchen ist die dramatischste Menschenrechtsverletzung der Welt, die am wenigsten bekämpft wird.
#violenceagainstwomen[6]

Möglicherweise hast du auch erlebt, was ich schon erleben musste: sexuelle Übergriffe. Als ich zwanzig war, folgte mir ein Mann auf die Toilette eines Restaurants, schloss die Tür ab und warf sich auf mich. Ich versuchte mich zu wehren. Aber schließlich gelang es ihm doch, mich zwischen dem Waschtisch und der Wand festzuklemmen und sich an mir zu befriedigen. Anschließend gab er mich frei und schrie: „Sieh nur, wozu du mich gebracht hast!" Er gab mir die Schuld für seine Sünde, für seinen Hass. Diese Ansicht kommt nicht selten vor.

Aber wir sollten uns hüten, den Männern allgemein die Schuld zu geben oder sie gar zu hassen. Wir sollten uns über das andere Geschlecht freuen – genauso wie über das eigene. Das Leid, das sich nach dem Sündenfall auf die Menschen legte, beinhaltet die Trennung von Gott, aber auch die Trennung voneinander. Gott schuf Eva, um Adams *ezer* zu sein. Das hebräische Wort, das in 1. Mose 2, Vers 18 benutzt wird, bedeutet „Lebenshilfe", „Gegenüber", „die Person, ohne die ein Mensch buchstäblich nicht leben und sich entfalten kann". Gottes Plan für den Mann und die Frau sah so aus, dass sie sich gegenseitig unterstützen und ergänzen sollten. Sie sollten eigentlich dasselbe Ziel verfolgen und in der Liebe eins sein. Doch dann kam der Sündenfall, und er brachte Entzweiung und unaussprechliches Leid mit sich. Obwohl viel Kummer in unserem Leben von anderen Menschen verursacht wird, sind nicht die Menschen unsere Feinde. Die anderen Mädchen sind nicht unsere Feinde. Die Jungs sind nicht unsere Feinde. Der Teufel ist der Feind.

Der wahre Grund

In jeder Minute werden zwei Kinder für den Sexhandel verkauft, jährlich werden rund zwei Millionen Kinder weltweit in die Prostitution gezwungen und achtzig Prozent dieser Opfer sind Frauen und Mädchen.[7] Der Menschenhandel ist nicht nur ein Problem in anderen Ländern – er nimmt auch in Europa und in den Vereinigten Staaten zu. Die USA sind mittlerweile sogar als beliebtester Zielort für Sextouristen bekannt.[8]

Und dann ist da noch das Thema Pornografie: Achtzig Prozent der Pornografie, die die Welt überschwemmt, wird als harte Pornografie eingestuft.[9] Die meisten von uns denken bei Pornografie an sogenannte Softpornos, doch zur harten Pornografie gehören Kinderpornografie, sadomasochistische Pornografie und Pornografie mit Inhalten jenseits aller Vorstellungskraft. All diese Pornografie hat nur das eine Ziel: Das Herz der Person, die mit ihr in Berührung kommt, zu zerstören.

Der Ursprung dieses Hasses und Leides sind weder Männer noch die Kirche, noch nicht einmal Regierungen oder Unrechtssysteme. Die Bibel sagt sehr deutlich, dass der Ursprung des Bösen der Böse selbst ist:

Denn wir kämpfen nicht gegen Menschen, sondern gegen Mächte und Gewalten des Bösen, die über diese gottlose Welt herrschen und im Unsichtbaren ihr unheilvolles Wesen treiben.
Epheser 6,12

Das Böse greift um sich. Und es ist viel zu einfach, Menschen, Organisationen, Bewegungen, die Kirche oder politische Systeme dafür verantwortlich zu machen. So wird sich nie etwas ändern, denn einem solchen Verhalten liegt ein naives Verständnis der Welt zugrunde. Jesus nannte den Teufel den Prinzen dieser Welt. Er ist der Prinz der Dunkelheit, er ist mächtig und sein einziges Ziel besteht darin, zu stehlen, zu töten und das Leben in all seinen Formen zu zerstören. Er hat hier auf dieser Erde überall dort Macht, wo das Reich Gottes nicht in die Tat umgesetzt wird beziehungsweise sich nicht weiterentwickelt. Der Teufel ist die Ursache für die Feindseligkeit gegenüber Frauen und Mädchen, für den Hass, den du schon erlebt hast. Doch vergessen wir nicht: Jesus hat durch seinen Tod am Kreuz, seine Auferstehung und seine Himmelfahrt den Sieg auf der ganzen Linie erkämpft. Alle Macht im Himmel und auf der Erde wurde ihm, dem sie rechtmäßig zusteht, wieder zurückgegeben. Und dann hat Jesus auch uns diese Macht verliehen.

Im nächsten Kapitel werde ich diesen Aspekt noch genauer unter die Lupe nehmen. Bis dahin sollten wir aber schon einmal zwei Dinge festhalten:

- In der Welt passiert sehr viel Böses und davon sind vielfach Frauen betroffen.
- Der Ursprung des Bösen sind weder Jungs noch Mädchen, Männer oder Frauen, sondern der Teufel.

Wenn du das erst einmal für dich verstanden und angenommen hast, wird es dir nicht nur deutlich leichter fallen, dein Leben zu verstehen, sondern dein Weg wird dich durch all die

Kämpfe hindurch zum Guten hinführen, das Gott für dich bereithält und das du anderen weitergeben sollst.

Der Weg nach vorn ist Liebe

Wenn wir andere Mädchen hassen, hassen wir uns selbst. Wenn wir die Rolle der Mädchen herabwürdigen, setzen wir uns selbst herab. Wenn wir eifersüchtig und neidisch sind und schlecht über andere Mädchen reden, helfen wir dem Feind bei seinem Angriff auf sie. Ein solches Verhalten bedeutet, dass wir mit dem Feind darüber übereinstimmen, dass das, was Gott gemacht hat, nicht gut ist. Es wird Zeit, dass wir damit aufhören! Wir können diesen äußeren Kampf nur bestehen, wenn wir uns für die Liebe entscheiden. Nicht für die Anklage, nicht für Schuldzuweisungen, sondern für die Liebe.

Ja, die Rollen, die in der Vergangenheit hauptsächlich vom weiblichen Geschlecht ausgefüllt wurden, sind die Rollen, die in der Gesellschaft den niedrigsten Stellenwert besitzen. Lehrer, Krankenschwestern, Pflegekräfte und Pflegehilfskräfte bilden das Rückgrat unserer Gesellschaft. Aber ihre Arbeit wird nicht geschätzt und nur sehr niedrig entlohnt. Auch die Rolle der Mutter wird sehr oft abwertend beurteilt.

Doch wir werden diese hinterlistige Frauenfeindlichkeit nicht überwinden, indem wir versuchen, wie Jungs zu sein – genauso wenig wie wir unseren weiblichen Körper überwinden, indem wir wie Lady Macbeth versuchen, uns selbst von unserem Geschlecht loszusagen. Vielmehr sollten wir damit beginnen, unsere Rolle als Mädchen zu feiern. Die Wahrheit lautet nämlich: Wer wir als Frau sind, was wir bewirken, und die Rolle, die wir in der Welt und im Reich Gottes spielen dürfen, sind von unschätzbarem Wert und Einfluss!

Das Reich Gottes wird nicht so weiterwachsen, wie es wachsen sollte, wenn die Mädchen nicht aufstehen und ihre Rolle annehmen. Jungs werden nicht zu den Männern werden, die sie sein sollten, wenn es nicht Frauen und Mädchen gibt, die nach dem Willen Gottes leben und in ihr Leben investieren wollen. Die Veränderung und Heilung eines Jungen erfordert die Nähe, Stärke und Barmherzigkeit von Frauen und Mädchen. Mädchen werden nicht so, wie sie sein sollten, ohne die Kraft, Ermutigung und Weisheit anderer Frauen und Mädchen, die sie auf ihrem Weg fördern. Ja, es ist hart. Aber das liegt daran, dass du so dringend gebraucht wirst. Du wirst heute von den Menschen gebraucht, mit denen du lebst, zur Schule gehst und die dir etwas bedeuten. Es wird Zeit!

Mädchen und Frauen sind nach dem Bilde Gottes geschaffen. Sie sind geschätzt, wertvoll, einflussreich und sie werden gebraucht. Es gibt einen Grund dafür, dass der Feind uns Mädchen und Frauen fürchtet und seinen Hass in unser bloßes Dasein hineingegossen hat. Dann lass ihm seine Furcht. Denn „die Schwierigkeiten bedrängen uns von allen Seiten, und doch werden wir nicht von ihnen überwältigt. Wir sind oft ratlos, aber nie verzweifelt. Von Menschen werden wir verfolgt, aber bei Gott finden wir Zuflucht. Wir werden zu Boden geschlagen, aber wir kommen dabei nicht um" (2. Korinther 4,8–9). Wir sind mehr als Überwinder durch Christus, der uns Kraft gibt, und wir werden im Kampf nicht unterliegen.

Gott ist unsere Stärke. Jesus ist unser Verteidiger. Er hat uns den Heiligen Geist gegeben. Und im Namen unseres Gottes und Retters entscheiden wir uns dazu, ihn zu lieben. Wir entscheiden uns dafür, Gott anzubeten, uns ihm hinzugeben. Und durch die Kraft von Jesus, der in uns wohnt, entscheiden wir uns dazu, Frauen Gottes zu sein, die sein Reich mit Liebe und voller Kraft voranbringen.

Hast du schon Erfahrungen gemacht mit dem Hass in der Gesellschaft gegenüber Frauen und Mädchen? Wenn ja, in welcher Art und Weise? Überlege einmal, wie Mädchen und auch Jungen diesen Hass zum Ausdruck bringen.

Kapitel 4:

Deine Mutter und du

Wenn du irgendeine Frau wirklich verstehen willst, dann musst du sie zunächst nach ihrer Mutter fragen und dann aufmerksam zuhören.

Anita Diamant, „Das rote Zelt der Frauen"

Mark arbeitete ehrenamtlich in einem Nachmittagsbetreuungsprogramm, in dem er Highschoolschülern Nachhilfe in Englisch gab. Schwester Janet, die treibende Kraft hinter dem gesamten Programm, fand heraus, dass Mark Cello spielte und bat ihn, bei einer Schulversammlung ein Stück vorzutragen.

Mark war von dieser Idee nicht sonderlich angetan. Er erklärte Schwester Janet, dass Versammlungen, bei denen klassische Musik gespielt würde, keinen großen Anklang finden würden. Die Veranstaltung könne dadurch aus dem Ruder laufen. Schwester Janet versicherte ihm aber, dass sich ihre Jungs niemals schlecht benehmen würden. Ihre Jungs waren übrigens junge Männer im Alter von fünfzehn bis siebzehn, die in einem Jugendgefängnis in Los Angeles inhaftiert waren. Sie warteten auf ihren Prozess für Verbrechen, die von bewaffnetem Raub bis hin zu Mord reichten.

Schwester Janet war eine ernst zu nehmende Respektsperson und sie schaffte es schließlich, Mark zu überreden. Der Tag der Schulversammlung kam, und Mark wurde von einem Wachmann zu einem Raum neben der Bühne eskortiert, in dem er auf seinen Auftritt warten sollte. Während er dort wartete, hörte er den rhythmischen Klang von Hip-Hop-Musik. Er konnte hören, wie begeistert die jungen Männer waren. Als er einen Blick durch den Türspalt wagte, sah er, dass der Star der Aufführung eine dürftig bekleidete junge Frau war, die keinerlei musikalisches Talent besaß und wild auf eine Trommel einschlug.

Mark schloss die Tür und ließ sich auf seinen Stuhl fallen. Dann kam Schwester Janet herein. Bei ihrem Anblick rief Mark: „Das war ein Riesenfehler! Hören Sie nur die Jungs da draußen! Sie sind außer Rand und Band und das alles nur wegen eines Mädchens im Bikini."

„Da draußen ist ein Mädchen im Bikini?", fragte Schwester Janet irritiert.

„Na ja, es sieht zumindest so aus wie ein Bikini!", sagte Mark.

„Haben Sie doch ein wenig Vertrauen", mahnte Schwester Janet.

Dann war die Hip-Hop-Gruppe fertig und ging. Der Wachmann öffnete die Tür für Mark und gab ihm ein Zeichen, dass er auf die Bühne kommen sollte. Während Mark über die

Bühne schritt, stolperte er über sein Cello, worauf das Publikum lachte und applaudierte.

Da Mark nicht besonders erpicht darauf war zu spielen, unterhielt er sein Publikum mit (für ihn) interessanten und (für die Jungs) langweiligen Ausführungen über sein Instrument, bis er seinen musikalischen Vortrag nicht länger hinausschieben konnte. „Ich möchte *Der Schwan* für euch spielen. Dieses Lied erinnert mich an meine Mutter", waren seine erklärenden Worte, bevor er mit dem Spielen begann.

Und dann begann Mark zu spielen. Durch den Betonboden, die nackten Wände und die hohe Decke hallten die Töne so stark nach wie in einer Duschkabine. Die Musik war wunderschön. Doch dann hörte Mark ein anderes Geräusch. Es klang nach Unruhe, nach Bewegung, nach Gescharre.

Na toll, dachte er, *sie langweilen sich bereits*.

Er wagte einen flüchtigen Blick ins Publikum und erkannte, dass das Geräusch ein vielfaches Schluchzen war. Die jungen Männer wischten sich ihre Nasen mit dem Ärmel ab. Tränen rannen ihnen die Wangen herunter. Da spielte Mark den *Schwan* weiter, so gut wie er ihn nie zuvor gespielt hatte. Als das Stück zu Ende war, bekam er tosenden Applaus.

„Jetzt werde ich noch eine *Sarabande* von Bach spielen", erklärte Mark sein nächstes Stück und lieferte wieder einen exzellenten Vortrag. Nach dem donnernden Applaus, der darauf folgte, rief ein junger Mann von hinten: „Spiel noch mal das Stück über die Mütter!"

Es war also nicht so sehr der schöne Klang der Musik gewesen, der die Häftlinge bewegt hatte, sondern vielmehr der

Gedanke an ihre Mütter. Mark spielte das Stück noch zwei Mal und bekam stehenden Applaus. Schließlich buhten die jungen Männer den Wachmann aus, als er Mark von der Bühne hinunterbegleitete.[1]

Mutter.

In ihrem Buch „The Pastor's Wife" (dt.: „Die Frau des Pastors") erzählt Sabrina Wurmbrand, dass nachts im Gefängnis, wenn alles still ist, ein Wort am häufigsten in die Dunkelheit hinausgerufen wird. Es ist ein Appell und ein Gebet zugleich: „Mutter."

Soldaten, die auf dem Schlachtfeld verwundet wurden und im Sterben liegen, rufen alle dieses eine Wort aus: „Mutter!"

Ich rief es auch, und zwar als ich zwölf Jahre alt war und mir mein Bruder endlich erlaubt hatte, mit seinem Minimotorrad zu fahren. Er hatte mir alle möglichen Anweisungen gegeben, nur eines hatte er mir nicht gezeigt: wie man bremst. Unsere Auffahrt war lang und steil und von Bäumen gesäumt, die den Blick auf die Straße versperrten. Ich schoss also mit dem Minimotorrad die Auffahrt hinunter, beschleunigte, raste quer über die Straße auf den Bordstein zu und flog über den Lenker. Der Gartenzaun unseres Nachbarn fing mich auf.

„Mama!", schrie ich.

Sie kam angerannt und mit ihr ein Nachbar. Beide halfen mir, bis in mein Zimmer und ins Bett zu humpeln. Kurze Zeit später kam meine Mutter herein, um nach mir zu sehen. Sie sagte: „Du musst abnehmen. Es war total mühsam, dich zu tragen, weil du so schwer bist. Das war wirklich peinlich."

Mutter.

Es ist ein kraftvolles Wort für eine kraftvolle Frau, die unser Leben auf vielfache Art beeinflusst. Unsere Mütter haben uns viel Gutes getan, aber sie haben uns manchmal auch verletzt.

Beschreibe dein Verhältnis zu deiner Mutter und verwende dazu nur Adjektive.

Die Macht einer Mutter

Eine Mutter tröstet, sie bringt uns Dinge bei, berät uns und gibt uns Orientierung. Na ja, zumindest sollte sie das tun. Mütter sind eine Quelle der Weisheit, sie geben ihre Weisheit, ihre Erfahrungen, ihren Glauben an ihre Kinder weiter.

Allzu oft haben wir allerdings eine eher herabwürdigende Haltung gegenüber ihrer Person und ihren Verdiensten an uns. Unsere Mutter spielt eine so wichtige Rolle in unserem Leben und wir sollten ihr dafür alle Achtung und allen Respekt entgegenbringen. Laut Bibel sollen wir sie ehren (Epheser 6,2). Auch Ehrlichkeit spielt eine große Rolle. Unsere Mutter hat viel mehr Einfluss auf unser Leben, als den meisten von uns klar ist. Wie könnte es auch anders sein?

Frauen wurden nach dem Bilde Gottes geschaffen, so steht es gleich am Anfang der Bibel: „Dann sagte Gott: ‚Jetzt wollen wir den Menschen machen, unser Ebenbild, das uns ähnlich ist. Er soll über die ganze Erde verfügen: über die Tiere im Meer, am Himmel und auf der Erde.‘ So schuf Gott den

Menschen als sein Ebenbild, als Mann und Frau schuf er sie" (1. Mose 1,26–27). Das bedeutet, dass unser weibliches Herz seine Wurzeln im Herzen unseres Schöpfergottes findet.

Du trägst so viel Würde in dir, weil du ein Mädchen bist, das nach dem Ebenbild Gottes geschaffen ist. Und deine Mutter auch.

Es gibt eine Menge Literatur über den Einfluss, den ein Vater auf seine Kinder hat. Mein Mann und ich haben beide schon Bücher darüber geschrieben („Weißt du nicht, wie schön du bist?" und „Der ungezähmte Mann" zum Beispiel). Jedes Kind kommt mit ganz zentralen Fragen auf die Welt und die erste Person, der es seine Herzensfragen stellt, ist normalerweise der Vater. Jungen fragen: „Bin ich gut genug? Bin ich der Beste?" Mädchen fragen: „Freust du dich über mich? Findest du mich hinreißend?" Die wichtigste Frage jedoch, die beide stellen, lautet: „Liebst du mich?"

Entsprechend der Schöpfungsordnung Gottes ist die Vater-Kind-Beziehung die tiefste Beziehung unserer Seele. Der Vater verleiht uns unsere Identität. Er sagt uns, wer wir sind, wie er uns nennt. Die Art und Weise, wie dein Vater dir deine Fragen beantwortet hat – ob richtig oder falsch, herzlos oder voller Liebe –, hat dich unter anderem zu der jungen Frau gemacht, die du heute bist.

Wie hat dein Vater dir diese Fragen beantwortet: „Freust du dich über mich? Findest du mich hinreißend? Liebst du mich?" Was hast du von deinem Vater über deine Identität

gelernt? Jetzt vergleiche einmal diese Vorstellungen von dir mit dem Wort Gottes. Passen sie zusammen? Bitte deinen himmlischen Vater, dir deine Herzensfragen zu beantworten und dir zu sagen, wer du wirklich bist.

Da unser Vater eine so große Rolle bei der Prägung unserer Identität spielt, könnten wir daraus leicht folgern, dass unsere Mutter nur eine zweitrangige, nebensächliche Rolle spielt. Und das könnte nicht weiter von der Wahrheit entfernt liegen. Die Mutterrolle ist eine ganz entscheidende!

Der Vater verleiht uns unsere Identität.

Die Mutter gibt uns Selbstwertgefühl.

Es sind nämlich die Mütter, die die folgenden Herzensfragen beantworten: „Bin ich es wert, dass du dich für mich aufopferst? Dass du für mich Unbequemlichkeiten in Kauf nimmst? Dass du dir Zeit für mich nimmst? Mich liebst? Bin ich wertvoll?“

Jeder von uns hat eine Mutter. Allein die Tatsache, dass es uns gibt, ist genug Beweis dafür. Jedes Kind steht unter dem Einfluss seiner Mutter und dieser Einfluss hat weitreichende Folgen. Er ist elementar, er betrifft unsere Emotionen, unsere Seele, unseren Körper, unseren Geist, ja, jede einzelne Zelle in uns. Du warst diesem Einfluss nicht erst nach deiner Geburt ausgesetzt, sondern bereits direkt nach deiner Empfängnis.

Ein Embryo im Mutterleib weiß schon eine Menge, er fühlt und hört eine Menge. Es ist nachgewiesen, dass ein Baby im

Mutterleib über ein Bewusstsein verfügt und dass wir uns irgendwo tief in unserem Innern an das erinnern, was in unserer Welt dort drinnen ablief.

Das, was im Mutterleib geschieht, ist Wegbereiter für dein Leben. Dort wird das Fundament gelegt. Wenn eine Mutter sich glücklich und geborgen fühlt und voller Hoffnung ist, dann sind die Blutgefäße in der Gebärmutter erweitert, und durch die gute Durchblutung können die Nährstoffe vollständig beim Fötus ankommen. Wenn sie dagegen besorgt, ängstlich oder nervös ist, verengen sich die Blutgefäße, sodass eine ausreichende Versorgung des Fötus nicht gewährleistet ist. Er bekommt nicht genügend Nährstoffe. Und das wirkt sich in jeder Hinsicht auf den Fötus aus.

Nicht nur die DNA wird im Mutterleib gebildet. Das sich entwickelnde Baby ist noch viel mehr Einflüssen ausgesetzt. Sämtliche Emotionen der Mutter werden auf das Baby übertragen. Bereits in so einem kleinen Herzen werden auf diese Weise grundlegende Fragen beantwortet: „Ist die Welt da draußen sicher? Bin ich in Sicherheit? Werde ich ausreichend versorgt? Mit Nahrung? Mit emotionaler Zuwendung? Bin ich gewollt? Freut man sich über mich? Oder bin ich ein Grund zur Panik? Ist die Umgebung, in die ich hineingeboren werde, sicher oder gefährlich?“

Eine Mutter ist also schon von dem Moment der Empfängnis an eine Mutter. All diese Dinge geschehen praktisch schon in der Schwangerschaft. Sie haben Auswirkungen auf die Entwicklung des Kindes. Sie haben sich auch auf dich ausgewirkt.

Was hat sich im Leben deiner Mutter abgespielt, während sie mit dir schwanger war? Wenn du es nicht weißt, frag sie.

Deine Mutter ist dein wichtigstes Vorbild. Ihre Gefühle, ihre Gedanken und ihre Überzeugungen haben einen direkten Einfluss auf dich.

Die Einstellung deiner Mutter zu ihrem Körper spielt eine große Rolle für deine eigene Einstellung zu deinem Körper. Die Vorstellungen deiner Mutter haben auch deine Vorstellungen geprägt. Zum Beispiel darüber,

- was im Leben möglich ist;
- was du erreichen, leisten, werden kannst;
- wie Jungs ticken;
- wie Gott ist;
- wie Freundschaften aussehen können;
- wie eine Ehe aussehen kann;
- wie wir für uns selbst sorgen sollen.

Alles, was unsere Mütter gedacht und gefühlt haben, wurde an uns weitergereicht. Und wir müssen uns klarmachen, was das alles beinhaltet. Welche Vorstellungen und Überzeugungen hat deine Mutter? Wie behandelt sie sich selbst und wie geht sie mit ihren Bedürfnissen um? Weißt du das?

Egal, was wir von unserer Mutter gelernt haben oder was sie an uns weitergegeben hat, wir werden davon geprägt. Vielleicht waren das bei dir keine besonders tollen Dinge, aber deshalb ist noch nicht das letzte Wort gesprochen, wie du einmal werden wirst. Jesus ist für dich gekommen! Du bist in eine neue

Familie hineinadoptiert worden und hast nun neue Blutsverwandte.

Mütter verleihen uns unser Selbstwertgefühl. Aber sie können es uns auch vorenthalten. Manche Mütter tun das absichtlich, aber meistens geschieht es unbewusst. *Eine Mutter kann nicht weitergeben, was sie selbst nicht besitzt.*

Mütter verfügen über die Macht, uns Annahme, Wert und Liebe vorzuenthalten. Unsere Mütter haben uns gegenüber versagt, wenn sie, auch ohne es zu wollen, ein niedriges Selbstwertgefühl an uns weitergegeben oder unser Selbstwertgefühl von irgendetwas anderem abhängig gemacht haben als von der Tatsache, dass es uns gibt, dass wir da sind.

Gott tut das nicht.

Unser Wert hängt nicht davon ab, was wir tun, welchen Weg wir wählen oder was wir glauben. Unser Wert ist in uns angelegt, weil wir nach dem Bild des lebendigen Gottes geschaffen wurden. Dieser Wert gehört zu uns und ist unermesslich, einfach deshalb, weil wir menschliche Wesen sind.

Wir erhalten unseren Wert nicht erst in dem Moment, in dem wir an Jesus Christus als unseren Erlöser glauben. Wir sind wertvoll, *weil wir von Gott geschaffen wurden.*

Wenn wir nicht so wertvoll wären, dann hätte das Blut von Ziegen und Lämmern, Ochsen und Stieren ausgereicht, um die Menschheit aus der Gefangenschaft der Schuld freizukaufen.[2] Aus der Gefangenschaft, die bereits im Garten Eden begann. Und der Preis für diese Befreiung war so hoch, dass niemand eine Lösegeldforderung stellte. Aber Gott wusste das alles und er ließ uns nicht aus den Augen.

Er zahlte das höchste Lösegeld, das nötig war, um uns aus der Gefangenschaft der Sünde und des Teufels freizukaufen. Wir alle tragen einen so hohen Wert in uns, dass nur das Blut Gottes selbst ausreichte, um für uns zu bezahlen. Du bist unermesslich wertvoll. Dein Wert ist so hoch, dass er nicht in Zahlen ausgedrückt werden kann!

Die Aufgaben einer Mutter

Meine Mutter hatte einen Haufen Ärger mit mir, aber ich glaube, sie hat es genossen.
Mark Twain

Die ersten beiden Jahre unseres Lebens sind die entscheidenden Jahre, in denen sich unser Selbstbewusstsein und unser Selbstwertgefühl ausbilden. Und wer ist in erster Linie dafür verantwortlich? Mama. Auch wenn sie voll berufstätig ist und ihre Arbeit wieder aufnehmen muss, wenn der Säugling erst zwei Wochen alt ist, wird sein Herz nicht von der Person geprägt, die sich um ihn kümmert, sondern von seiner Mama.

Wir leben in einer unvollkommenen Welt. Ich bin selbst eine Mutter, die sich unzählige Male ihren Kindern gegenüber falsch verhalten hat. Wenn ich hier über Mütter schreibe, dann geht es mir nicht darum, irgendjemanden anzuklagen, sondern ich möchte nach Verständnis und *Heilung* suchen.

Wurden deine Bedürfnisse gestillt, als du ein Kind warst? Bekamst du genug Nahrung, Sicherheit und angemessene Berührungen? Hast du die Aufmerksamkeit bekommen, die du gebraucht hast? Haben dich deine Eltern spüren lassen, dass sie sich über dich freuen? Haben sie gefeiert, dass es dich gibt?

Wer nicht genug von alldem bekommt, fühlt sich abgelehnt. Ein Kind, dessen grundlegende Bedürfnisse nicht gestillt werden, entwickelt tief in seinem Inneren den Glauben, es sei nicht wertvoll, es sei nicht genug und irgendetwas stimme nicht mit ihm.

Werden *heute* deine Bedürfnisse gestillt?

Meine Mutter rauchte und trank, als sie mit mir schwanger war. Damals dachte man sich nichts Schlimmes dabei (ich weiß, das ist schwer zu glauben!). Sie war mit ihrer Schwangerschaft komplett überfordert. Sie war wütend, hatte Angst. Wie sie mir später erzählte, war sie aufgrund dieser Schwangerschaft „am Boden zerstört". Aus diesem Grund wurden meine Bedürfnisse im Mutterleib leider nicht ausreichend gestillt.

Nach meiner Geburt war mein Vater fast nie da, und meine Mutter drohte meinen Schwestern ständig, dass sie, wenn sie am nächsten Tag aufwachten, nicht mehr da sein würde. Manchmal schreckten sie dann nachts auf und rannten ins Schlafzimmer, um nachzusehen, ob sie wirklich weg war. Meine Mutter war nicht in der Lage, meine Bedürfnisse zu stillen. Sie hatte nicht genug für mich: nicht genug Nahrung, Zeit, Kuscheleinheiten, Liebe, Aufmerksamkeit, Fürsorge, Freude an mir oder Zeit zum Spielen. Und das hatte Auswirkungen auf mich.

Wie steht es mit dir? Hast du als kleines Kind genug bekommen? Bekommst du heute genug? Wovon bekommst du genug und was fehlt dir?

Eine gute Mutter kümmert sich um vier grundlegende Bereiche:

- Sie ist fürsorglich (sorgt für Nahrung, Sicherheit, Kleidung, Medizin und jede Art von persönlicher und emotionaler Unterstützung).
- Sie beschützt ihr Kind (vor tatsächlicher oder drohender körperlicher, seelischer oder sexueller Gewalt). Sie tritt für ihr Kind ein.
- Sie sorgt für eine gute Entwicklung ihres Kindes (Bildung sowie geistliche und persönliche Entwicklungsmöglichkeiten).
- Sie ist Wegbereiterin (sie bereitet ihr Kind auf das Erwachsensein vor und ermutigt es, seine Einzigartigkeit zu entdecken und auszuleben).

Keine Mutter ist perfekt. Auch deine nicht. Meine Mutter war es auch nicht. Auch die Mutter meiner Mutter hat Fehler gemacht und meine Söhne würden von mir dasselbe sagen. Auf die eine oder andere Weise wurden wir alle von unseren Müttern enttäuscht. Jeder von uns braucht in den Bereichen, wo er übersehen oder verletzt wurde, Heilung. Wir müssen unseren Müttern vergeben, wo sie uns enttäuscht haben. Jeder von uns braucht Gott, der uns in den Bereichen die mütterliche Fürsorge gibt, die wir vermissen.

Ja, Gott hat ein mütterliches Herz, und er kann jedes deiner Bedürfnisse stillen, jede Wunde in dir heilen und dich seine Barmherzigkeit in den Bereichen deines Herzens spüren lassen, wo du verzweifelt bist und dich nach Hilfe sehnst. Am Ende dieses Kapitels findest du ein Gebet, mit dem du Gott bitten kannst, sich um dich zu kümmern.

Kaceys Weg ins Frausein

Becky ist eine gute Bekannte von mir. Als ihre Tochter Kacey langsam ein Teenager wurde, bereiteten Becky und ihr Mann Jim sie gezielt auf das Erwachsenwerden vor. Die meisten von uns wurden oder werden nicht so intensiv auf ihr Frausein vorbereitet, aber ich erzähle diese Geschichte trotzdem, weil sie dir zeigen soll, womit Gott uns beschenken kann. Hier ist die Geschichte in Beckys eigenen Worten[3]:

Wir gingen mit Kacey in ein Schnellrestaurant, in dem wir uns coole Getränke in einem Henkelbecher bestellten. Aus einem bestimmten Grund hatte ich auch einen Styroporbecher mitgebracht, den ich jetzt hervorholte. Wir erklärten ihr, dass sie keine „Wegwerfware" sei wie ein Styroporbecher, aber auch nicht nur ein „Gebrauchsgegenstand" wie ein Henkelbecher. Und mit diesen Worten zog ich unser feines Porzellangeschirr aus der Tasche, das ich zur Veranschaulichung ebenfalls dabeihatte. „Du bist wie dieses feine Porzellangeschirr", erklärte ich ihr. „Unbezahlbar, handgefertigt und so wertvoll, dass du sorgfältig behandelt werden musst."

Danach kauften wir zusammen ihre ersten BHs und machten auch diesen Schritt auf dem Weg zum Frausein zu einem besonderen Ereignis.

Bei unserem nächsten Ausflug sprachen wir darüber, was sie an ihrem Körper mag und was nicht. Es war ein großartiges Gespräch. Ein anderes Mal gingen wir gemeinsam zur Fußpflege und sprachen anschließend über die Quelle wahrer Schönheit. Schließlich sprachen wir noch über die Menstruation und den monatlichen Zyklus der Frau, und ich schenkte ihr ein hübsches, kleines Täschchen mit Dingen, die sie für ihre erste Monatsblutung brauchen würde. Als sie dann zum ersten Mal ihre Periode hatte, machten wir einen besonderen Tag daraus und gingen zusammen in die Eisdiele.

Jetzt werde ich erst einmal eine kleine Pause einlegen. Ich weiß, ich weiß, nun denkst du vielleicht an alles, was du gern gehabt hättest und nicht bekommen hast. Es ist keine Schande, wenn du deswegen weinen musst. Ich habe Kaceys Geschichte nicht nur deshalb erzählt, damit du weißt, wie es bei dir eigentlich hätte laufen sollen, sondern auch um dein Herz wachzurütteln und dir die Augen zu öffnen für Jesus, der dich so gerne von deinen Verletzungen heilen möchte.

Was bedeutet es für dich, eine Frau zu werden? Mit welcher Tasse würdest du dich vergleichen: mit einem Styroporbecher oder der feinen Porzellantasse? Hast du schon BHs eingekauft? Such dir einen guten aus. Oder auch zwei.

Entscheide dich für ein Modell, das guten Halt verspricht, gut sitzt und gut aussieht.

Wenn du die nächsten Kapitel liest und entdeckst, was es heißt, du selbst zu sein, denk daran, dass hinter allem die Stimme Jesu steht, die dich auffordert, die Frau zu werden, zu der du von Anfang an bestimmt bist.

Ich liebe die folgende Bibelstelle. Sie ist wie eine Verheißung für mich:

„Ich bin zur Ruhe gekommen. Mein Herz ist zufrieden und still. Wie ein Kind in den Armen seiner Mutter, so ruhig und geborgen bin ich bei dir!" (Psalm 131,2).

Das kann auch für dich gelten! Egal, was wir von unseren Müttern bekommen oder nicht, es gibt Hoffnung für uns. Es gibt Heilung. Nichts ist unerreichbar für Jesus. Das Kind in dem obigen Vers ist zufrieden. *Ich bin zufrieden. Ich habe genug bekommen. Alles ist gut.* Ein kleines Baby, das gerade gestillt wurde, ist ein zufriedenes Kind. Es ist satt. Ausgeglichen.

Es hat genug bekommen. Im tiefsten Inneren unseres Herzens können wir denselben Zustand erreichen. Wir *können* zufrieden sein. Gott ist an unserer Seite, und er hat uns auch andere Menschen zur Seite gestellt, die für uns da sind – und für die wir da sein können.

Himmlischer Vater,
ich nehme jetzt in diesem Augenblick deine heilende Gegenwart für mich in Anspruch. Bitte komm und begegne mir hier und

jetzt! Ich gebe dir alle meine Erinnerungen und mein ganzes Vorstellungsvermögen.

Bitte, Jesus, komm und zeige mir, wo ich Heilung brauche, und dann heile mich. Was sind die Dinge, die du mir zeigen willst, Gott? In welchen Bereichen brauche ich deine Heilung? Betrifft es meine Zeit im Mutterleib? Oder die Zeit, als ich ein Kind war, ein kleines Mädchen? Oder brauche ich Heilung für jede Phase meines Lebens?

Komm, Jesus. Ich bitte dich, komm zu mir und heile mich tief in meinem Inneren, an den verborgenen Stellen meines Herzens. Ich brauche dich. Komm mit deinem Licht und deiner Liebe, mit deiner liebevollen, starken und barmherzigen Gegenwart und erfülle mich.

Ich danke dir, dass ich gezeugt wurde. Herr, du hast mich geplant, bevor die Erde überhaupt erschaffen wurde. Ich danke dir für meine Entwicklung im Mutterleib. Du warst dabei, Herr. Durchbrich die Begrenzungen der Zeit und gib mir, deinem geliebten Kind, jetzt das, was ich brauchte, als ich im Mutterleib gemacht wurde. Sprich deine Liebe und Freude aus, die du für mich empfindest. Ich bekenne dir die Wahrheit und spreche sie laut aus: dass ich alles habe, was ich brauche. Bei dir, Jesus, finde ich mein ganzes Glück, und so wird es immer bleiben. Ich bin gewollt. Du freust dich über mich und ich bin für dich von unschätzbarem Wert. Du hast mich geplant. Du hast mich gewollt und du willst mich immer noch. Wie ein Kind, das gerade gestillt wurde, so ist meine Seele zufrieden in dir, Gott.

Von jedem Fluch, mit dem ich berührt wurde, von all den Urteilen, die über mich ausgesprochen wurden, will ich mich lossagen. Du hast mich befreit und ich gehöre dir für immer als deine Tochter. Ich nehme das genau hier, für die Zeit im Mutterleib, für mich in Anspruch.

Zusammen mit dir, Jesus, segne ich meine Geburt. Komm in diese Zeit und diesen Raum. Komm hinein in jegliches Trauma und in jegliche Furcht, die ich vielleicht dabei erfahren habe. Ich sage mich im Namen Jesu von aller Angst und Todesfurcht los, die möglicherweise durch eine traumatische Geburt ausgelöst wurden.

Jesus, komm und stille mein Bedürfnis nach Fürsorge. Heile mich in den Bereichen, wo ich die Fürsorge meiner Mutter gebraucht hätte. Zeige mir, inwiefern ich in diesem Bereich Heilung brauche.

Während du dich mit diesem Gebet beschäftigst, wird Jesus dich an Ereignisse aus deiner Vergangenheit erinnern und Gefühle wiederaufleben lassen, die du damals hattest. Warst du als Kind zufrieden? Wurden deine grundlegenden Bedürfnisse nach Nahrung, Sicherheit und angemessenem Körperkontakt gestillt? Hast du die Aufmerksamkeit bekommen, die du brauchtest? Hast du gespürt, wie man sich über dich freute? Wurdest du einfach nur um deiner selbst willen geliebt? Denke über diese Fragen nach und lade Jesus dazu ein. Während er dir Dinge zeigt, die du vielleicht verdrängt hattest, bitte ihn zu kommen und dich zu heilen, wo es nötig ist. Musst du jemandem vergeben? Dann vergib. Musst du weinen? Dann lass deinen Tränen freien Lauf. Aber tu es nicht allein, sondern lade Jesus dazu ein und weine dich bei ihm aus. Bitte ihn um

Heilung. Bitte ihn, dass er sich genau in diesem Bereich um dich kümmert. Lass dir genügend Zeit dabei und bete dann weiter:

Jesus,
du bist der, der mich heilt. Ich bringe dir jetzt mein Bedürfnis nach Schutz. Komm und zeige mir die Bereiche, wo ich den Schutz meiner Mutter gebraucht hätte. Zeige mir, wo ich hier Heilung brauche.

Und Jesus, ich bringe dir auch mein Bedürfnis nach Hilfe in der Vorbereitung auf das, was mir bevorsteht. Zeige mir die Bereiche, wo meine Mutter mich hätte vorbereiten sollen und wo ich heute noch Hilfe nötig habe. Zeige mir auch hier, wo ich Heilung brauche.

Himmlischer Vater, ich danke dir für meine Mutter. Bitte hilf mir, sie zu achten. Ich vergebe meiner Mutter, wo auch immer sie mich bewusst oder unbewusst verletzt und enttäuscht hat. Bitte vergib mir, wo ich sie nicht geachtet, respektiert oder geliebt habe. Ich segne meine Mutter. Bitte komm auch zu ihr und sei auch für sie die Mutter, die sie braucht. Bitte komm in meine Beziehung zu meiner Mutter hinein. Segne unsere Beziehung und zeige uns, wie wir liebevoll miteinander umgehen können.

Und zum Schluss, Vater, entscheide ich mich jetzt in diesem Augenblick, jeglichen Hass auf andere Mädchen oder Frauen abzulegen, der sich in meinem Herzen eingenistet hat. Frauenhass bedeutet Hass auf mich selbst. Das kommt nicht von dir. Ab heute werde ich Frauen lieben und ich nehme meine eigene Weiblichkeit vollkommen an. Danke, dass ich eine Frau bin! Ich danke dir für mein Leben und ich entscheide mich für das Leben. Ich gebe dir, Jesus, mein ganzes Leben und bitte dich, mit mir zu tun, was in deinen Augen das Beste ist. Ich liebe dich, Jesus. Danke, dass du mir begegnet bist. Amen.

Egal, ob du beim Beten etwas gefühlt hast oder auch nicht: Es war in jedem Fall gut.

Und wenn es in deinem Leben gerade keine Frau gibt, von der du dich bemuttert fühlst, bitte Gott, dass er dir jemanden über den Weg schickt. Natürlich gilt auch weiterhin: Gott will jetzt und in Zukunft eine Mutter für dich sein und dich heilen. Du musst es nur zulassen. Er will dir Orientierung geben, dich anleiten und dich trösten. Glaub mir, das kann er richtig gut!

Kapitel 5:

Sei du selbst – und niemand anderes

Du willst niemals wissen,
wie viel du wiegst,
musst dich weiterhin in deine Jeans hineinquetschen.
Aber für mich bist du perfekt.
Aus „Little Things“ von One Direction

„Mögen Sie Ihre Hüften?“

Die Frage brachte mich total aus der Fassung. Warum um alles in der Welt sollte ich denn meine Hüften mögen? Die Frau, die mir nach meinem Vortrag auf der Konferenz gegenüberstand, blickte mich erwartungsvoll an. Ich schwieg einen Moment lang und sie fragte noch einmal: „Mögen Sie Ihre Hüften? Denn Jesus wird Sie nicht heilen, bevor Sie nicht Ihre Hüften mögen!“

Du meine Güte! Bei all den Dingen, die ich an mir selbst nicht mag, hatte ich noch nie besonders über meine Hüften nachgedacht. Doch in diesem Moment konnte ich definitiv sagen: Nein, ich mochte meine Hüften nicht.

Die Frau hatte recht. Was sie mir sagen wollte, war Folgendes: *Gott möchte, dass Sie alles an sich mögen und sich darüber freuen. Er möchte, dass Sie die Wahrheit annehmen, dass Sie ungeachtet Ihrer Konfektionsgröße eine schöne Frau sind.* Bevor wir das nicht können, werden wir nicht weiterkommen.

Es ist schwierig, nackt vor einem Spiegel zu stehen und sich zu sagen, dass man einen wundervollen Körper hat. Trotzdem habe ich angefangen, genau das zu tun. Nicht unbedingt deshalb, damit Gott *endlich* meinen Körper verändert. Sondern damit ich meine persönliche Wahrnehmung mit Gottes Sichtweise auf mich und meinen Körper in Einklang bringen kann.

Ich begann eines Abends in der Badewanne damit, Gott für meine Beine zu danken. *Meine Beine sind einfach toll,* sagte ich mir. „Liebe Beine, ich habe euch nie wirklich gut behandelt, aber wir haben schon eine Menge zusammen erlebt und ihr habt mich weit getragen. Danke dafür. Ihr seid großartig."

Und so weiter. Ich machte eine richtige Übung daraus. Als ich dann bei meinen Armen ankam, zögerte ich ein wenig. Mit meinen Armen kann ich mich immer noch nicht so recht abfinden. Aber okay, ich werde das jetzt durchziehen. „Danke, Gott, für meine tollen Arme. Sie arbeiten, tragen Dinge, sie öffnen Gläser und steuern Autos und sie heben alle möglichen Dinge vom Boden auf. Wow! Es tut mir leid, dass ich euch bisher vernachlässigt habe, liebe Arme. Ihr seid wirklich etwas Besonderes."

Danke Gott für deinen Körper. Danke ihm für deine Beine, deine Arme, deine Füße, deine Hüften, dein Gesicht, deine Augen, deine Zähne, einfach für alles an dir.

Du bist schön

Letztes Jahr fuhr ich an einem wunderschönen Sommertag nach Denver. Der Sohn eines guten Freundes feierte seine Hochzeit und ich wollte dort meinen Mann treffen. Ich trug ein hübsches Kleid, das ich wirklich sehr mochte. Um besonders schick zu sein, trug ich darunter ein Mieder, also so ein Folterwerkzeug, in dem man zwar schlanker aussieht, dafür aber kaum atmen kann.

Zu Zeiten meiner Mutter und noch davor trugen Frauen Korsetts. Meine Mutter trug so etwas regelmäßig. Die meisten Frauen ihrer Generation taten das, so wie heute viele Frauen diese neumodischen Korsetts tragen. Meine Mutter hatte mir von der Schwester ihrer Großmutter erzählt, die aus Deutschland nach Amerika eingewandert war. Sie kam mit einem Schiff von Europa herüber (anders ging das in dieser Zeit ja noch nicht) und wollte während der Reise so gut wie möglich aussehen. (Man weiß schließlich nie, wem man so alles begegnet! Nach dem Motto: „Jack, ich fliege!" aus dem

Film „Titanic".) Also trug sie die ganzen zwei Wochen lang dieses Korsett, und zwar so eng geschnürt wie eben möglich. Es war so eng, dass sie darin nicht zur Toilette gehen konnte, und als sich ihre Reise in die Neue Welt dem Ende zuneigte, war sie tot. Wegen des Korsetts. Die Geschichte ist wirklich wahr! Welch einen Preis hatte diese Frau für die Schönheit bezahlt!

Ganz ehrlich: Wie viele Frauen sind auf der Suche nach einer unerreichbaren Schönheit schon gestorben? Die Zahl ist dramatisch hoch.

So fuhr ich also nach Denver mit dem verhassten Mieder am Leib. Schließlich wurde es so schmerzhaft, dass ich kaum noch atmen konnte. Die eingearbeiteten Bügel bohrten sich in meine Rippen. So ein Mieder ist vermutlich nur dafür vorgesehen, dass man es im Stehen verwendet, nicht aber für eine Autofahrt, bei der man eine Stunde lang hinter dem Steuer sitzt. Glücklicherweise konnte ich meinen Rock hochziehen, mit einer Hand daruntergreifen und das Mieder von meinem Körper weghalten. Aber ganz im Ernst, ich brauchte alle meine Kraft dazu. Zwar fuhr ich jetzt nur noch mit einer Hand, aber wenigstens konnte ich wieder atmen. Allerdings musste ich alle paar Minuten die Hand wechseln, weil das Mieder so unglaublich stramm und fest saß.

Und dabei war es eine Größe größer als die, die ich normalerweise trage. Es lag also nicht daran, dass ich die falsche Größe gewählt hatte. Ein Mieder ist ja bewusst so eng geschnitten, damit der Körper ein oder zwei Größen schlanker erscheint. Allen Ernstes: Warum tun wir uns so etwas an? Was ist so schlimm an

Fettröllchen? Bitte, sag es mir doch. Im übertragenen Sinn und sogar wortwörtlich bringen wir uns nur dafür um, dass wir in das Bild hineinpassen, das andere von uns haben wollen.

Meine Mutter sagte immer: „Wer schön sein will, muss leiden!", was bedeuten sollte: Schönsein ist wichtiger als sich gut zu fühlen. Stöckelschuhe, in die wir unsere Zehen quetschen. Stretch-Unterwäsche. Enthaarungscreme. Härchen zupfen. *Geld ausgeben.*

Als jüngste Tochter in der Familie bekam ich von meiner Mutter bestimmte Anweisungen, darunter auch folgende: Sollte sie einmal nicht mehr in der Lage sein, die kleinen schwarzen Härchen, die an ihrem Kinn wuchsen, zu sehen oder zu entfernen, dann sollte ich das Auszupfen übernehmen. Sie nahm mir das Versprechen ab, sie nicht diesem unwürdigen Zustand zu überlassen. Sie war Krankenschwester und kümmerte sich oft um ältere Frauen, und sie hatte Mitleid mit den Menschen, deren Körperpflege vernachlässigt wurde. Meine Mutter war wohlvertraut mit diesen lästigen kleinen, schwarzen Haaren. Sie hatte einen Vergrößerungsspiegel, mit dessen Hilfe sie alle Eindringlinge aufspüren und vernichten konnte. Zupf! Zupf! Zupf!

Als ich ungefähr dreißig war, beging ich den Fehler, mich selbst in jenem Vergrößerungsspiegel zu betrachten. Waaaaas? Oh Mann! Warum hatte mir nie jemand gesagt, dass ich einen Bart hatte? Wo ist die Pinzette? Ich war entsetzt. Was man mit dem bloßen Auge nicht wahrnehmen konnte, nahm im Spiegel meiner Mutter die Proportionen der Behaarung eines Werwolfs an.

Zupf! Zupf! Zupf!

Meine Mutter schenkte mir ihren Spiegel. Ich hatte angebissen. Als der Spiegel einmal zerbrach, kaufte ich mir einen neuen. Einen größeren. Einen, der noch besser beleuchtet war.

Mein Mann ermahnt mich immer, ich solle das Ding endlich wegwerfen. Ich sage ihm dann, dass ich das irgendwann einmal tun werde, aber ich bin jetzt noch nicht so weit. Vielleicht werde ich so weit sein, wenn ich endlich keine Pickel und keine kleinen, stoppeligen Härchen mehr habe. Oder besser: Vielleicht werde ich ihn wegwerfen, wenn meine Seele die Wahrheit, die Gott über mich sagt, vollständig erfassen kann. Gott hat mich aufgefordert, den Vergrößerungsspiegel wegzuwerfen und frei zu sein, frei davon, die zahlreichen Makel in meinem Gesicht und in meiner Seele zu begutachten, anstatt an das Spiegelbild zu glauben, dass er mir zeigt. *Ganz ehrlich: Das einzige Spiegelbild, das wirklich von Bedeutung ist, ist das, was wir in seinen liebevollen und freudigen Augen sehen.* Was sieht er? Was sagt er? Er sagt uns, dass wir *jetzt, in diesem Augenblick,* schön sind.

Glaubst du, dass du jetzt gerade schön bist? Was hilft dir dabei, das zu glauben? Was hindert dich daran? Bitte Gott, dass er dir hilft zu glauben, was er über dich und deinen Körper sagt. Segne deinen Körper. Tu es laut. Gerade jetzt. Mach es zu deiner Gewohnheit!

Du bist liebenswert

Unser Körper ist Gottes Geschenk an uns. Durch ihn erleben wir die Welt. Unsere fünf Sinne sind wie Fenster, die unser Leben hell machen. Jeder Teil unseres Seins braucht besondere Fürsorge. Unser Herz, unsere Seele und unser Körper müssen umsorgt und geschützt werden.

In Kapitel eins habe ich bereits erwähnt, dass wir uns selbst gut behandeln müssen. Auch um unseren Körper müssen wir uns ausreichend kümmern. Wenn wir Hunger haben, müssen wir uns nahrhaftes Essen zuführen. Wenn wir müde sind, dürfen wir diese Signale nicht übergehen, sondern müssen uns ausruhen. Es ist gut, den Körper durch Sport und Bewegung zu kräftigen. Auch positive Bemerkungen über uns selbst und unseren Körper gehören zu einer gesunden Lebensweise dazu.

Bei dem letzten Satz bist du zusammengezuckt, stimmts? Erst gestern Abend habe ich mich dabei ertappt, wie ich mich darüber beschwerte, dass mein Körper hässlich sei. Hey! Nicht schon wieder! Ich bereute es sofort und sprach laut zu mir selbst: „Nein. Mein Körper ist nicht hässlich. Ich liebe meinen Körper. Ich bin schön."

Ich hatte mich dabei ertappt, wie ich mich selbst erniedrigte. Also hörte ich sofort damit auf und entschied mich stattdessen, mich laut an das zu erinnern, was Gott über mich sagt. Ganz ehrlich, der Effekt ist einfach gigantisch und erfrischend!

Wie sprichst du über deinen Körper? Wie fühlst du dich in deiner Haut? Was würdest du gerne ändern? Nimm dir jetzt einmal die Zeit, ein paar Nettigkeiten über deinen Körper auszusprechen, auch wenn du dabei das Gefühl hast, nicht die Wahrheit zu sagen.

Die Veränderungen in der jetzigen Wachstumsphase deines Körpers verursachen vielleicht Gefühle des Unwohlseins in dir. Du wirst größer. Oder nimmst zu. Deine Hormone spielen verrückt. Deine Brüste vergrößern sich – oder auch nicht. Meine Freundin Bethany schämte sich für ihre Brüste. Eigentlich haben oder hatten die meisten Frauen, die ich kenne, Probleme mit ihren Brüsten: entweder sie schämen sich für sie, oder sie sind einfach enttäuscht über ihr Aussehen. Mir ging es genauso. In der Grundschulzeit, als Bethany noch keine BHs trug, benutzte sie Brustwarzenpflaster, weil sie sich so sehr schämte. Die älteren Mädchen versuchen oft, ihre Brüste künstlich zu vergrößern, indem sie sich ihre BHs ausstopfen oder gepolsterte BHs anziehen. Die zehnjährige Tochter meiner Freundin kam bei einer Pyjama-Party aus ihrem Zimmer und ihre Mutter sah aus ihrem Oberteil ein Stück Toilettenpapier herausragen. Dasselbe habe ich damals auch versucht. Aber es funktioniert nicht besonders gut. Toilettenpapier ist kratzig, unpraktisch und es lässt sich nicht gut in Form bringen. Einer meiner Freundinnen war es so peinlich, dass ihre Brüste so groß sind, also hat sie sie einfach in eine kleinere BH-Größe hineingezwängt. (Bei vielen erwachsenen Frauen ist die

Verzweiflung über die Größe ihrer Brust so groß, dass sie dafür sogar eine Operation in Kauf nehmen und eine Brustvergrößerung oder -verkleinerung vornehmen lassen.)

In der Wachstumsphase ist es normal, dass man einmal ausprobieren möchte, wie man mit größeren Brüsten aussehen würde. Das ist einfach die pure Neugier. Doch sich schämen deswegen? Scham- und Verlegenheitsgefühlen wegen deines Körpers solltest du keinen Platz einräumen.

Bei Jesus Christus gibt es keine Scham. Du bist du. Einzigartig. Phänomenal. Wunderschön. „Eigen-artig." Und unvollkommen. Bei Jesus, wie auch bei allen anderen Menschen, die dir nahestehen, brauchst du dein wahres Ich nicht verstecken. Eigentlich sollst du dich überhaupt nicht verstecken.

In der Mittelstufe versteckte ich mein Gesicht immer hinter meinen Haaren. Ich hatte lange, glatte Haare und versuchte stets darauf zu achten, dass möglichst nicht mehr als meine Nase zu erkennen war. Deshalb hatte ich auch so viele Pickel im Gesicht. Nicht diese unscheinbaren, kleinen, weißen, sondern die riesigen, leuchtend roten – das reinste Clearasil-Testgelände.

Während der Pubertät rebelliert deine Haut. Für einige Mädels ist diese Rebellion eher ein brutaler Überfall. Meine Liebe, du bist nicht allein damit, und das ist auch nicht das Ende. Diese Zeit ist hart und schmerzhaft, aber sie wird vorbeigehen. Wenn wir in den Spiegel schauen, sehen wir jeden Makel. Wir sehen alle unsere Defizite. Was in unseren Augen irre hässlich aussieht, wird von anderen kaum bemerkt. Ehrlich! Deine Haut bestimmt nicht, wer du bist. Aber dein Hautbild wird sich verbessern. Jetzt ist es hart für dich, aber das wird vorbeigehen, glaub mir.

Bitte kümmere dich trotzdem gut um deinen Körper und um dich selbst. Sprich die Wahrheit aus. Laut ausgesprochen liegt viel Kraft in diesen Worten: „Ich bin hübsch." „Ich bin geliebt." „Gott sagt, ich bin liebenswert." Während du dir diese Worte immer wieder vorsagst, kannst du gleichzeitig ein gutes Gesichtswasser verwenden und, falls nötig, auch einen Arzt aufsuchen. Es gibt heutzutage gute medizinische Behandlungsmöglichkeiten, die anfangs zwar den Eindruck hinterlassen, dass es schlimmer wird, aber in absehbarer Zeit wird sich dein Akne-Problem erstaunlich verbessern.

Du bist es wert, dass du dich um dich selbst kümmerst. Um deinen Körper und um deine Seele. Du bist es wert, dich anzunehmen. Du bist es wert, liebevoll mit dir umzugehen.

Zu manchen Zeiten kann es schwierig sein, sich darüber zu freuen, wie Gott dich gemacht hat, besonders in den Teeniejahren. Wer groß ist, möchte lieber klein sein. Wer klein ist, möchte lieber groß sein. Ein Lockenkopf wünscht sich glatte Haare, während der, der lange Haare hat, unzufrieden ist, weil die Haare nicht genug Volumen haben. Wir fühlen uns zu mager oder zu kurvig, zu klein oder zu groß, zu unauffällig oder zu auffällig. Und das alles fühlt sich nicht gut an.

Der US-amerikanische Politiker Theodore Roosevelt hat einmal gesagt: „Wir sind solange zufrieden, bis wir anfangen uns zu vergleichen." Er hat recht. In unserer Welt ist es so einfach, sich mit anderen zu vergleichen. Wenn wir das tun, werden wir bald feststellen, dass wir nicht mithalten können. Wir neigen dazu, unsere schlechtesten Seiten mit den besten Seiten eines anderen Mädchens zu vergleichen, und dadurch fühlen wir uns schrecklich und lehnen uns ab.

Und das ist genau das Gegenteil von dem, was Jesus tut.

Er sagt, dass du jetzt, in diesem Augenblick, genau richtig bist, so wie du bist. In diesem Moment lädt er dich ein, deinen Körper anzunehmen, deine Persönlichkeit anzunehmen, dich selbst anzunehmen. Einfach so, wie du bist. Er hat dich so gemacht, wie du bist. Er wartet nicht darauf, dass du zuerst jemand anderes wirst, damit er dich lieben kann. Er liebt dich *jetzt*. Er nimmt dich *jetzt* an. Und er nimmt dich nicht nur an, er zieht dich an sich und liebt dich, und er möchte, dass du das auch tust.

Ich weiß, für die meisten ist das mit der Selbstliebe ein ziemlicher Spagat, aber du sollst wissen, dass das nichts mit Arroganz zu tun hat oder damit, dass man sich einfach mit einer schlechteren Version von sich selbst zufriedengibt. Es hat vielmehr damit zu tun, dass wir das annehmen, was Gott gemacht hat: Er hat uns auf kreative Weise erschaffen, und was er macht, ist immer gut. Selbstliebe bedeutet, Gott zu vertrauen; zu glauben, dass alles, was er geschaffen hat, wunderbar und gut ist. Und dazu gehörst auch du. Du bist die Einzige, die du selbst sein kannst. Du musst dich so annehmen, wie du geschaffen wurdest. Dann erkennst du immer besser, wer du eigentlich bist – für die Welt, für das Königreich Gottes und für die Menschen in deinem Umfeld.

Gott möchte, dass du einfach *du* bist. Er möchte, dass du dich, so wie du bist, in die Gesellschaft einbringst. Er will, dass du dich annimmst, wie du bist. Wer bist du also?

Eine gute Methode, wie du herausfinden kannst, was dich so einzigartig macht, ist die Beschäftigung mit den folgenden Fragen: „Was wünsche ich mir? Was würde ich tun, wenn mir alle Wege offenstünden und ich wüsste, dass ich vollen Erfolg dabei hätte?“

Träume ein wenig

Wie denkst du über Sehnsüchte? Meinst du, das ist etwas Schlechtes? Nein, Sehnsucht ist der Ort tief in unserem Herzen, wo Gott zu uns spricht. Vor Jahren war ich in einer kleinen Gruppe, in der wir aufgefordert wurden zu träumen und unsere Wünsche auf ein Stück Papier zu schreiben. Wir sollten alles aufschreiben, was uns einfiel und durften die Liste nicht überarbeiten. Nichts war zu klein oder zu groß, um es niederzuschreiben. Meine Liste wurde zwei Seiten lang und umfasste ganz unterschiedliche Wünsche: meinen Garten zu pflegen, meine gewünschte Kleidergröße, die Hoffnung, mit meinem Mann ausreiten zu können, die Heilung, die ich für ein paar mir nahestehende Menschen erhoffte, und den Wunsch, die Hochzeit einer ledigen Freundin mitzuerleben.

Ich fand diese Liste vor ein paar Jahren wieder, und zu meinem großen Erstaunen stellte ich fest, dass jeder einzelne Wunsch in Erfüllung gegangen war. Meine Wünsche waren tatsächlich wahr geworden! Ich musste unbedingt eine neue Liste erstellen! Und das habe ich dann auch getan.

Gott hat große Träume. Und er fordert uns auf, gemeinsam mit ihm große Träume zu entwickeln. Gott hat in jeden von uns Träume und Wünsche hineingelegt, die nur uns gehören. Wenn wir unseren Geist, unseren Verstand, unser Herz und unsere Vorstellung den Dingen gegenüber öffnen, die wir uns wirklich wünschen, dann geben wir dem Heiligen Geist die Möglichkeit, in unserem Inneren Bereiche zu wecken, die in einem tiefen Dornröschenschlaf lagen – einem Schlaf, der verhindert, dass sich Träume erfüllen.

Gott ist ein Träumer. Er träumt von dir und hat auch ganz bestimmte Träume für dich.

Wenn du mit Gott träumst, dann denke dabei nicht: „Wie kann ich das umsetzen?“ Wenn du mit Gott träumst, geht es nicht um das *Wie*. Es geht um das *Was*. Wenn alles möglich wäre, was würdest du dir dann für dein Leben wünschen? Und für das Leben derer, die du liebst?

Deine Träume und Sehnsüchte sind ein Teil der einzigartigen, wundervollen jungen Frau, die du bist. Es geht nicht so sehr darum, diese Wünsche exakt benennen zu können, sondern vielmehr darum, Gott den Zugang zu den Bereichen deines Herzens zu gestatten, in die deine Träume und Wünsche hineingepflanzt sind. Dort spricht Gott zu dir.

Wünsche zu haben ist in Ordnung und auch der Wunsch nach mehr ist in Ordnung. Das hat nichts damit zu tun, dass man unzufrieden ist oder seine gegenwärtige Situation nicht akzeptiert. Es geht vielmehr darum, für das Mehr offen zu sein, das Gott für unser Leben vorgesehen hat. Die Möglichkeiten sind unbegrenzt! Sie sind es tatsächlich! Ja, wirklich! Vielleicht nicht gleich für den nächsten Tag, aber für dein *Leben*.

Was würde Gott überfordern? Was ist ihm unmöglich? Was ist für ihn zu schwierig in Bezug auf deine Beziehungen, deine Erfolge, deine Kreativität, die vielen Ausdrucksmöglichkeiten deiner Persönlichkeit? Die meisten von uns möchten ein ganzes Leben lang wachsen und sich weiterentwickeln. Natürlich müssen wir uns auch hin und wieder einmal ausruhen, aber ein lebendiges Herz ist einfach neugierig und stets begierig nach mehr.

Was wünschst du dir wirklich?

Vier von fünf Amerikanern sagen, sie hätten keine Träume, und ich kann mir gut vorstellen, warum das so ist. Das Leben kann einem manchmal die Träume geradezu „heraussaugen". Aber der lebendige Gott möchte diese Träume wieder in uns hineingießen. Sechzehn Prozent der Amerikaner sagen, sie haben Träume, aber sie schreiben sie nie auf. Vier Prozent haben Träume und Wünsche und schreiben sie auf, aber weniger als ein Prozent überprüfen sie dann erneut und aktualisieren sie.[1]

Lebensträume werden bei den Menschen wahr, die sich erlauben zu träumen, die ihre eigenen Träume haben, sie aufschreiben und regelmäßig prüfen. (Es ist nachgewiesen, dass diese Menschen im Laufe ihres Lebens neun Mal mehr verdienen als die, die das nicht tun. Überlege einmal, was du damit alles machen könntest! Was könntest du alles damit Gutes tun? Welche Arbeit oder Organisation könntest du damit unterstützen?)

Ich möchte dich dazu ermutigen, das Träumen zu wagen und deine Träume auch aufzuschreiben. Wenn du erst einmal damit angefangen hast, wirst du merken, dass es tatsächlich viele Dinge gibt, die du dir wünschst. Und wenn es dir schwerfällt, einen Anfang zu finden, dann könntest du einfach damit beginnen, dass du dir deine Vorlieben aufschreibst. Was magst du? Du kannst alles aufschreiben, vom Duft des Flieders bis zu einer Daunendecke vor dem Kamin oder das gemeinsame Lachen mit Freunden. Diese Übung dient dazu, dass du dir selbst bewusst machst, welche Dinge du genießt. Vergiss nicht, dir alles aufzuschreiben.

Es ist gut, mit Gott in die Stille zu gehen und ihn zu fragen: „Gott, was will ich eigentlich?" Und dann frage ihn: „Was willst *du* für mich?"

Träume haben, die Gott in uns hineingelegt hat, bedeutet nicht, dass wir darauf aus sind, Besitztümer anzuhäufen oder Erfolg zu haben. Es geht darum, dass wir uns so annehmen, wie wir sind und wie Gott uns geschaffen hat. Er ist unser wahr gewordener Traum und die wahre Liebe unseres Herzens. Aber wir können Gott nicht von ganzem Herzen lieben, wenn unser Herz schläft. Jesus zu lieben bedeutet, dass wir es wagen aufzuwachen und unser Wünschen und Wollen zuzulassen.

Jesus,
bitte komm und führe mich. Heiliger Geist, erfülle mich. Träume mit mir und in mir. Hilf mir, die Wünsche freizusetzen, die du mir ins Herz gelegt hast, und sie aufzuschreiben. Hilf mir, große Träume zu träumen.

Stelle dir selbst einmal die folgenden Fragen: Was würde ich gerne tun? Was würde ich gerne erleben, mit meinen Händen tun oder anderen schenken? Worin möchte ich wirklich gut sein? Was wünsche ich mir von Gott? Was wünscht sich Gott von mir? Wofür möchte ich bekannt sein?

Träume! Du hast die Erlaubnis zu träumen. Wenn du keinen Traum hast, wie soll dann je ein Traum wahr werden?

Kapitel 6:

Geheimnisse der Schönheit

Versprich mir, immer daran zu denken: Du bist tapferer als du glaubst, stärker als du aussiehst und klüger als du denkst.

A. A. Milne

Wie schön du bist, meine Freundin! … Deine Augen hinter dem Schleier glänzen wie das Gefieder der Tauben.

Hoheslied 4,1

Letzte Woche habe ich mir ein Youtube-Video angesehen, weil ich mir Make-up-Trends für den Frühling ansehen wollte. Und ich probierte es gleich aus. Ich versuchte es mit einem Hauch heller, leichter, kaum sichtbarer Grundierung. Drei Tage später wehrte sich meine Haut dagegen mit allen Regeln der Kunst und wurde feuerrot. Meine Haut mochte die Grundierung nicht. Verflixt! Ich wollte einfach nur schön aussehen, und das ging ganz schön nach hinten los. Schönheit kann eine heikle Angelegenheit sein.

Die Schönheit wird in unserer Gesellschaft oft auf einen Sockel gestellt und angebetet und für die meisten von uns ist sie – so, wie sie dargestellt wird – unerreichbar. Was in unserer Kultur als „schön" bezeichnet wird, ändert sich aber im Laufe der Zeit.

„Hier seht ihr, was Schönsein bedeutet", wird uns in der Werbung und in den Medien erklärt. „So musst du aussehen! So musst du versuchen zu sein! Du wirst es zwar niemals schaffen, aber versuch es bitte weiter, denn durch deine Misserfolge werden wir reich!"

All deine vergeblichen Bemühungen geben dir ein miserables Gefühl. Das ist garantiert beabsichtigt. Und wenn du mich fragst: Ich finde das richtig gemein.

Wir sind nicht dafür vorgesehen, dass wir uns nach dem richten, was die Gesellschaft uns als Spiegel vorhält. Das bringt keine dauerhafte Erfüllung.

Während ein Großteil der Welt an Hunger leidet, verdient die Ernährungsindustrie Billionen. B.i.l.l.i.o.n.e.n! Verschiedene Abnehmprogramme und Diätprodukte, die uns ein dauerhaftes Wunschgewicht versprechen, sind wie ein Köder, der nur falsche Hoffnungen in uns weckt. Diese Hoffnungen werden nicht lange anhalten, weil all diese Programme zum Scheitern verurteilt sind. Uns ist das allerdings oftmals nicht bewusst. Wir geben uns selbst die Schuld, wenn es nicht funktioniert, und je länger wir uns damit herumquälen, desto mehr verachten wir uns selbst.

Wir verlieren die Hoffnung. Auf einmal hören wir von einer neuen Abnehm-Methode und, was solls, dann versuchen wir es eben noch einmal. Ich kenne das. Ich habe fast alle Methoden ausprobiert, die es überhaupt gibt. Sie funktionieren aus dem Grund nicht, weil wir uns abstrampeln, um uns in ein Schönheitsmuster hineinzupressen, das von außen vorgegeben ist. Wahre Schönheit ist jedoch ein innerer Prozess. Er fängt zuerst in unserem Inneren an. Es geht um unser Herz.

Hast du schon Programme, Diäten, Kuren oder Techniken ausprobiert, um deinem Schönheitsideal näherzukommen – und musstest dann feststellen, dass es nicht funktioniert?

Der Wunsch, schön zu sein, kommt aus unserem Herzen und ist ein guter, gottgewollter Wunsch. Du weißt, wir sind nach dem Ebenbild Gottes geschaffen! Die Schönheit, die Gott erschafft, ist einfach hinreißend. Sieh dir nur einmal die Natur an. Schau dich um. Gottes Schönheit ist atemberaubend! Er ist ein Künstler und das Werk eines Künstlers sagt etwas über den aus, der es geschaffen hat.

Natürlich wollen wir auch schön sein. In Wahrheit bist du es aber bereits!

Jede Frau hat eine ihr eigene, einzigartige Schönheit. In allen Frauen, die ich bisher kennengelernt habe, konnte ich eine Schönheit entdecken. Diese Schönheit ist nicht abhängig von Hauttyp, Körperform, Alter, weißen Zähnen oder

Körpergewicht. Jede Frau ist schön. Du bist schön. Ich bin schön. Obwohl ich diese Schönheit in anderen Frauen schon längst wahrgenommen hatte, gelang mir das bei mir selbst erst viel später. Und ich bin immer noch dabei, meine Schönheit zu entdecken. Ja, ich glaube, dass ich schön bin. (An manchen Tagen. Na ja, in manchen Momenten jedenfalls.)

Möge Gott mir und dir dabei helfen, dieser Tatsache immer besser und immer öfter glauben zu können. Immer dann, wenn wir nicht glauben, dass wir schön sind, stellen wir uns selbst in den Schatten. Und das wird nie zu dem Leben führen, nach dem wir uns so sehr sehnen.

Die Schönheitsikone Audrey Hepburn sagte einmal: „Die Schönheit einer Frau liegt nicht in ihren Gesichtszügen, sondern die wahre Schönheit wird von ihrer Seele reflektiert." Eines ihrer Lieblingszitate war das von Sam Levenson: „Für schöne Augen: Sieh das Gute in den Menschen. Für schöne Lippen: Sprich nichts als freundliche Worte. Für Selbstsicherheit: Lebe mit der Gewissheit, dass du niemals alleine bist."

Meine Liebe, du bist niemals allein! Jemand sieht dich, kennt dich und liebt dich. In 1. Johannes 4,10 steht: „Das Einzigartige an dieser Liebe ist: Nicht wir haben Gott geliebt, sondern er hat uns seine Liebe geschenkt. Er gab uns seinen Sohn, der alle Schuld auf sich nahm, um uns von unserer Schuld freizusprechen." Liebe Leserin, du bist geliebt!

Schönheitsregel Nr. 1

Eine Frau wird wahrhaft schön, wenn sie weiß, dass sie geliebt ist.

Auf der Suche nach Kontrolle

Als ich im zehnten Schuljahr war, machte ich mit meiner Schwester eine Art Mutprobe, bei der wir testen wollten, wer von uns beiden es am längsten aushielt, nichts zu essen. Da wir beide ein paar Kilos zu viel auf den Rippen hatten, ermutigte uns meine Mutter noch zu diesem Wettbewerb. Ich war total happy, als meine Schwester mich am Ende des dritten Tages anrief und mir mitteilte, dass sie wieder essen wolle. Sie hatte kapituliert. Hurra!

Viele Jahre lang behielt ich diese Gewohnheit, ein oder zwei Tage nichts zu essen, bei. Einfach, weil ich mein Gewicht halten wollte. Glücklicherweise habe ich nie eine Magersucht oder Bulimie entwickelt. Mein Esszwang war (und ist) zwar gekennzeichnet von Fressattacken, allerdings ohne hinterher zu erbrechen.

Früher habe ich die Frauen beneidet, die Bulimie hatten. Sie sahen dabei wenigstens noch gut aus! Mein Neid hielt so lange an, bis ich ein Mädchen kennenlernte, die damit zu kämpfen hatte. Es war schrecklich. Das ausgedehnte Erbrechen, um den Körper nach den Fressattacken zu reinigen, war qualvoll und extrem. Die Toilette war ihre engste Freundin. Sie fügte ihrem Körper Schaden zu und richtete Verwüstungen in ihrer Seele an. Ihre inneren Qualen versuchte sie zwanghaft mit Essen zu stillen. In ihrer Verzweiflung, Kontrolle über ihr Leben zu bekommen, musste sie feststellen, dass die Bulimie sie kontrollierte. Der Grund ihres Verhaltens waren Angst und eine tiefe Abscheu vor sich selbst, die sich durch kein reinigendes Erbrechen austreiben ließen.

Ich kenne auch viele junge Frauen, die sich mit Magersucht herumgequält haben. Abgesehen von den Extremfällen sahen auch diese Mädchen ziemlich gut aus. Aus der Entfernung jedenfalls. Sie lebten allerdings unter einem strengen Regime aus Selbstentbehrung und intensivem Fitnesstraining, angeheizt von Furcht und Selbsthass. Sie waren nicht frei. Sie waren Sklaven von Kalorien und Ernährungstabellen. Ihre Anstrengungen, ihr Leben unter Kontrolle zu haben, richteten sich brutal gegen sie. Sie bekamen ihre Periode nicht mehr, sie froren pausenlos und sie waren stets gefährdet, durch ihr Verhalten einen unwiderruflichen Schaden an ihren inneren Organen anzurichten. Ein Mädchen, das ich sehr gern habe, wurde mit Spitznamen Skelly genannt, weil sie wie ein wandelndes Skelett aussah. Aber sie selbst sah sich völlig anders, wenn sie vor dem Spiegel stand.

Ganz ehrlich, der Blick in den Spiegel zeigt uns meistens nicht das Bild, das andere von uns haben. Wir sehen nur unsere Makel, die wie Blinklichter neon-orange aufleuchten. *Wir können nicht hinter das blicken, was anderen noch nicht einmal auffällt.*

Falls du, liebe Leserin, mit Essproblemen zu kämpfen hast, sollst du wissen, dass du nicht allein damit bist. Um davon befreit zu werden – frei von dem verzweifelten Bedürfnis, dein Essverhalten zu kontrollieren, frei von Esszwängen, frei von dem seelischen Leid, das dahintersteckt –, brauchst du Hilfe. Diesen Kampf wirst du nicht alleine bestehen! Wenn du davon frei werden willst, wende dich bitte an deine Eltern, deinen Pastor, einen Lehrer oder einen Therapeuten und erzähl ihnen davon. Es gibt Hilfe für dich! Glaube mir, dieser Kampf hält dich von dem Leben ab, für das du bestimmt bist. Er hält dich davon ab, der Welt das zu geben, was du zu geben hast. Die Welt braucht *dich!*

Ja, es ist eine Tatsache: Deine Schönheit steht ständig unter Beschuss. Der Feind deiner Seele greift dich im Kern deines Herzens an, indem er deine Schönheit attackiert, um dich und dein Herz festzunageln und dich davon abzuhalten, die junge Frau zu sein, die du wirklich bist. Du bist ein Kind Gottes und deine Schönheit ist beeindruckend. Als Ebenbild des lebendigen Gottes besitzt du eine makellose Schönheit, die in die Tiefe geht, die echt ist und die bis in den Kern deiner Seele reicht. Sie wird zwar natürlich auch äußerlich sichtbar, ist aber in erster Linie eine innere Eigenschaft. Diese Schönheit erstrahlt, wenn sie auf einem Fundament aus Vertrauen, Sicherheit und einem glücklichen Herzen gegründet ist.

Schönheitsregel Nr. 2

Den Höhepunkt unserer optischen Schönheit erreichen wir erst dann, wenn wir uns ***nicht*** *zwanghaft mit ihr beschäftigen.*

Der Apostel Petrus sagte einmal: „Macht euch keine Sorgen um äußere Schönheit, die auf modischen Frisuren, teurem Schmuck oder schönen Kleidern beruht. Eure Schönheit soll von innen kommen – das ist die unvergängliche Schönheit eines freundlichen und stillen Herzens, das Gott so sehr schätzt" (1. Petrus 3,3–4; NL).

Damit meinte er *nicht:* „Kümmert euch nicht um eure Frisur oder tragt keinen Schmuck." Er wollte damit *nicht* sagen: „Zieht nur schäbige, unmoderne Kleidung an." Nein! Er wollte damit sagen: „Konzentriert euch nicht auf eure äußere Erscheinung, sondern widmet eure Aufmerksamkeit hauptsächlich eurem Herzen."

Und was ist mit „freundliches und stilles Herz" gemeint? Im Flüsterton zu sprechen und niemals wütend zu werden?! Nein, damit ist vielmehr ein Herz gemeint, das erfüllt ist mit Glauben. Nicht mit Zweifel. Nicht mit Sorge. Nicht mit Ängstlichkeit. Schönheit strahlt aus dem Herzen einer jungen Frau, die ganz sicher weiß, dass jemand sie liebt, sie sieht und kennt, die weiß, dass sie gewollt ist und dass ihr himmlischer Vater sie für liebenswert hält. Diese junge Frau hat ein gesundes Selbstbewusstsein. Und dieses Selbstbewusstsein macht schön.

Auch du kannst das haben. Du bist eine wahre Schönheit. Glaub mir! Und es ist richtig und gut, dass du schön sein willst, denn du bist ein Abbild der größten Schönheit im Universum.

Bitte Gott, dass er dir zeigt, wie schön du bist.

Mut

Es braucht Mut, zu dem Menschen heranzuwachsen, der man wirklich ist.
E. E. Cummings

Zu glauben, dass du schön bist, kann sich riskant anfühlen. Wenn wir etwas riskieren, brauchen wir Mut dazu. Jesus sagte mal: „In der Welt habt ihr Angst, aber lasst euch nicht entmutigen: Ich habe die Welt besiegt“ (Johannes 16,33). Lass dich nicht entmutigen. „Du kannst es schaffen. Weil ich mit dir bin!“, sagt Jesus zu dir.

Jesus weiß, dass du Mut brauchst, um zu der Freiheit zu gelangen, du selbst zu sein. Wir haben unsere Gründe, warum wir uns vor unserem Herzen, vor der Liebe, unseren Träumen, unserer Verletzlichkeit fürchten. Aber, liebe Leserin, die Tage der Furcht müssen jetzt vorbei sein. Gott sieht uns mit barmherzigen Augen an und fordert uns auf, mutige Frauen zu werden.

Ja, ich sage es noch einmal: Sei mutig und entschlossen! Lass dich nicht einschüchtern, und hab keine Angst! Denn ich, der Herr, dein Gott, bin bei dir, wohin du auch gehst.
Josua 1,9

Seid deshalb ohne Sorge und Furcht!
Johannes 14,27

Lasst euch keine Angst machen!
1. Petrus 3,6; frei übersetzt nach der englischen NIV

Wir leben in einer Welt voller Schönheit und Wunder, Abenteuer und Lachen, häufig aber auch in einer Welt voller Schwierigkeiten, Ängste, Gefahr und Leid. Mut ist eine Eigenschaft unseres Geistes, die uns fähig macht, den Gefahren, Schmerzen, Schwierigkeiten oder Ängsten zuversichtlich entgegenzutreten. Wir können zuversichtlich sein! Diese Zuversicht gründet sich nicht auf unsere eigene Fähigkeit, das Leben zu meistern, sondern auf die Treue Jesu. Unser Vertrauen ruht darauf, dass Gott stark und barmherzig ist. Ein mutiges Leben ist nicht gekennzeichnet von dem Bestreben, etwas oder jemand anderes zu werden. Es stützt sich im Glauben auf den Gott, der uns verspricht: „Ich habe euch auserwählt und ich bin treu!" (siehe auch 1. Thessalonicher 5,24).

Die einzige Möglichkeit, unser Leben so zu leben, wie wir es uns aus tiefstem Herzen wünschen, besteht darin, uns von Gott beschenken zu lassen. Aus eigener Kraft werden wir mit unserem Leben einfach nicht dauerhaft zurechtkommen. Ich komme manchmal noch nicht einmal einen Nachmittag lang zurecht, geschweige denn ein ganzes Leben lang. Worin liegt also das große Geheimnis, mutig und frei zu leben und so werden zu können, wie Gott uns gemacht hat? Wie können wir zu einer Schönheit gelangen, die wahrhaftig ist und in die Tiefe geht? Ich werde es dir verraten.

Schönheitsregel Nr. 3

Das große Geheimnis ist: Du kannst es nicht. *Du* kannst es nicht. Aber Jesus kann es. *Christus in dir kann es.* Er ist das Geheimnis! Jesus kam in den schlimmsten Albtraum hinein, den man sich vorstellen kann, und hat durch seinen Tod am Kreuz die Schlüssel der Hölle und des Todes in Besitz genommen. Er ist auferstanden und sitzt nun an der rechten Seite Gottes. Dieser selbe Jesus

- stillte den Sturm und ging auf dem Wasser,
- heilte die Kranken und gab Tausenden zu essen,
- machte die Blinden sehend, die Tauben hörend und erweckte Tote zum Leben,
- ließ die Kinder zu sich kommen,
- vergab den Sündern und trieb Dämonen aus.

Und das tut er heute noch immer. Jesus ist auch heute derselbe wie damals, und seine Schönheit, sein Mut und seine Herrlichkeit leben nun in dir. Paulus beschreibt das größte Geheimnis, das allen Menschen gilt, folgendermaßen: „Christus lebt mitten unter euch. Er hat euch die Hoffnung auf die Herrlichkeit Gottes geschenkt“ (Kolosser 1,27).

Jesus Christus ist dein Leben, dein Atem, deine Hoffnung und dein Mut. In ihm lebst du, atmest du und existierst du. Und getrennt von ihm kannst du nichts tun (siehe Johannes 15,5). Aber wenn du erst einmal Jesus in dein Leben eingeladen hast, wirst du nie wieder getrennt von ihm sein.

Du bist in seiner Hand und nichts kann dich aus dieser Hand reißen. Das ist das Geheimnis von wahrer Schönheit! Wir verlassen uns immer mehr auf Jesus und bitten ihn, sein

Leben durch uns zu leben. Und während er das tut, werden wir in das Bild Gottes verwandelt.

In einem Gedicht heißt es:

… auf ganz unbewusste Weise
wird Christus in dir offenbart.

Durch deine Augen winkt er mir zu.
Aus deinem Herzen strömt Liebe hinzu,
bis ich dich aus den Augen verlier
und seh Christus in dir.[1]

Wenn Jesus in uns lebt, dann strahlt er einfach durch uns hindurch. Wir brauchen uns dafür nicht anzustrengen! Jesus lädt uns ein, in der Schönheit, die er uns verliehen hat, zu relaxen. Wir sollten damit aufhören, ständig einer tadellosen Perfektion hinterherzurennen, die vielleicht einer Puppe gut steht oder ein exzellentes Cover für eine Zeitschrift abgeben würde, aber in der Realität nie erreichbar ist. Gott hat nie etwas davon gesagt, dass unser Ziel die äußere Vollkommenheit ist.

Je mehr wir erkennen, wie Jesus wirklich ist, desto mehr werden wir ihn lieben. Je mehr wir ihn lieben, umso mehr wird unser Leben verwandelt und umso schöner werden wir. Je mehr wir so werden wie er, desto mehr werden wir zu der Person, die wir wirklich sind.

Damit du das Ziel, zu dir selbst zu finden, erreichen kannst, die Freiheit zu einer noch vollkommeneren Schönheit, brauchst du Jesus. Er gibt dir Kraft, wenn dein Glaube zu schwach ist.

Wir brauchen ihn, damit er seine unendlich große Liebe in die Winkel unseres Herzens hineinhaucht, die von Furcht wie erstarrt sind. Wir brauchen ihn, weil er uns immer wieder neu Hoffnung schenkt, sich um unsere Herzen kümmert und uns immer wieder sagt, wer wir sind. Wir können es nicht alleine schaffen.

Gott sei Dank sind wir nicht allein!

„Gott ist in ihrer Mitte und beschützt sie schon früh am Morgen; nie wird sie zerstört."
Psalm 46,6

Was man nicht messen kann

Manche Dinge können statistisch erfasst werden. Das Gewicht. Die Größe. Das Alter. Die Tatsache, dass Kleinkinder mehr auf das Lächeln eines Mädchens reagieren als auf das eines Jungen. Alle möglichen Dinge können untersucht und erfasst werden.

Aber wie misst man den Duft eines Mädchens? Die Schönheit einer tröstenden Berührung? Die Freude eines Lächelns? Die Wärme einer Umarmung? Wie zählt man die Tränen des Mitleids? Wie kann man den Klang eines Lachens, in dessen Gegenwart du das Gefühl hast, die Welt sei in Ordnung, in Zahlen ausdrücken? Wie kann man wohl Schönheit analysieren?

Das wäre dasselbe, als wenn man einen toten Schmetterling an ein Brett heften würde. Wie könnte man so etwas über das Wunder seiner Flugtechnik erfahren? Wie könnten wir dann seine wundervollen Lufttänze beobachten?

Äußere Schönheit ist eine Sache, die nur dann gemessen werden kann, wenn wir die Maßstäbe für die Messung akzeptieren. Jugend vergeht und deshalb verblasst auch die jugendliche Schönheit. Heute habe ich kleine Fältchen um die Augen. Lachfältchen muss man sich verdienen! Die Schwerkraft hinterlässt ihre Spuren, aber wer will schon in einem Käfig leben und sich vor den verheerenden Auswirkungen der Zeit fürchten? Das Leben will gelebt werden! Schönheit, wahre Schönheit, vermehrt sich. Sie vermehrt sich im Laufe der Zeit, wenn sie verschenkt und geteilt wird. Sie vermehrt sich, wenn wir die Augen öffnen für die Schönheit, die uns in Gottes Schöpfung umgibt, und die wir in denen erkennen können, die sein Bild in sich tragen. Sie wächst, während Jesus unsere Herzen mit seinem Wesen immer mehr für sich gewinnt und wir ihm immer ähnlicher werden. Sie wird größer, wenn wir glauben, dass wir sind, was er behauptet: seine geliebten Kinder.

Wie kannst du die Schönheit eines Sonnenuntergangs messen? Die Schönheit eines Kinderlachens? Die Schönheit des lebendigen Gottes? Deine Schönheit?

Gott sagt, dass du wunderschön bist. Nun, er muss es wissen!

Okay, du willst ein paar handfestere Schönheitstipps? Hier sind sie: Sei glücklich. Sei freundlich. Finde heraus, was du gerne machst, und dann tu's! Probiere neue Dinge aus! Sei auf irgendeine Art kreativ! Sorge für Bewegung für deinen Körper! Pflege deine Haut gut. Du hast nur die eine. Reinige sie sanft. Sei großzügig mit Feuchtigkeitscreme und

Sonnenschutzmitteln. Benutze so oft wie möglich natürliche Produkte. Trink viel Wasser, sorge für ausreichend Schlaf und versuche mindestens zu 80 Prozent gesunde Nahrungsmittel zu dir zu nehmen! Und hier noch das Wichtigste: Entscheide dich, der Wahrheit Glauben zu schenken, dass du jetzt, in diesem Augenblick, geliebt wirst.

Die Liebe ist immer das höchste Ziel. Damit meine ich die Liebe zu Gott, die Liebe zu unseren Mitmenschen und die Liebe zu uns selbst. Ich will nicht so leben, dass ich mir selbst keine Beachtung schenke, sondern anerkennen, dass ich eine facettenreiche, geheimnisvolle Frau bin, die andere auf eine einmalige, unverwechselbare Weise mit Jesus bekannt macht.

Du bist die einzige Person, die jemals so war oder so sein wird wie du. Gott hat dich absichtlich so gemacht. Und das aus einem ganz bestimmten Grund.

Die Welt braucht nicht noch eine junge Frau, die ein großartiges Schöpfungswerk, nämlich sich selbst, verachtet. Gott sehnt sich nicht nach einem weiteren Mädchen, das sich selbst ablehnt. Die Welt braucht junge Frauen, die dankbar sind dafür, wie Gott sie gemacht hat, die ihm vertrauen, dass er sie in sein Bild verwandelt und die sich aufrichtig über sich selbst freuen. Es ist gut, wenn du dich so magst, wie du bist. Wir dürfen uns auch mögen! Wenn du dich selbst magst, bist du frei, dich auch über andere zu freuen, und in deiner Nähe wird dann in anderen der Wunsch geweckt, sich selbst zu finden und Freude an der eigenen Person zu haben.

Leben bringt Leben hervor. Freude bringt Freude hervor. Und Schönheit bringt Schönheit hervor.

Bekomme eine Vision von dir selbst

Vor einigen Jahren saß ich in einem Gottesdienst und war stimmungsmäßig auf dem Nullpunkt. Ich fühlte mich abgrundtief hässlich. Ich fand, dass ich wie Jabba der Hutte aus „Star Wars“ aussah. (Keine besonders nette Vorstellung von sich selbst, ich weiß …) Ich sank auf die Knie und fragte Gott verzweifelt: „Welches Bild hast du von mir?“

Und dann sah ich vor meinem inneren Auge eine kniende Frau. Die Sonne, die durch das Fenster schien, umgab sie mit einem goldenen Lichtkranz. Die Frau trug ein hübsches weißes Satinkleid. Ihr Haar war kunstvoll frisiert und mit Perlen geschmückt. Sie war wunderschön.

Er fand mich damals wunderschön. Und er findet mich heute wunderschön.

Wenn Gott seine Tochter ansieht – mich, dich, jedes seiner geliebten Kinder –, betrachtet er sie nicht durch den Schleier der Sünde, den Mantel ihres Versagens oder durch den Nebel ihrer Vergangenheit. Wenn Gott uns ansieht, dann sieht er uns durch das Blut seine Sohnes Jesus an. Du bist eine makellose, reine, atemberaubende Braut.

Wir müssen Gott um ein strahlenderes Bild seiner Person bitten und um ein brillanteres Bild von uns selbst.
Graham Cooke

Wer glaubst du, wer du bist? Wer wirst du einmal sein? Hast du eine Vorstellung davon, wer du einmal werden könntest? Wie sieht Gott dich? Welches Bild hat Gott davon, wie du einmal sein wirst? Frage ihn danach. Und dann warte auf seine Antwort.

Wenn wir eine Vorstellung von der Person haben, die wir einmal sein werden, wird auch unsere Gegenwart davon bestimmt. Denn wir leben dann bereits mit dem Wissen, wer wir morgen sein werden. Und dieses Wissen gibt uns Hoffnung für unser Herz und neue Energie für den Alltag. Wichtig bei alldem ist, dass wir uns dazu entscheiden zu glauben, wer wir nach Gottes Aussage sind. Anschließend können wir ganz relaxt sein, weil wir wissen, dass Gott für unsere Veränderung die Verantwortung trägt. Wir stützen uns auf ihn. Wir werden Fehler machen. Er nicht.

Also frag ihn: „Wie siehst du mich, Gott? Bitte gib mir deine Vision von der Frau, die ich einmal sein werde."

Schreibe seine Antwort auf. Schreibe auf, was du von Gott hörst oder womit du im Glauben rechnest, weil du es dir wünschst!

Wenn du diesen Schritt geschafft hast, geh weiter und nimm das Risiko auf dich. Mach dir diese neue Vision zu eigen, akzeptiere sie, glaube an sie und geh auf sie zu!

Bitte Gott, dass er dir eine Vision von der Frau gibt, die du einmal sein wirst. Schreibe auf, was du dir wünschst.

Wir müssen das Risiko eingehen zu glauben, dass das, was Gott über uns sagt, der Wahrheit entspricht.

Wir müssen riskieren, schöner, stärker, geliebter, liebevoller, engagierter, mehr mit ihm verbunden, herrlicher und talentierter zu sein, als wir es je für möglich gehalten haben.

Wir müssen es riskieren zu glauben, dass wir es wert sind, geliebt zu werden, wert, dass man um uns kämpft, wert, beschützt und umsorgt zu werden. Gott hat uns in seinem Wort die Wahrheit gezeigt. Willst du wissen, was er über dich denkt? Dann schlag die Bibel auf. Beschäftige dich mal über einen längeren Zeitraum mit Epheser 1! Gott hat sich uns in seinem Sohn Jesus Christus geoffenbart. Willst du wissen, wie Gott ist? Schau dir Jesus an. Er ist das Angesicht Gottes. (Um zu erfahren, wie Jesus wirklich ist, lies mal das Buch „Der ungezähmte Messias“. Ich kann es dir nur wärmstens empfehlen!)

Gott hat sich uns mitgeteilt und er hat uns gezeigt, wer wir sind. Nun müssen wir unsere Glaubensmuskeln spielen lassen und uns entscheiden, ihm zu glauben – in den Momenten, in denen uns das leichtfällt, und in den Momenten, in denen wir uns damit schwertun.

Sei die Person, zu der Gott dich bestimmt hat, und du wirst die Welt aus den Angeln heben.
Katharina von Siena

Kapitel 7:

Taumelnd in die Freiheit

Widerstand lohnt sich.

Veronica Roth, aus „Die Bestimmung"

Neulich gingen John und ich zusammen in den Zoo. Ich fand es klasse, die Löwen, Schneeleoparden, Giraffen, Elefanten, Gorillas, Piranhas und die im Dunkeln leuchtenden Laubfrösche zu sehen. Es gab auch eine sensationelle Tropenhalle mit orientalischen Vögeln, die noch kunstvoller geschmückt waren als sogenannte „Geishas" (das sind japanische Unterhaltungskünstlerinnen; Anm. d. Übers.). Nie zuvor habe ich etwas Ähnliches gesehen. Es gab Flamingos, kalifornische Kondore und zwei Weißkopfseeadler, die in einer riesigen, mit Netzen geschützten Vogelvoliere gehalten wurden. Und dann gab es noch eine Schildkröte – eine von der Sorte, die auf dem Grund von Flüssen leben –, das hässlichste Wesen, das mir je unter die

Augen gekommen ist. Es war verrückt. Und gleichzeitig wundervoll.

Am selben Tag machten wir dann noch eine Wanderung in den Bergen. Das Wetter war traumhaft, die Sonne schien und es wehte ein frischer Wind. Auf dem Rückweg, den Berg hinunter, hielten wir beim Schrei eines Falken inne. Wir sahen nach oben und erblickten gleich drei von ihnen: Sie schwangen sich hinauf in die Höhe, tauchten rasend schnell wieder hinab, dann stiegen sie wieder hinauf, immer höher und höher. Sie jagten einander, zogen ihre Kreise, schwebten lautlos durch die Lüfte – es war, als wenn Wesen mit Engelsflügeln über uns wären.

Die Tiere waren einfach fantastisch. Sie waren frei.

Das ließ mich an die Wildvögel denken, die im Zoo in Gefangenschaft lebten, und ich wurde traurig. Nicht dass ich ein Gegner von Zoos bin, keineswegs. Aber diese Vögel sind nicht für ein Leben in Käfigen geschaffen worden. Dort können sie ihr Leben nicht voll auskosten! Natürlich war es toll, die Weißkopfseeadler im Zoo aus nächster Nähe sehen zu können. Wie riesig sie sind! Aber ich habe auch schon welche in freier Wildbahn gesehen und beobachtet, wie sie Fische verspeisen. Manchmal sehe ich sie auf dem Wipfel einer stattlichen Kiefer sitzen und auf ihr Territorium herabschauen oder über ihren Nestern mit Goldadlern kämpfen.

Freiheit ist besser als Gefangenschaft.

Warum um alles in der Welt sollte sich also jemand freiwillig für die Gefangenschaft entscheiden? Warum unternehmen wir so lange nichts gegen all die Zwänge und Abhängigkeiten, in denen wir uns so oft verstricken? Im Buch Jesaja gibt es eine Stelle, die – wie ich finde – jedes Mädchen hören sollte. Sie richtet sich zwar zuerst an die Bewohner Jerusalems, aber diese Worte gelten auch für uns:

„Steh auf, und schüttle den Staub ab! Setz dich wieder auf deinen Thron, Jerusalem! Wirf die Halsfesseln ab, du Gefangene!“
Jesaja 52,2

„Wirf die Fesseln ab“? Ist es denn nicht Jesus, der uns befreit? Ja, das tut er tatsächlich. Er hat es bereits getan, und zwar auf eine Weise, die dir den Atem verschlagen wird. Wir müssen allerdings auch unseren Teil dazu beitragen. Gott sagt, wir sollen aufstehen, uns den Staub von den Füßen schütteln und uns wieder auf den Thron setzen. Unser Part ist gefragt, wenn wir ein Leben in Freiheit führen wollen.

Warum entscheidet sich also jemand für die Gefangenschaft? Nun, Gefangene bekommen regelmäßig etwas zu essen. In ihren Käfigen, Zellen, Gefängnissen sind sie sicher. Der Film „Die Verurteilten“ handelt von dem Häftling und Bandenanführer namens Red, der eine mehrere Jahrzehnte andauernde Haftstrafe absitzen muss. In einer der Szenen räumt er ein: „Die Mauern hier sind schon komisch. Anfangs hasst du sie. Nach einer gewissen Zeit gewöhnst du dich dran. Und wenn noch mehr Zeit vergangen ist, kannst du ohne sie nicht mehr leben.“[1]

Gefängnisse können ein sicherer und bequemer Ort sein. Man kann sich an sie gewöhnen, mit ihnen vertraut werden.

Resignation ist sicher; Träume sind gefährlich. Es ist einfacher, sich von einer anderen Person bestimmen zu lassen, als aufzustehen und die Kontrolle zu verweigern, die andere über uns haben. Das Bekannte ist für uns Menschen stets bequemer und weniger riskant als das Unbekannte. Nach einer gewissen Zeit vergessen die Tiere im Zoo, dass sie für den freien Himmel oder die wilde Savanne geschaffen wurden. Es ist schrecklich, wenn man in einen solchen Zustand hineingerät. Nicht ein einziger Mensch wurde dafür geschaffen, in Gefangenschaft zu leben.

Lass mich dir eine Frage stellen: Wovon würdest du am allerliebsten frei werden? Von deinen Sorgen? Deinem Kummer? Von Selbstverachtung, Abhängigkeiten, Scham, Ängsten, Befürchtungen, Zweifeln?

Was würdest du gerne tun, wofür wünschst du dir Freiheit? Um dein Leben zu leben? Deinen Träumen zu folgen? Um begeistert zu lieben? Um Gott anzubeten? Um Jesus zu erfahren – ihm zu folgen, ihm glauben zu können?

Es ist tatsächlich möglich, auch für dich, in diese Freiheit zu gelangen!

Aber warum musste der gefangenen Tochter Zion dann gesagt werden, dass sie sich von den Fesseln um ihren Hals befreien soll? Weil wir Menschen uns viel zu oft dafür entscheiden, lieber in der Gefangenschaft zu bleiben, als für die Freiheit zu kämpfen – aus dem einzigen Grund: weil wir Angst vor dem haben, was uns das kosten könnte.

Ich möchte dir die Geschichte von Sabatina James erzählen. Sie wuchs in Pakistan auf. Als sie mit 18 Jahren die Hochzeit ablehnte, die ihre Eltern für sie arrangiert hatten, wurde ihr Leben zur Hölle. Sie weigerte sich, innerhalb der engen Grenzen zu leben, die die Kultur ihrer Familie vorgab. Die Konsequenz war, dass ihre Mutter anfing, sie grausam zu beschimpfen und zu schlagen – wenn sie allein waren, und sogar bei größeren Familientreffen vor versammelter Mannschaft. Als die Gewalttätigkeiten gegen sie immer mehr zunahmen und sie sogar Morddrohungen von ihren Eltern erhielt, ergriff sie die Flucht. (Die Vereinten Nationen schätzen, dass pro Jahr rund fünftausend Mädchen weltweit von ihren Eltern getötet werden, weil sie durch ihr Verhalten „Schande auf die Familie" gebracht haben.) Sabatina lebt heute in Deutschland und sagt: „Ich gehe nur selten allein aus dem Haus. Ständig rechne ich damit, dass hinter einer Ecke jemand auf mich lauert. Ich habe meine Freiheit stets geliebt – aber ich habe einen hohen Preis dafür gezahlt."[2]

Ja, die Freiheit kann kostspielig sein. Wir wissen das. Jesus ist das beste Beispiel dafür. Aber der Preis für ein Leben in Gefangenschaft, in Ketten, ist noch viel höher. Freiheit ist gut. Freiheit ist das, wozu du geschaffen wurdest.

Christus hat uns befreit, damit wir als Befreite leben. Bleibt also standhaft und lasst euch nicht wieder in ein Sklavenjoch spannen!
Galater 5,1; NeÜ

Wir haben die größte Freiheit geschenkt bekommen, die es gibt: die Freiheit des Herzens, Freiheit von Sünde, eine Freiheit, die uns befähigt, so zu leben und zu lieben, wie Jesus es tat.

Wir können frei sein von

- Bindungen,
- Sünde,
- Menschenfurcht,
- Schamgefühlen,
- Kummer,
- Zorn,
- Enttäuschung,
- Abhängigkeit,
- Furcht,
- was immer dir einfällt!

...

Wovon wärst du gerne frei?

...

Wir sind nicht länger Gefangene der Sünde. Wir sind nicht länger Untergebene des Feindes, der Welt oder Gefangene unseres Selbst. Wir sind Befreite! Wir wurden nicht nur befreit *von*, sondern auch befreit *für*. Wir sind frei, um in das Bild von Jesus verwandelt zu werden. Wir sind frei zu lieben, wo uns Hass begegnet. Frei, um unsere Einzigartigkeit voll zu entfalten. Frei, mit anderen die Schönheit zu teilen, die Gott vom ersten Moment an, als er an uns dachte, in uns hineingelegt hat.

Wir sind frei, um

- zu träumen,
- glücklich zu sein,
- uns zu freuen,
- Erfolg zu haben,
- zu lieben,
- zu leben,
- zu vergeben,

aber nicht, um wieder an Ketten gebunden zu werden.

Diese Freiheit haben wir Jesus zu verdanken! Er hat uns freigekauft, uns dazu befreit, die Person zu sein, die wir wirklich sind, und das zu tun, wozu Gott uns bestimmt hat.

Was würdest du gerne tun – welche Sache, zu der dir jetzt noch die Freiheit fehlt?

Und das führt uns zu einer anderen überraschenden Freiheit: Wir haben die Freiheit, Fehler zu machen. Lass mich das noch einmal wiederholen: Wir haben die Freiheit, Fehler zu machen. Durch Jesus können wir frei sein vom Gefängnis der Erwartungen, Ansprüche und Verurteilungen anderer – und auch unserer eigenen.

Es geht nicht darum, perfekt zu sein. Wir sind geliebt, angenommen und uns wurde vergeben. Gnade befreit uns von dem entsetzlichen Gefängnis des Perfektionismus. Gnade befreit uns sogar dazu, auch einmal Fehler zu machen.

Meine Gefühle schwanken. Meine körperliche Kraft und mein geistliches Leben sind nicht immer gleich stark. An einem Tag bin ich stark und glaube alles, was Gott sagt, und an einem anderen Tag bin ich überhaupt nicht stark. Das ist okay. Ich werde nie frei sein von meiner Bedürftigkeit nach Gott und du auch nicht. Er allein ist vollkommen. Und wenn wir in ihm bleiben, sind wir es auch. Aber nur dann.

Der Herr ist der Geist; wo aber der Geist des Herrn ist, da ist Freiheit.
2. Korinther 3,17

Freiheit von geistlichen Bindungen

Neulich lag ich abends auf dem Fußboden und hörte Lobpreislieder. Aber nicht, um Gott anzubeten. Ich dachte nach. Mein Tag war nicht so berauschend gewesen. Ich war müde und erschöpft von der Arbeit und von den vielen Gesprächen, die ich geführt hatte, und ich dachte, die beste Antwort auf meine körperliche und seelische Schieflage seien jetzt Pizza und Schokoladeneis. Ich war den ganzen Tag lang alten Verhaltensmustern gefolgt, die sich noch nie als hilfreich erwiesen hatten. Als ich so auf dem Boden lag und Musik hörte, fragte ich Gott: „Liebst du mich wirklich? Hier und jetzt? Wie kannst du mich bloß lieben, wo ich gerade so ätzend drauf bin?"

Aber ich wusste, dass er es tat. Jesus starb am Kreuz für alle meine Sünden, auch für die, die ich immer und immer wieder begehe. An jenem Tag fand in mir ein Kampf um meine

Freiheit statt. Und er wütete dort, wo er fast immer wütet: dort, wo ich in meinem Inneren Entscheidungen treffe, nämlich die Entscheidung, was ich glauben will.

Es wäre nicht richtig, über die Freiheit zu sprechen, die wir in Jesus haben, ohne zumindest ansatzweise den „geistlichen Kampf" zu erwähnen, von dem in der Bibel die Rede ist. In seinem Buch „Der ungezähmte Christ" schreibt mein Mann John: „Sie werden Ihr Leben nicht verstehen und nicht klar sehen, was Ihnen zugestoßen ist und wie Sie von jetzt an leben sollen, wenn Sie nicht begreifen, dass ein Kampf stattfindet. Ein Kampf um Ihr Herz."[3] Zwischen Jesus und Satan hat ein geistlicher Showdown stattgefunden, aus dem Jesus als Sieger hervorgegangen ist. Doch unser Feind weigert sich immer noch, sich geschlagen zu geben. Er weiß zwar, dass er Jesus, der ihn besiegt hat, nicht bezwingen kann. Aber er kann immer noch sein Herz verwunden, indem er nämlich uns angreift und verletzt. Jesus hat für uns die Freiheit erkämpft. Aber wir müssen sie annehmen, für uns in Anspruch nehmen und daran festhalten. Das ist der „gute Kampf des Glaubens", von dem in 1. Timotheus 6,12 die Rede ist: dass wir glauben, dass Gott der ist, der er behauptet zu sein, und dass wir glauben, dass seine Aussagen über uns der Wahrheit entsprechen, auch wenn alles um uns herum dagegen spricht.

Um in Freiheit zu leben und die Person zu werden, die wir werden sollen, müssen wir Gottes Liebe auch in unseren schwächsten Momenten für uns annehmen.

Der geistliche Kampf ist darauf ausgerichtet, uns von der Liebe Gottes zu trennen. Das Ziel Satans besteht darin, dich daran zu hindern, in der Freiheit zu leben, die Jesus für dich erkauft hat. Wenn wir versagt oder gesündigt haben oder uns aus irgendeinem Grund schrecklich fühlen, dann flüstert Satan uns zu, dass wir ein absoluter Loser und überhaupt nichts wert sind. Er ist ein Lügner. Und zu unserem Kampf um die Freiheit gehört es, ihn als solchen zu entlarven, selbst wenn seine Lügen in unseren Ohren wie die reine Wahrheit klingen. Der Kampf wird in unserer Gedankenwelt geführt und gewonnen: in unserem Verstand und in unserem Herzen.

Also, was denkst du gerade? (Ja, jetzt in diesem Augenblick.) Von Descartes stammt das berühmte Zitat: „Ich denke, also bin ich." Ich würde einen Lückentext daraus machen:

Ich denke, dass ich .... bin, also bin ich ....

Ich denke, dass ich nett bin, also bin ich nett.

Ich denke, dass ich auserwählt bin, also bin ich auserwählt.

Ich denke, dass ich liebevoller werde, also werde ich liebevoller.

Ich denke, dass ich die Sünde nie loswerde, also werde ich die Sünde nie los.

Was wir über uns selbst, über andere und über unsere Umstände denken, gibt darüber Aufschluss, wie wir die Dinge wahrnehmen, und das wiederum offenbart, wie wir sie erleben. Unser Leben spiegelt unsere Gedanken wider.

Die Waffen, die Gott mir anvertraut hat, sind geistlicher Natur. Sie können wirkungsvoll für Gott eingesetzt werden. Durch sie können Bollwerke, ganze Gedankengebäude und alle hohen

Gebäude, die sich dagegen stellen, dass Jesus Christus als Sohn Gottes erkannt wird, zerstört werden.
2. Korinther 10,5; WD

Was denkst du über Gott? Was denkst du über dich selbst? Wer bist du? Worum geht es deiner Meinung nach im Leben? Was hältst du für die Wahrheit? Denn das, was du denkst, färbt auf deine Realität ab und hat einen direkten Einfluss darauf, wie du dein Leben lebst. Wir bewegen uns auf das zu, worauf wir unseren Fokus richten. Wir werden geprägt von dem, womit wir uns beschäftigen und was wir als wertvoll erachten. Was denkst du also?

Siehe, dir gefällt Wahrheit, die im Verborgenen liegt, und im Geheimen tust du mir Weisheit kund.
Psalm 51,8; LÜ

Dein Wort ist die Wahrheit.
Johannes 17,17

Wenn aber der Geist der Wahrheit kommt, hilft er euch dabei, die Wahrheit vollständig zu erfassen.
Johannes 16,13

Um eine Lüge erkennen zu können, müssen wir auch die Wahrheit kennen. Falschgeldexperten verbringen ihre Zeit nicht damit, Falschgeld genau zu untersuchen, sondern echtes Geld. Mit dem geistlichen Kampf ist es genauso: Wir dürfen uns nicht auf die Lügen oder auf den Teufel konzentrieren. Es ist wichtig, dass wir uns auf Jesus konzentrieren. Wir müssen uns ganz von der Wahrheit durchdringen lassen, die Wahrheit, wer Gott ist und was er über uns sagt. Dann, und nur dann, werden wir in der Lage sein, eine Lüge rasch zu erkennen. Zwar gibt es einige Bindungen in unserem Leben, bei denen die Wahrheit nicht ausreicht, um uns vollständig zu befreien, aber ohne die Wahrheit werden wir überhaupt keine Freiheit erleben.

Erinnerst du dich an die Geschichte, als Jesus in der Wüste war und der Teufel zu ihm kam, um ihn zu versuchen? Jesus diskutierte nicht mit dem Feind. Er ließ sich nicht auf einen Dialog mit ihm ein; er widerlegte seine Worte einfach mit der Wahrheit. „Ihr werdet die Wahrheit erkennen, und die Wahrheit wird euch befreien!" (Johannes 8,32).

Also, geistlicher Kampf, erste Lektion: Du hast einen Feind. Du wirst gehasst. Das Böse existiert. Der Teufel existiert. Unreine Geister existieren. Petrus schrieb: „Bleibt besonnen und wachsam! Denn der Teufel, euer Todfeind, läuft wie ein brüllender Löwe um euch herum. Er wartet nur auf ein Opfer, das er verschlingen kann" (1. Petrus 5,8). Verschlingen, nicht versuchen. Verschlingen – wie zerreißen, zerfleischen, töten, zerstören. Und Jakobus ermahnt uns: „Unterstellt euch Gott, und widersetzt euch dem Teufel. Dann muss er von euch fliehen" (Jakobus 4,7).

Wenn wir uns Gott nicht voll und ganz anvertrauen, wird der Teufel nicht fliehen. Wenn wir dem Teufel nicht widerstehen, wird er nicht fliehen. Es gibt keinen Grund, Angst zu haben oder krampfhaft gegen den Teufel anzukämpfen. Aber wir müssen Gott das Ruder überlassen und dem Teufel widerstehen. Wir verwirklichen die Freiheit, die Jesus für uns erkauft hat, indem wir der Wahrheit Glauben schenken und ihr zustimmen. Das ist ein großer, entscheidender Teil der Aufforderung: „Steh auf, und schüttle den Staub ab! Setz dich wieder auf deinen Thron, Jerusalem! Wirf die Halsfesseln ab, du Gefangene!“ (Jesaja 52,2). Es ist Zeit aufzustehen.[4]

Was denkst du also jetzt gerade? Ja, jetzt in diesem Moment. Über dieses Thema. Über dich selbst. Stimmt das, was du heute über dich selbst, über andere oder über deine Umstände denkst, mit dem Wort Gottes überein?

Wir können es uns nicht länger leisten, unseren Gedanken freien Lauf zu lassen. Was wir denken, ist enorm wichtig. Wir müssen es uns zur Gewohnheit machen, unser Herz und unsere Gedanken regelmäßig zu überprüfen. Was glauben wir? Worauf lassen wir uns ein? Warum? Wenn uns bewusst wird, dass unsere Gedanken nicht mit dem Wort Gottes übereinstimmen, dann sollten wir sie ganz neu auf Gott ausrichten. Wenn uns bewusst wird, dass wir gerade dabei sind, auf den Feind zu hören und ihm Glauben zu schenken, etwa nach dem Motto: „Das Leben ist hart und danach stirbt man“ oder „Ich werde mich ohnehin nie ändern“, dann sollten wir diese Gedanken sofort zum Stillstand bringen, egal, wie wir uns gerade fühlen. Am besten tun wir das laut. Zum Beispiel so:

Ich sage mich von dieser Lüge los. Ich werde es nicht mehr länger zulassen, auf den Feind zu hören und ihm zuzustimmen. Ich distanziere mich von der Aussage, dass ich überfordert bin. Dass ich niemals frei werde. Dass ich XY hasse. Dass ich dumm, hässlich, fett, depri, ... bin (benenne selbst die Gedanken, die du hast und lass sie los). Ich sage mich im Namen von Jesus davon los.

Was ist wahr?

Hier sind einige Wahrheiten, mit denen du deine Gedanken füttern kannst:

Denn der Geist Gottes, der in euch wirkt, ist stärker als der Geist der Lüge, von dem die Welt beherrscht wird.
1. Johannes 4,4

Er hat uns aus der Gewalt der Finsternis befreit, und nun leben wir in der neuen Welt seines geliebten Sohnes Jesus Christus. Durch ihn sind wir erlöst, unsere Sünden sind vergeben.
Kolosser 1,13–14

Auf diese Weise wurden die finsteren dämonischen Mächte entmachtet und in ihrer Ohnmacht bloßgestellt, als Christus über sie am Kreuz triumphierte.
Kolosser 2,15

Ich habe von Gott alle Macht im Himmel und auf der Erde erhalten.
Matthäus 28,18

Aber Gottes Barmherzigkeit ist groß. Wegen unserer Sünden waren wir in Gottes Augen tot. Doch er hat uns so sehr geliebt, dass er uns mit Christus neues Leben schenkte. Denkt immer daran: Alles verdankt ihr allein der Gnade Gottes. Durch den Glauben an Christus sind wir mit ihm auferstanden und haben einen Platz in Gottes neuer Welt.
Epheser 2,4–6

Ich habe euch die Macht gegeben, auf Schlangen und Skorpione zu treten und die Gewalt des Feindes zu brechen. Nichts wird euch schaden. Doch freut euch nicht so sehr, dass euch die Dämonen gehorchen müssen; freut euch vielmehr darüber, dass eure Namen im Himmel aufgeschrieben sind!
Lukas 10,19–20

Ein einfaches Mittel, wie du erkennen kannst, ob hinter deinem Kampf ein geistlicher Angriff steckt, ist das Beurteilen der Frucht, die daraus entsteht: „Wie man einen Baum an seiner Frucht erkennt, so erkennt man sie an dem, was sie tun" (Matthäus 7,16). Gibt es Missverständnisse, die sich zwischen dir und deinen Freunden aufgebaut haben? Dann bete dagegen an: *Im Namen Jesu bringe ich alle Missverständnisse zu Jesus und unterstelle sie seinem Kreuz.* Hast du Angst? Bist du entmutigt?

Plagst du dich mit Selbsthass? Welche Frucht das hervorbringt, ist ganz offensichtlich: All diese Dinge kommen nicht von Gott. Widerstehe ihnen deshalb im Namen Jesu.

Ich weiß, das klingt vielleicht ein wenig zu einfach. Natürlich spielen da oft auch noch andere Probleme eine Rolle: unsere verletzten Gefühle, unsere Sünde, unsere Vergangenheit. Manchmal gibt es Gründe dafür, warum wir mit bestimmten Dingen zu kämpfen haben. Deshalb hat Jakobus gesagt, dass wir zuerst Gott die Führung überlassen sollen, um dann dem Teufel widerstehen zu können.

Ein Beispiel: Vielleicht bist du innerlich verbittert und hegst starken Groll in deinem Herzen. Mit einem Befehl wirst du deine Verbitterung nicht loswerden, wenn du immer wieder neu Öl ins Feuer gießt, dich in deinen Gedanken ständig damit beschäftigst und diesen Gedanken die Tür weit öffnest, indem du sie bestätigst und dir selbst recht gibst. Zuerst musst du deine Verbitterung gegenüber anderen, dir selbst und Gott erkennen, bereuen und bereit sein, sie loszulassen. Das nennt man „Buße tun". Lass Jesus deine Wunden heilen, die diese Verbitterung auslösen. Entscheide dich dafür, Jesus hier und jetzt zu lieben, denn auf diese Weise überlässt du Gott die Führung. Erst dann wirst du die Autorität haben, deiner Verbitterung eine klare Ansage zu erteilen – nämlich: zu verschwinden. Du kannst das, weil du jetzt bereit bist, sie nicht länger willkommen zu heißen.

Schlechte Angewohnheiten und Denkweisen sind oft nur schwer zu erkennen, weil man sie schon so lange praktiziert. Ich habe zum Beispiel, wie viele andere auch, schon sehr lange mit depressiven Gedanken zu kämpfen.

Bist du entmutigt? Fühlst dich unterlegen? Bist verzweifelt? Fühlst dich allein? Bist du zornig? Verachtest du dich selbst? Dann darfst du nicht mehr länger auf den Feind hören und ihm Glauben schenken.

Lass dich auf keinen Deal mit ihm ein. Auch wenn sich deine Gefühle richtig anfühlen. Gerade dann, wenn sie sich richtig anfühlen! Gib deine Gedanken an Jesus ab. Ich liebe es, ungute Gedanken zu Jesus zu bringen, damit er entscheidet, was mit ihnen geschehen soll. Ich will ja nicht, dass sie nur aus meinem Leben verschwinden und anschließend jemand anderen plagen. Oft färben solche Gedanken nämlich auch auf andere Menschen ab und haben einen schlechten Einfluss auf sie. Gib deine Gedanken an Jesus ab und verbiete ihnen zurückzukehren.

Wenn du zum Beispiel einen Raum betrittst und dich plötzlich eine Welle der Angst überkommt, oder wenn du dich abends ins Bett legst und dich mit einem Schlag die Sorge um deine Zukunft, deine Freunde oder was auch immer überfällt, dann ist die Wahrscheinlichkeit sehr hoch, dass das alles nicht nur aus dir selbst heraus kommt. Möglicherweise hat sich da der Feind in Form eines Geistes der Angst bei dir breitgemacht. Wenn mir das passiert, bete ich immer Folgendes:

Ich stelle all meine Angst jetzt unter das Kreuz und das Blut Jesu. Im Namen Jesu und in seiner Autorität befehle ich jedem Geist der Angst, mich jetzt in Ruhe zu lassen. Verschwinde! Auf der Stelle! Im Namen Jesu.

Es ist gut, den Geist ganz gezielt zu benennen, aber nicht, weil dein Gebet dadurch mehr Kraft hat. Vielmehr nimmst du dem Feind damit seine negative Macht, so wie man der Dunkelheit die Macht nimmt, wenn man die Kellertür öffnet, damit das Licht hereinfallen kann. Du selbst machst dir dadurch bewusst, dass du eben nicht überfordert oder voller Angst oder Scham bist. Du bist nicht verängstigt. Nein, das sind böse Gedanken, die vom Feind kommen. Widerstehe ihm. Gib ihm laut den Befehl zu verschwinden. Im Namen Jesu Christi.

Lass mich dieses Kapitel mit einem Gebet abschließen. Betest du mit?

Ich lobe dich, Jesus. Danke für alles, was du für mich getan hast. Ich liebe dich. Ich bete dich an. Du bist der König aller Könige, dein Name steht über jedem anderen Namen, den es jemals gegeben hat und geben wird. Ich stelle mich jetzt unter deine Autorität. Alles, was du durch deinen Tod am Kreuz, deine Auferstehung und deine Himmelfahrt für uns vollbracht hast, nehme ich dankbar an. Ich nehme die Autorität, die du mir gegeben hast, für mich in Anspruch, und in deinem Namen, Jesus, widersetze ich mich jedem bösen Geist, der mich gequält hat. Ich stelle jeden bösen Geist unter das Kreuz und Blut von Jesus (Benenne ihn hier. Was hat dir zu schaffen gemacht? Hass, Zorn, Verängstigung, Scham, Anklage, Verurteilung, Kränkung, Missverständnisse, Angst, Panik, Schrecken, Hoffnungslosigkeit, Verzweiflung?). Im Namen von Jesus bringe ich jeden bösen Geist vor den Thron Gottes, wo er von ihm verurteilt wird. Ich beende jeden Deal, den ich mit dem Feind eingegangen bin und sage mich von ihm los. Stattdessen mache ich einen neuen Deal mit der Wahrheit. Himmlischer Vater, bitte sende deine Engel, um mich zu schützen. Ich lobe dich. Ich bete dich an, Jesus. Ich sehne mich danach, frei zu sein, dich immer besser und aufrichtiger kennen- und lieben zu lernen. Dir gebührt alle Ehre. Bitte nimm alles fort, was mich daran hindert, dich so zu kennen, wie du wirklich bist, und die Freiheit zu genießen, die du für mich erkauft hast. In Jesu Namen. Amen.

Gott hat alles getan, alles gewonnen und uns alles gegeben, was wir für ein Leben in Freiheit brauchen. Wir sind dafür bestimmt, diese Freiheit immer mehr für uns in Anspruch zu nehmen und darin zu leben. Ja, wir werden uns nicht immer majestätisch in dieser Freiheit bewegen. Aber mit Gottes Hilfe können wir zumindest in die Freiheit hineintaumeln. Schritt für Schritt, Gedanke für Gedanke, Tag für Tag.

Kapitel 8:

Verregnete Zeiten

Es ist gut, wenn wir von Zeit zu Zeit feststellen, was uns eigentlich Halt gibt. Dadurch bekommen wir ein Gespür dafür, ob unsere Füße auf Fels oder auf Sand stehen.

Madeleine L'Engle, aus „Glimpses of Grace"

Henry Wadsworth Longfellow schrieb einmal: „In jedem Leben muss etwas Regen fallen." Er vergaß allerdings die Hagelstürme, Hurrikans und Überschwemmungen zu erwähnen. Die meisten Menschen erleben eine endlose Serie an heftigen Gewitterstürmen. Überall, wo wir hinsehen, gibt es Leid. Sogar wenn wir in den Spiegel schauen. Jeden Morgen wachen wir mit einer Unmenge an Möglichkeiten und Chancen auf, aber wir haben keinen Schimmer, was uns begegnen wird. Freude? Kummer? Der „Regen", von dem Longfellow schrieb, droht damit, unsere Fähigkeit zum Atmen fortzuschwemmen.

Aber Gott hat doch gesagt, dass alles, was geschieht, uns zum Guten dient. Ernsthaft jetzt? Was kann aus Leid schon Gutes entstehen?

Finde in schwierigen Umständen den Frieden

Wie erklärst du dir dein Leben? Warum verläuft es so anders, als du es dir vorgestellt hast? Wie gehst du damit um, dass du nicht weißt, was dich erwartet? Das Telefon klingelt und du hast keine Ahnung, was jetzt kommt. Es könnten gute Neuigkeiten sein. Vielleicht will dich eine Freundin ins Kino einladen? Oder du hast etwas gewonnen? Vielleicht ist es aber auch etwas ganz anderes.

In Johannes 16,33 sagt Jesus: „In der Welt habt ihr Angst." Kommt uns das nicht manchmal reichlich untertrieben vor?

Als Christ haben wir nicht automatisch die Garantie bekommen, ein Leben ohne Schmerzen zu genießen oder schneller aus schwierigen Situationen herauszukommen. Aber wir haben die Garantie bekommen, dass Schmerz, Kummer und Sünde (sowohl unsere eigene als auch die der anderen) uns nicht verschlingen, zerstören oder bestimmen können. Sie haben auch nicht das letzte Wort über uns. Jesus hat den Sieg erkämpft. Und in ihm können wir das auch.

Niemand lebt ein Leben, das frei von Schmerzen ist. Ich weiß, manche Mädchen scheinen aus der Entfernung betrachtet ein fast perfektes Leben zu haben. Aber das sieht nur aus der Entfernung so aus. Wenn du einen Schritt näher kommst, kannst du die Wahrheit erkennen. Ein Leben ohne Leid gibt es nur in der Fantasie, aber wir leben nicht in der Fantasie. Nein, dein Leben ist eher so etwas wie ein Märchen. Ich meine das wirklich so. Im Märchen gibt es böse Hexen. Es gibt Drachen. Im Märchen verschlingen böse Wölfe geliebte Großmütter und kleine Mädchen wandern allein und ängstlich durch den Wald.

Jeder erlebt mal harte Zeiten. Der Garten Eden ist längst nicht mehr unser Zuhause. Er ist ganz weit weg. Wir leben in einer Welt, die von der Sünde infiziert ist, einer Welt, die voll ist von zerbrochenen Menschen. Und auch wir entsprechen noch nicht dem Bild, das Gott von uns hat. An den meisten Tagen ist das Leben schwierig, aber manchmal wird es uns über die Maßen zur Qual.

Was waren für dich die größten Ärgernisse und Lasten in deinem bisherigen Leben?

Petrus schrieb: „Meine lieben Freunde, erschreckt nicht über die schmerzhaften Prüfungen, die ihr jetzt durchmacht, als wären sie etwas Ungewöhnliches“ (1. Petrus 4,12; NL). Aber wir erschrecken uns trotzdem, nicht wahr? Wir fragen uns: *Was habe ich bloß falsch gemacht?* Oder haben wir uns etwa in Gott getäuscht? Wenn wir Schmerz erleiden, stellt sich rasch heraus, was wir wirklich glauben. Wie ist Gott *wirklich?* Ist er gemein? Ist er sauer auf mich? Kümmert es ihn überhaupt, wie es mir geht? Sieht er mich denn nicht? Stimmt Dr. Whos Theorie aus der gleichnamigen Serie vielleicht doch und wir sind einfach durch die Risse im Universum gefallen? Der Bruch zwischen Gott und uns ist das Erste, was die schmerzvollen Erfahrungen mit uns anstellen wollen. Doch von Gott getrennt zu sein ist das Allerschlimmste, was uns passieren kann, viel schlimmer als die schrecklichste Prüfung.

Wenn wir mit Leid konfrontiert werden, sollten wir nicht sofort Rückschlüsse ziehen und anfangen zu deuten. Aber es ist eine gute Idee, Gott zu fragen: „Was ist los? Was geschieht hier eigentlich?"

In diesem Frühjahr gab es eine ziemlich schlimme Grippewelle bei uns in der Stadt. Uns hat es alle erwischt, aber eine Freundin traf es besonders schlimm. In einem Gespräch mit ihr vertraute sie sich mir an und sagte: „Ich wünschte, ich würde verstehen, was Gott mir mit dieser Krankheit beibringen will, damit ich schnell wieder gesund werde." Wie schätzte sie Gott ein? Sie ging davon aus, dass jede Krankheit von ihm kommt. Aber das ist einfach nicht wahr. Wir leben in einer Welt, die vom Bösen infiziert ist, und *deshalb* geht manchmal die Grippe um. Krankheit ist keine Strafe von Gott. Er wartet nicht zuerst darauf, dass meine Freundin irgendeine Wahrheit endlich begreift oder eine verborgene Sünde bereut und lässt, bevor er bereit ist sie zu heilen. Er hält sie (oder uns) nicht hin, bis sie endlich die Kurve kriegt und er sie segnen kann. Er ist kein gemeiner Gott, sondern liebevoll, gütig und barmherzig. Es ist seine Freundlichkeit, die uns zur Umkehr führt, nicht seine Grausamkeit. Ja, Gott gebraucht schmerzvolle

Prüfungen, auch die Grippe, um uns zu formen. Er lässt sie zu, aber er ist nicht derjenige, der sie verursacht hat.

Für einige meiner Leserinnen ist diese Sichtweise vielleicht neu, weil ihnen beigebracht wurde, dass alles, was im Leben geschieht, von Gott kommt. Manche von ihnen haben geglaubt, dass Gott ihnen den Schmerz eines sexuellen Missbrauchs zugefügt hat. Oder dass Gott veranlasst hat, dass ihre Mutter viel zu früh aus dem Leben gerissen wurde. Oder dass er es eingefädelt hat, dass sie von ihrem Freund betrogen wurden.

Meine Liebe, das ist eine so schreckliche Vorstellung von Gott und eine absolute Irrlehre! Hör jetzt mal genau hin:

Niemand, der in Versuchung gerät, kann behaupten: Diese Versuchung kommt von Gott. Denn Gott kann nicht vom Bösen verführt werden, und er verführt auch niemanden zum Bösen. Es sind vielmehr unsere eigenen selbstsüchtigen Wünsche, die uns immer wieder zum Bösen verlocken. Geben wir ihnen nach, dann haben wir das Böse empfangen und bringen die Sünde zur Welt. Sie aber führt unweigerlich zum Tod.
Jakobus 1,13–15

Jakobus macht an dieser Stelle klar, dass Gott niemanden zum Bösen verführt, und dass er auch niemanden zum Sündigen veranlasst. Doch die Menschen werden jeden Tag zur Sünde verführt; sie sündigen jeden Tag. Demzufolge passieren jeden Tag Dinge, die nicht von Gott kommen. Ja, die Sünde hat furchtbare Konsequenzen. Aber nicht Gott bewirkt diese

Dinge. Verstehst du, was für ein entscheidender Unterschied das ist?

In seiner souveränen Macht schuf Gott eine Welt, in der wir Menschen frei sind, eigene Entscheidungen zu treffen. Wir sind keine Marionetten. Wenn jemand sündigt, dann hat nicht Gott diese Sünde verursacht. Jener sexuelle Missbrauch wurde nicht von Gott arrangiert. Gott ist genauso wenig für deinen Mangel an Freunden verantwortlich wie für das Bombenattentat der Terroristen auf den Bahnhof.

Es ist ungemein wichtig, dass wir mit unserer Interpretation von Ereignissen vorsichtig sind. Wir müssen Gott um Hilfe bitten, damit wir den Sinn des Ganzen verstehen. Doch mach um Himmels willen nicht Gott für die Sünde der Welt verantwortlich. Seit dem Sündenfall – seitdem Adam und Eva Gott misstraut haben – ist diese Welt extrem in Unordnung geraten. Nicht nur der Sünde ist seitdem Tür und Tor geöffnet, auch die Natur ist von diesem Zeitpunkt an immer mehr in eine Abwärtsspirale der Zerstörung geraten. Plötzlich gab es Krankheiten. Vielleicht hast du gerade eine schlimme Grippe, weil dich jemand angeniest hat oder weil deine Schwester die Grippe aus der Schule mitgebracht hat. Gott hat die Viren nicht zu dir geschickt, damit du dich ansteckst.

Tatsache ist allerdings, dass Gott das Leid in dieser Welt gebrauchen kann und es auch gebraucht, um uns zu formen. Vielleicht hast du die Grippe, weil du dein Leben mit halsbrecherischer Geschwindigkeit gelebt hast und nicht bereit warst, dich auszuruhen und deinem Körper Erholung zu gönnen. Kann sein. Wir müssen Jesus fragen, wie er das interpretiert.

Deine Interpretation der Dinge wird alles, was darauf folgt, beeinflussen. Es wird Auswirkungen auf deine Gefühle, deine Perspektive und deine Entscheidungen haben. Was passiert aber, wenn du dich getäuscht hast?

Nimm dir einen Moment Zeit und bitte Gott, dass er dir hilft, aus den Dingen schlau zu werden, durch die du gerade hindurchgehst. Bitte ihn, dir zu helfen, dass du in deiner Situation erkennst, was von ihm kommt, was durch die Sünde eines anderen verursacht wurde und was eine Folge der gefallenen Welt ist (wie zum Beispiel die Grippe). Bitte ihn, dir zu helfen, dass du erkennst, was er durch dein Leiden in dir bewirken will, auch wenn er nicht für deinen Schmerz verantwortlich ist.

Das Wichtigste zuerst

Wenn du etwas Schlimmes erlebst, hol erst einmal tief Luft. Dann solltest du zuerst beten: *Jesus, nimm mein Herz.* Frag unbedingt Gott zuerst, was los ist – bitte ihn, dir die Sache zu erklären. Aber unabhängig davon, ob er dir die Zusammenhänge erklärt oder nicht: Lass ihn in deinen Schmerz hinein. Auch die anderen Dinge, die durch unser Leid an die Oberfläche treten – schmerzvolle Erinnerungen, Unglaube, Selbstverachtung – dürfen wir Jesus anvertrauen, indem wir beten: *Jesus, bitte begegne mir hier. Ich brauche dich.*

Stell dir vor, dass dein Schmerz eine Tür ist. Wenn du durch sie hindurchgehst, kannst du in eine tiefere Beziehung zu Jesus hineinwachsen. Du musst es nur zulassen – du musst nur bereit sein, durch die Tür zu gehen!

Lass mich das noch einmal sagen. Lass es zu, dass dein Schmerz die Tür ist, durch die du gehst, um in eine tiefere Beziehung zu Jesus hineinzukommen. Lass es zu, dass du durch den Schmerz zum Positiven verändert wirst.

Denn Gott ist zwar nicht der Verursacher der Schwierigkeiten in unserem Leben, aber er gebraucht sie. Er sorgt dafür, dass uns alles zum Guten dient. Er gebraucht den Schmerz, um unsere falschen Gedanken über uns selbst und die falschen Gedanken über ihn zu korrigieren. Er gebraucht den Schmerz, um die Stelle in uns zu berühren, die schon einmal verwundet wurde, sodass unsere Wunde offengelegt wird und er sie heilen kann. Gott gebraucht das Leid, um uns seine unendliche Liebe zu uns zu zeigen.

In welcher Situation kannst du beten: „Jesus, nimm mein Herz!"?

Du siehst, hier geht es um viel mehr als um das, was man mit bloßem Auge erkennen kann. Unser Herz wird stark umkämpft. Wenn wir den schlimmen Schaden betrachten, der sich in unserer Welt ausbreitet – werden wir Gott dann trotzdem lieben und auf seine Güte vertrauen? Werden wir an unserem Glauben festhalten, dass Gott unsere Anbetung verdient, auch angesichts unserer völlig zerbrochenen Welt?

Der Geist des Herrn ruht auf mir, weil er mich berufen hat. Er hat mich gesandt, den Armen die frohe Botschaft zu bringen und die Verzweifelten zu trösten. Ich rufe Freiheit aus für die Gefangenen, ihre Fesseln werden nun gelöst und die Kerkertüren geöffnet. Ich rufe ihnen zu: „Jetzt erlässt Gott eure Schuld!" Doch nun ist auch die Zeit gekommen, dass der Herr mit seinen Feinden abrechnet. Er hat mich gesandt, alle Trauernden zu trösten. Vorbei ist die Leidenszeit der Einwohner Jerusalems! Sie streuen sich nicht mehr voller Verzweiflung Asche auf den Kopf, sondern schmücken sich mit einem Turban. Statt der Trauergewänder gebe ich ihnen duftendes Öl, das sie erfreut. Ihre Mutlosigkeit will ich in Jubel verwandeln, der sie schmückt wie ein Festkleid. Wer sie dann sieht, vergleicht sie mit Bäumen, die der Herr gepflanzt hat. Man wird sie „Garten des Herrn" nennen, an dem er seine Größe und Macht zeigt.
Jesaja 61,1–3

Es gibt wahrscheinlich in der ganzen Bibel keinen Abschnitt, der schönere Aussagen enthält als dieser. Das sind meine absoluten Lieblingsverse! Denn genau *sie* erklären den Grund, warum Jesus in diese Welt gekommen ist. Jesus hat verkündet, dass er gekommen ist, um gebrochene Herzen zu heilen und Gefangene zu befreien. Er kam, um uns und die Liebesbeziehung zu ihm wiederherzustellen. Er kam, um die Trauernden zu trösten, um ihre „Trauergewänder" durch „duftendes Öl" zu ersetzen, ihre „Mutlosigkeit“ durch „Jubel“. Er hat versprochen, dass der Kummer, der am Abend noch da war, am Morgen der Freude weichen muss. Diese Freude kommt mit Jesus. Jesus ist die Antwort.

Wie findet man Frieden inmitten von schwierigen und schmerzlichen Situationen? Lass *dich* vom Frieden finden. Er ist genau da, wo du gerade bist, mitten in deinem Leben.

Es ist wichtig, dass wir mitten in unserer Freude, unseren Aktivitäten, unseren Sorgen und unserem Leid unseren Blick auf Jesus richten. Lade Jesus in deinen Alltag ein. Bitte ihn darum, dass er sich wieder einmal als derjenige zeigt, der er behauptet zu sein. Er sagt von sich, dass er unsere Kraft ist, unser Schild, unser Fels, unser Zufluchtsort, unser Schutz, unser Erlöser, unser großer Tröster, unser treuer Begleiter und unser Freund, der immer bei uns ist. Jesus bezeichnet sich als den allmächtigen Gott, den Prinz des Friedens. Wir können ihm vertrauen!

Jesus ist der Einzige, der die tiefsten Bedürfnisse deines Herzens stillen kann, und er möchte, dass du weißt, wie tief, wie leidenschaftlich seine Liebe zu dir ist – so tief, dass er Himmel und Erde in Bewegung gesetzt hat, um deine Bedürfnisse zu stillen. Er ist der Einzige, der dich nie enttäuschen und dich niemals verlassen wird; der dich innig tröstet und dich in jedem Moment deines Lebens vollkommen liebt. Lade ihn doch zu dir ein.

Schönheit auf dem Vormarsch

Meine Mutter konnte sehr kleinkariert sein. Zum Beispiel durften wir nicht über den Teppich im Wohnzimmer gehen, damit wir keine Fußabdrücke darauf hinterließen. Sie war manchmal ziemlich barsch zu mir. Mitunter war sie sehr kontrollierend und fordernd. Sie machte in vielerlei Hinsicht Fehler. Natürlich machte sie nicht *nur* Fehler, aber sie hatte ihre Ecken und Kanten. Meine Mutter hatte auch Jesus lieb. Als der Krebs begann, ihren Körper zu zerstören, setzte eine erstaunliche Veränderung bei ihr ein. Meine Mutter wurde weicher; sie wurde freundlicher als zuvor – oder jedenfalls war sie häufiger freundlich. Sie hörte auf, alles kontrollieren zu wollen – es war ihr nicht mehr wichtig. Sie war nicht mehr so fordernd und kritisierte uns weniger. Sie sagte öfter als je zuvor „Ich liebe dich". Die Schönheit, die schon immer in ihr war, trat nun auf erstaunliche Weise in den Vordergrund. Unsere vier letzten gemeinsamen Monate waren – bezogen auf Liebe und Beziehung – die beste Zeit, die wir je miteinander erlebt haben.

In den letzten Monaten ihres Lebens musste meine Mutter sehr leiden. Auch in den Jahren zuvor hatte sie viel gelitten. Doch in jenen letzten Lebensmonaten stützte sie sich so sehr auf Gott, dass sie seine Liebe in ganz intensiver Weise erfuhr und ihr Herz dabei mit Frieden, Ruhe und Freude erfüllt wurde. Sie konnte nicht mehr schlucken und musste über eine Sonde ernährt werden. Selbst einen kleinen Schluck Wasser konnte sie nicht auf normalem Weg zu sich nehmen. Sie hoffte, dass wenn sie diese Erde verlassen und den Himmel betreten würde, Jesus sie dort mit einem großen Glas eiskalten Wassers erwartete.

Meine Mutter führte ihr Leben lang ein Tagebuch. Nicht protokollartig wie ein Logbuch, sondern mit ganz persönlichen Notizen über ihr tägliches Leben. Einige Monate nach ihrem Tod las ich gerade die Eintragungen ihres letzten Lebensjahres, als eine Notiz mit ihrer schönen Handschrift aus dem Büchlein herausfiel. Darauf stand:

Ich möchte den wundervollen Priestern und Gemeindegliedern von St. Edwards und San Felipe de Jesus für ihre Gebete während meiner Krankheit danken. Meine Diagnose kam völlig überraschend, und die Zeit meiner Krankheit war die fantastischste und beste Zeit, die Gott mir je geschenkt hat. Aus tiefstem Herzen danke ich Gott, Jesus und dem Heiligen Geist dafür.
Mary Jane Morris

Meine Mutter war tatsächlich dankbar in ihrem Leiden – nicht für das Leiden, sondern für das, was es in ihrem Leben bewirkte. Sie wurde dadurch offen für Beziehungen. Sie konnte sehen, dass saubere Teppiche und eine makellose Küche lange nicht so wichtig sind wie die Liebe. Sie wurde fähig, Liebe zu geben und zu empfangen. Und obwohl ihr Kampf gegen den Krebs mit dem Tod endete, bezeichnete sie das, was sie durch diesen Kampf gelernt hatte, als „die fantastischste, lohnendste und beste Zeit, die Gott mir je geschenkt hat".

Und jetzt ist sie da, wo sie lebendiges Wasser zu trinken bekommt!

Ich bin von Menschen umgeben, deren Vertrauen zu Jesus immer tiefer wird, weil sie ihm ihr Leben überlassen. Sie verstehen vielleicht nicht, warum bestimmte Dinge passiert sind, doch sie halten an dem Vertrauen fest, dass Gott gut ist – egal, was geschieht. Auch unser Freund Scott hat gelernt, Gott in allem zu vertrauen. Er war von einer Leiter gefallen und seitdem von der Hüfte abwärts gelähmt. Achtundzwanzig Jahre später schrieb er uns eine Karte, auf der nur diese drei Worte standen: „Ich bedaure nichts." Diese Karte rührte John und mich zu Tränen.

Weder der Krebs meiner Mutter noch Scotts Sturz von der Leiter waren von Gott verursacht. Er war nicht der Auslöser für ihr Unglück. Aber er gebraucht solche Schicksale. Er gebraucht sie, um uns zu zeigen, wer er wirklich ist – im Angesicht von Tragödien und Schmerz. Er gebraucht sie auch, um uns zu zeigen, wer wir wirklich sind. Jesus möchte, dass wir wissen, wer wir sind. Er möchte, dass wir uns so sehen, wie unser himmlischer Vater uns sieht. Der wichtigste Spiegel, in den wir schauen können, ist sein Bild von uns, das wir in seinen Augen erkennen.

Ich möchte eine Frau werden, die sich in frohen Zeiten genauso verzweifelt nach Gott sehnt wie im Leid. Nichts treibt mich so sehr in Gottes Arme wie die Zeiten von Kummer und Leid. Es kann die Trauer über die Momente sein, wo ich als Ehefrau und Mutter versagt habe. Es kann der Kummer sein, wenn ich erkenne, wie sehr ich durch meinen Egoismus meine Freunde verletzt habe. Es kann der Schmerz sein über das Leid einer anderen Person, die mir nahesteht. Fest steht, dass

Kummer und Schmerzen mein größter Antrieb sind, Gott zu suchen. Aber ich möchte auch lernen, ihn in Zeiten der Freude zu suchen.

Dankbarkeit

Ich behaupte nicht, dass Leid immer nur positive Auswirkungen auf uns hat. Ich habe Frauen kennengelernt, die durch ihr Leid hart, zornig und eifersüchtig geworden sind. Sie beneideten andere, in deren Leben es nicht so viel Leid zu geben schien wie in ihrem eigenen. Sie gingen sogar so weit, den anderen dasselbe Schicksal zu wünschen, „damit sie mal sehen, wie das ist". Das ist wirklich tragisch und gemein. Wir sollten anderen Menschen niemals etwas Schlechtes wünschen.

Wie aber können wir dahin kommen, dass unser Leid seine positive Wirkung entfalten kann, anstatt uns neidisch, hart oder zornig zu machen?

Zunächst einmal müssen wir ehrlich Bilanz ziehen und überlegen, was wir aus unserem Leid gemacht haben. Was durfte das Leid in unserem Herzen anrichten? Haben wir der Angst Zutritt gewährt? Der Kontrolle? Hat sich Verbitterung gegenüber Gott oder unseren Mitmenschen eingeschlichen? Wenn dem so ist, sollten wir diese Dinge ganz schnell zu Jesus bringen, denn sie sind wie ein Krebsgeschwür für unsere Seele und zerstören das, was Gott so Schönes aus unserem Leben machen will. Wir müssen unseren Zorn, unseren Neid, unser Streben nach Kontrolle und unsere Bitterkeit loslassen. Wir müssen Jesus bitten, unser Herz und unsere Seele von diesen Dingen zu befreien.

Jesus,
heile mein zerbrochenes Herz, befreie mich von aller Dunkelheit. Reinige mich von allem Bösen, das in mir Wurzeln geschlagen hat. Tröste mich. Tausche mein Trauergewand gegen ein Festgewand ein. Lass mich hier, mitten im Leid, schön werden. Gib mir anstatt der Traurigkeit und Sorge dein Freudenöl. Gib mir einen Geist des Jubels statt der Verzweiflung. Rette mich!

Ich glaube, wir können den Heilungsprozess beschleunigen. Den Schlüssel dazu finden wir in dem letzten Satz: Jubel statt Verzweiflung. Nichts, absolut nichts macht die schädlichen Auswirkungen des Leides so wirksam zunichte wie unsere Entscheidung, Jesus mitten in unserem Leid zu lieben und ihn zu loben.

Bete ihn an, mitten in deiner Not. Sei dankbar in deinem Kummer.

Das bedeutet nicht, dankbar zu sein *für* den Kummer.

Die Bibel lehrt uns nicht, Gott für alle gemeinen, bösen, harten, schmerzlichen, unerträglichen Erfahrungen in unserem Leben zu danken. Das ist nicht gemeint. Das würde ja bedeuten, dass wir das Böse gut nennen. Und die Bibel sagt ganz deutlich, dass wir das niemals tun sollten. Nein, die Bibel beschreibt das so: „Seid allezeit fröhlich, betet ohne Unterlass, seid dankbar in allen Dingen; denn das ist der Wille Gottes in Christus Jesus an euch“ (1. Thessalonicher 5,16–18; LÜ).

Danke Gott *in* jeder Lage, nicht *für* jede Lage.

Wenn wir Jesus in unserem Schmerz lieben, erlauben wir ihm, in unseren Schmerz hineinzukommen.

Unsere Dankbarkeit öffnet geistliche Fenster, die Gott in unser Innerstes hineinlassen, sodass er unser Leben, unsere Gedanken, unseren Verstand und unsere Sichtweise mit seiner Gegenwart füllen kann. Sie öffnet Türen für die Segnungen, die Gott über unser Leben ausgießen möchte. Auf diese Weise wird die Dankbarkeit für die Dinge, die in unserem Leben geschehen, immer mehr zunehmen – sowohl für die schönen Momente als auch für die leidvollen Erfahrungen; für die „goldenen Zeiten" und auch für die schlimmen Erlebnisse. In ihrem Buch „Ich bin bei dir" schreibt Sarah Young:

Dankbarkeit ist jedoch keine magische Formel. Sie ist die Sprache der Liebe, die dich in die Lage versetzt, vertraut mit mir zu kommunizieren. Wenn du eine dankbare Grundeinstellung hast, bedeutet das nicht, dass du die Realität mit ihren unzähligen Problemen leugnest. Vielmehr bin ich selbst der Grund deiner Freude – und das inmitten der Anfechtungen und Herausforderungen. Ich bin deine Zuflucht und Stärke, ein bewährter Helfer in Zeiten der Not.[1]

Als Jesus von den Toten auferstanden war und seinen Jüngern erschienen ist, war Thomas nicht dabei. Also kam Jesus noch einmal zu ihnen, als auch Thomas anwesend war. Er forderte Thomas auf: „Lege deine Hand auf meine Wunden." Jesus trug noch immer seine Narben und er hat sie heute noch. Sie sind ein Zeichen seiner Herrlichkeit. Und wenn wir einmal in der himmlischen Herrlichkeit sind, werden auch wir noch unsere Narben tragen. Doch sie werden wunderschön sein, so wie seine.

Die Geschichte meines Lebens und die Kämpfe, die ich durchlebt habe – und noch immer durchlebe –, haben dazu beigetragen, mich zu der Frau zu formen, die ich heute bin und die ich einmal sein werde. Meine Wunden, meine Kämpfe, meine Versäumnisse, meine Freuden, meine ganz privaten, einsamen Kämpfe haben meine Seele zu etwas geformt, was wunderschön, ewig und gut ist. Das wird auch bei dir geschehen.

Nun, wir können uns gegen diesen Prozess wehren oder aber wir lassen uns auf ihn ein. Meine liebe Mutter hatte ihre Ecken und Kanten, genau wie du und ich. Wir können selbst wählen, ob das Leid uns weicher oder härter macht. Wir können entscheiden, ob wir durch Leid barmherziger werden oder aber neidisch. Wir können wählen, ob wir Jesus mitten im Leid lieben oder ihm böse sind deswegen.

Die Schmerzen, die wir erleben, unsere Sorgen und Kämpfe, dienen einem Zweck. Gott lässt alle Dinge zu unserem Guten dienen. Er ist gerade dabei, ein atemberaubend schönes Kunstwerk zu gestalten. Die Schönheit, die durch die Kraft des Leidens in uns geformt wird, wird uns in atemloses Staunen versetzen und uns für immer dankbar sein lassen. Die Krönung unseres Leides ist dann, dass wir Jesus auf eine Art kennenlernen, durch die wir unsere schmerzlichen Erfahrungen als ein Geschenk Gottes betrachten können. Das ist wirklich erstaunlich!

Wenn du dir deinen Kummer anschaust, den du gerade hast oder den du früher erlebt hast: Welche Frucht soll daraus entstehen? Bitte Gott, dass er diese Frucht daraus entstehen lässt.

Kapitel 9:

Freundschaft

Ein echter Freund stellt sich dir nie in den Weg, es sei denn, es geht den Bach runter.

Arnold H. Glasow

Meine Freundin aß einmal eine Nacktschnecke.

Sie und ihre Freunde fanden sie beim Durchstreifen der Felder in der Nähe ihres Wohnorts. Sie wälzten einen Baumstumpf zur Seite und dort lag sie in ihrer ganzen, schleimigen Pracht. „Los, iss sie!"

Wir brauchen Freunde. Keine Frage. Wir sind ein Ebenbild des lebendigen Gottes und eines der größten weiblichen Merkmale dieses Bildes ist unser Wunsch nach Beziehungen. Wir Frauen sind durch und durch Beziehungswesen. Ebenso wie Gott haben wir ein tiefes Verlangen nach Beziehungen – und auch die Fähigkeit dazu. Und ebenso wie Gott wollen wir erwählt und begehrt werden. Nicht deshalb wollen wir für andere wichtig sein, weil wir etwas Bestimmtes leisten, sondern weil wir um unserer selbst willen geliebt werden möchten. Das ist ein guter Wunsch. Aber dieser Wunsch kann uns auch in Schwierigkeiten bringen.

Wer unter Gruppenzwang steht, kann in alle möglichen Schwierigkeiten geraten. Man lässt sich auf Dinge ein, die man eigentlich gar nicht möchte, sagt Dinge, die man nicht sagen will, trägt Klamotten oder isst sogar bestimmte Dinge, die man normalerweise überhaupt nicht mag. Man will einfach dazugehören. Teil der Gruppe sein. „Mach es! Los, mach schon!"

Letzten Sommer war ich mit ein paar Mädels unterwegs, die alle sehr hübsch und intelligent sind und außerdem einen großen Freundeskreis haben. (Ja, richtig, die Art von Mädchen, in deren Gegenwart man sich immer minderwertig fühlt.) Ich riskierte es, ihnen die folgende Frage zu stellen: „Fühlt ihr euch in eurer Gruppe dazugehörig?" Äußerlich betrachtet schien diese Frage überflüssig zu sein und ich rechnete fest mit einem einstimmigen „Ja, klar!" Doch keine von ihnen reagierte so. Nach langem Schweigen bekannten sie alle fünf mit leiser Stimme: „Nein, nicht wirklich."

Aha. Jetzt war die Katze aus dem Sack.

Wir kennen alle das Gefühl, nicht richtig dazuzupassen, „anders" zu sein. Tief in unserem Inneren fühlen wir uns allein. Und Alleinsein ist das Erste, was Gott als „nicht gut" bezeichnete, als er die Welt erschuf (siehe 1. Mose 2,18).

Wir kennen diesen Schmerz in unserem Herzen, den niemand stillen kann, und die Angst, von den anderen verlassen zu werden, wenn sie herausfinden, wie wir wirklich sind. Das geht auch anderen so! Wir kennen die Gedanken, dass die anderen scheinbar ihr Leben immer auf die Reihe bekommen, während wir kaum etwas zustande bringen. Wir kennen das Gefühl, nicht dazuzugehören.

Einer der Gründe, warum du dieses Buch lesen und sogar mit anderen darüber sprechen solltest, ist, dass ich gerne den Vorhang in deinem Inneren zurückziehen möchte, damit du erkennst, dass du eben nicht seltsam bist! Du bist nicht allein! Überhaupt nicht. Und es war auch nie Gottes Absicht, dass du allein leben sollst. Du brauchst einen Freundeskreis, mit dem du dein Leben teilst. Freunde, die zu dir halten und ähnlich ticken wie du, auch wenn sie vielleicht den Anschein erwecken, alles „auf die Reihe zu bekommen".

Freunde sind wichtig. Es kann schwer sein, sie zu finden. Sie können dir wehtun, dich verletzen und im Stich lassen. Ganz sicher werden sie dich hin und wieder enttäuschen. Das ist einfach menschlich. Freunde können dir aber auch Gutes tun und dein Leben bereichern und deine Freude vertiefen.

Wer weise sein will, für den ist der beste Rat, sich mit Leuten zu umgeben, die selbst weise sind.
C. S. Lewis

Eine gute Freundin liebt dich, wenn du fröhlich und vergnügt bist, aber auch dann, wenn es dir schlecht geht. Eine wahre Freundin mag dich, wenn du nett bist, aber auch dann, wenn du ungenießbar bist, weil du bald deine Tage bekommst. Ihr gefällt vielleicht nicht das, was du tust, und sie mag es auch nicht, wenn du dich manchmal wie ein Drachen benimmst, aber sie liebt *dich*. Sie kennt dein wahres Ich, und wenn sie sieht, wie du dich verstellst und dich dabei selbst betrügst, kommt sie auf dich zu und macht dich darauf aufmerksam. Eine Freundin erkennt, wozu du bestimmt bist und motiviert dich dazu, so zu werden, wie Gott dich gedacht hat.

Freundschaft ist etwas ganz Besonderes. Sie ist keine Einbahnstraße. Freundschaften können auch schwierig sein. Sie sind nichts für schwache Nerven.

Ich habe im Laufe der Jahre ein paar Dinge über Freundschaften gelernt, und da, wo ich Fehler gemacht habe, waren es gravierende Fehler. Diese Erfahrungen würde ich dir, wenn möglich, gerne ersparen, und deshalb teile ich hier mit dir, was ich gelernt habe.

Sei vorsichtig mit deinen Erwartungen

Manchmal bin ich völlig erstaunt darüber, wie sehr Jesus die Menschen liebt. An manchen Tagen – okay, an den meisten Tagen – können Menschen ziemlich seltsam sein. Wir rempeln uns an. Wir trampeln uns gegenseitig auf den Füßen herum. Und was dann?

Freundschaften können schwierig sein. Wir müssen um sie kämpfen, genauso wie um alles andere, was wertvoll und kostbar ist.

Viele Jahre lang glaubte ich, eine beste, wirklich *beste* Freundin würde mich immer verstehen und genau die gleichen

Dinge mögen, die ich mag. Sie würde immer dann mit mir ins Kino gehen wollen, wenn auch ich will, und sie würde dieselben Konzerte besuchen wollen, die ich gerne besuchen will. Sie würde mich toll finden und mich für klug halten und immer Verständnis für meine Stimmungsschwankungen haben. Sie würde jederzeit für mich erreichbar sein, mich stets ermutigen und immer einfühlsam sein. Sie wäre von denselben Dingen begeistert wie ich, würde stets meine Scherze verstehen und hätte dasselbe Lieblingsrestaurant wie ich. Und sie wäre niemals beleidigt, wenn ich ihr gegenüber einen Fehler gemacht habe. Du lieber Himmel! Wie peinlich, dass ich so gedacht habe! Im Film ist das alles so einfach. In „Die wilden Hühner" sind Sprotte, Frieda, Trude, Wilma und Melanie unzertrennlich, in der „Freche Mädchen"-Serie sind es Mila, Hanna und Kati. Und in der Fernsehserie „Rizzoli & Isles" sind Jane (Rizzoli) und Maura (Isles) beste Freundinnen.

Sind das nicht wirkliche beste Freundinnen, die alles füreinander tun würden? Warum funktioniert das bei ihnen? Jetzt fange ich aber an zu jammern …

Wenn ich ehrlich bin, mache ich mich gerade ziemlich lächerlich. Denn ich habe tolle Freundinnen, die einfach die besten sind. Und ich lerne immer mehr, dass jede von ihnen unterschiedliche Begabungen und dadurch etwas Einzigartiges zu bieten hat, das die andere nicht hat. Das, was sie voneinander und von mir unterscheidet, ist eine Bereicherung für mein Leben! Keine einzige Frau kann alles für mich sein. Gott stillt mein Bedürfnis nach Freundschaft, aber nicht nur durch eine einzige Person. Manche Mädchen haben so eine beste Freundin. Aber die meisten nicht. Die meisten von uns haben mehrere gute Freundinnen, die uns etwas zu bieten haben und denen wir etwas geben können. Unsere Bedürfnisse werden auf vielfältige Weise gestillt, indem wir von einigen wenigen Freundinnen liebevoll mit dem beschenkt werden, was sie uns geben können. Ich glaube, kein Mensch ist wirklich in der Lage, für jemand anderes das Ein und Alles zu sein. Diese Last ist einfach zu groß. Gott allein kann uns alles geben.

Gott versteht uns immer. Er ist jederzeit für uns verfügbar. Das trifft auf Menschen nicht zu. Sie haben ihr eigenes Leben, ihr Programm und eine Unmenge von Leuten, die etwas von ihnen wollen. Dadurch können sie uns nicht ständig zur Verfügung stehen, aber das ist auch normal. Jesus nennt uns „Freund(in)“ und ich möchte ihn als meinen König und meinen Gott und meinen Freund kennen, der sich an mir freut, mich vollkommen annimmt und bedingungslos liebt. Denn genau so ist er.

Ist der Gedanke, dass Jesus dein engster Freund sein möchte, neu für dich? Nimm dir ein wenig Zeit und bitte ihn, genau das für dich zu werden.

Freundschaft ohne Druck

Alles, was wertvoll ist, birgt auch ein gewisses Risiko in sich und kostet uns etwas. Auch die Freundschaft. Sie soll uns eine Zuflucht vor dem Alleinsein bieten. Einen Raum, der frei ist von Selbstkritik und der Kritik anderer. Freundschaft ist etwas, das beide – meine Freundin und ich – genießen. Dort brauchen wir uns nicht so anzustrengen, dass man uns hört, uns versteht und uns akzeptiert. Freundschaft soll uns einen Ort der Ruhe schenken.

Freundschaft ist ein Geschenk. Wir brauchen einander. Doch um aufeinander zuzugehen und frei zu empfangen, was andere mit uns teilen wollen, brauchen wir Jesus. Wenn wir Jesus immer tiefer als unseren allerbesten Freund kennenlernen, dann wird unser Herz dazu befreit, eine gute Freundin zu sein – und die Freundschaft anderer anzunehmen. Jesus ist der Einzige, der uns nie enttäuschen, betrügen, alleinlassen oder verurteilen wird. Er ist mit uns und für uns. Jederzeit.

Jesus hat versprochen, dass er dich niemals verlassen oder aufgeben wird. Er ist derselbe gestern, heute und für immer. Er ist die vollkommene Liebe und seine Liebe zu dir ist vollkommen. Und er wird sich niemals von dir abwenden!

Von Menschen kann man das nicht behaupten. Freundschaften verändern sich. Menschen verändern sich. Du veränderst dich. Das soll auch so sein. Vielleicht geht ihr als gute Freundinnen noch immer in die gleiche Richtung, aber eure Wege kreuzen sich nicht mehr, vielleicht weil einer von euch in eine andere Gegend gezogen ist.

Manchmal verlagern sich die natürlichen, einfachen Wege, über die wir als Freunde Kontakt halten. Dann erfordert es von beiden Seiten enorm viel Mühe, um eine Freundschaft unter veränderten Bedingungen aufrechtzuerhalten. Um manche Freundinnen sollten wir kämpfen, andere vielleicht loslassen.

Ich besuchte vor einigen Jahren eine Konferenz, die von dem Autor und Prediger Graham Cooke geleitet wurde. Er sprach darüber, wie sich unsere Freundschaften verändern und dass das ganz normal sei. Er sagte, dass die meisten Freundschaften drei bis fünf Jahre halten würden. Wirklich? Und er fügte hinzu, sie seien dazu bestimmt, drei oder fünf Jahre lang zu halten. Nicht jede Freundin in unserem Leben ist dazu bestimmt, unser gesamtes noch verbleibendes Leben mit uns zu verbringen. Natürlich lieben wir sie noch immer. Und obwohl sich jede Veränderung wie ein Verlust anfühlt, ist es gut, manchen Menschen für ihre Zukunft einfach alles Gute zu wünschen. Uns nicht an sie zu klammern. Sie ziehen zu lassen.

Die Ironie des Schicksals wollte es, dass ich gerade diese Konferenz mit einer engen Freundin besuchte, die mir sehr viel bedeutete und die ich nicht mit lockerer Hand, sondern mit geschlossener Faust festhielt. Wir waren schon seit vielen Jahren befreundet, und ich ging davon aus, dass wir bis an unser Lebensende Freundinnen sein würden. Leider nahm ich die verräterischen Anzeichen nicht wahr, dass sich diese Freundin schon eine Weile von mir zurückgezogen hatte und ich mich weigerte, das zu erkennen. Ich wollte *meinen* Willen durchsetzen. Ich fand sie einfach toll. Und ich nahm an, dass sie dasselbe auch von mir dachte!

Irgendwo auf dem Weg war mein Wunsch nach Beziehung zu einem Anspruch geworden und Ansprüche sind die Totenglocke für eine Freundschaft – für jede Beziehung. Ich musste meine Faust öffnen und meine Freundin in Liebe ziehen lassen. Ich musste außerdem Jesus in die Bereiche meines Herzens einladen, die sich geweigert hatten, die Wahrheit zu akzeptieren: dass die Zeit gekommen war, sie loszulassen.

Stur auf einer Sache bestehen, Ansprüche stellen, sich weigern, der Realität in die Augen zu sehen: Glaube mir, das führt uns nicht zu dem Leben, das Jesus für uns bereithält.

Nicht jedes Mädchen oder jeder Junge in deinem Leben wird bis an dein Lebensende an deiner Seite sein. Nicht jeder Mensch, mit dem du gern befreundet wärst, ist dazu bestimmt, deine Freundin oder dein Freund zu sein. (Tut mir leid. Vielleicht solltest du jetzt erst einmal tief Luft holen.) Es kann sehr schmerzhaft sein, eine Freundin loszulassen, oder schlimmer, selbst losgelassen zu werden. Viele Menschen unterschätzen die Herzensnähe, die zwischen Freundinnen entstehen kann. Ich erinnere mich noch gut daran, wie ich in den Armen einer sehr guten Freundin schluchzte, als ich mit meiner Familie fortzog. Ich hatte das Gefühl, mein Herz würde in Stücke gerissen. Wir bedeuteten einander sehr viel. Wie viel schlimmer muss es sein, wenn eine Freundschaft aufgrund von Kränkungen, Missverständnissen, Wut oder Verrat zu Ende geht. Wie qualvoll ist es, wenn Gott uns dazu auffordert, von einer Freundschaft Abstand zu nehmen, wenn Liebe und Harmonie aus dieser Beziehung verschwunden sind.

Wir sind dazu bestimmt zu wachsen, uns zu verändern und uns unser Leben lang zu entwickeln. Wir brauchen Menschen in unserem Umfeld, die bereit sind, uns als die Person zu feiern, die wir einmal sein werden. Unsere echten Freundinnen sind Menschen, die uns anfeuern und Mut machen, uns nach der nächsthöheren Version unseres Selbst – zu der Gott uns beruft – auszustrecken. Freundinnen genießen die Erfolge und das Glück, das die andere hat, und sie hüten sich vor Eifersucht und Neid.

Diese beiden, Eifersucht und Neid, sind ebenfalls Totenglocken für eine Freundschaft. Gott will nicht, dass wir auf etwas eifersüchtig sind, was eine Freundin bekommen oder erreicht hat. Wir sind dazu aufgerufen, uns mit ihr zu freuen. Gott will, dass wir immer und ausschließlich das Beste für unsere Freundin wünschen. Es erfordert viel Feingefühl, Verständnis und Weisheit, eine Freundin durch Prüfungen hindurch zu begleiten. Doch eigentlich ist es viel schwieriger, sie durch eine Phase des Erfolges und des Glücks zu begleiten. „Sie wurde zur beliebtesten Mitschülerin gewählt. Mich nimmt man noch nicht einmal wahr." – „Ich wünschte, *ich* hätte das Begabtenstipendium bekommen." – „Sie hat so tolle, neue Klamotten. Ich wünschte, ich hätte auch neue Sachen." Vorsicht!

Ein beträchtlicher Teil unseres Reifeprozesses vollzieht sich innerhalb unserer Beziehungen. Freundschaften sind nicht immer so schön warm und schützend wie ein Treibhaus. So wie Bäume durch Stürme stark werden und Dürreperioden sie dazu zwingen, ihre Wurzeln tiefer auszustrecken, so tragen unsere Beziehungen dazu bei, dass wir in unserer Persönlichkeit und in unserer Beziehung zu Gott wachsen. Wenn unser zerbrechliches Menschsein sich auf eine Weise offenbart, die wir und unsere Mitmenschen nicht mögen, dann können wir es Gott vor die Füße legen. Wir können um Vergebung bitten und darum, dass Gott uns mit seiner Liebe erfüllen möge. Und so wird uns das Gebet „Christus in mir, liebe diesen Menschen durch mich" immer mehr zu einer Gewohnheit.

Wir kommen immer wieder auf unseren besten Freund, Jesus, zurück.

Wann haben dich deine Freundinnen verletzt? Was ist passiert? Wie hat sich das auf deine jetzigen Beziehungen ausgewirkt?

Kränkungen vergeben

Missverständnisse passieren so leicht und so häufig, dass es beinahe an ein Wunder grenzt, dass Beziehungen trotzdem halten. Der einzige Weg ist die Liebe. Paulus schrieb im 1. Korintherbrief, Kapitel 13,5: „Liebe … ist nicht nachtragend." In liebevollen Beziehungen ist es wichtig, die „Listen" wegzuwerfen, in die wir fein säuberlich all das Unrecht notiert haben, das uns angetan wurde. Viel zu oft halten wir an solchen Listen fest, grübeln darüber nach und füttern sie beständig. Wir sagen, wir hätten vergeben – und wir glauben vielleicht sogar, dass das stimmt –, doch wenn wir die Liste wieder vor Augen haben, betrachten wir sie mit einer Art krankhafter Befriedigung. „Siehst du, was sie getan hat? Erinnerst du dich noch an ihre Worte?“ Wir haben den Köder der Kränkung geschluckt und befinden uns in der Falle.

Der Begriff, der in der Bibel für *Kränkung* benutzt wird, bedeutet eigentlich „Köder“, die Art von Köder, der in einer Falle ausgelegt wurde, um ein Tier in den Tod zu locken.

Kränkungen müssen rasch vergeben werden, sonst werden sie an der Beziehung nagen und sie vergiften. Das Gift sickert heraus und beeinträchtigt auch unsere eigene Seele.

Ja, es ist leider so: Menschen verletzen uns. Auch wir verletzen und kränken andere. Wir alle tun es mit und ohne Absicht, manchmal aus einer Verletzung heraus, manchmal völlig unüberlegt. Jesus nahm all unsere Kränkungen und all unsere Verletzungen auf seinen zerschlagenen Körper, als er für uns starb, und er trug auch all die Kränkungen der anderen. Alles, was er erlitt – die Schläge, die Geißelung, den Spott und schließlich die Kreuzigung –, war mehr als genug, um dafür zu bezahlen.

Mit Gottes Hilfe müssen wir uns dazu entscheiden, dem anderen zu vergeben. Lass das Unrecht los. Lass die Person los. Komm heraus aus der Falle!

Lieber Gott,
ich vergebe allen, die mich verletzt haben, und ich segne sie im Namen Jesu. Ich bete, dass du mehr von dir in ihrem Leben offenbarst. Und ich vergebe mir selbst die Kränkungen, die ich anderen zugefügt habe. Bitte erfülle mich mit deinem Geist; lebe und

liebe du durch mich, sodass ich eine Frau nach deinem Herzen werde und andere lieben kann. Im Namen Jesu. Amen.

Vorsicht: bissig!

Es gibt einen Grund, warum man einen Film mit dem Titel „*Girls Club – Vorsicht bissig!*" gedreht hat. Der Grund ist der, dass Mädchen ziemlich boshaft sein können. Sie können tyrannisch sein. Ann Shoket, die Chefredakteurin der amerikanischen Zeitschrift *Seventeen*, stellte fest, dass Mädchen sehr geschickt darin sind, das Sozialgefüge im Leben anderer Mädchen auseinanderzureißen. Sie sind oft unsicher und haben dann das Bedürfnis, sich über andere Mädchen erhaben zu fühlen. Und so versuchen sie sich gegenseitig „kalt" zu machen. Mädchen schikanieren andere Mädchen, indem sie jemanden zum Außenseiter machen und andere Mädchen auf ihre Seite ziehen. Sie nutzen Facebook- oder WhatsApp-Gruppen, um eine Person erbarmungslos zu mobben. Die Auswirkungen sind verheerend und entsetzlich.[1]

Du kennst vielleicht das Sprichwort: „Stock und Stein brechen mein Gebein, doch Worte bringen keine Pein." Aber das ist ziemlich weit von der Wahrheit entfernt. In Sprüche 18,21 steht: „Worte haben Macht: Sie können über Leben und Tod entscheiden." Das ist uns sehr wohl bewusst, nicht wahr? Wir sind Frauen. Wir gebrauchen Worte und Gott tut das auch. Er *ist* das Wort. Und wir sollen uns ein Beispiel an ihm nehmen und unsere Worte dazu gebrauchen, dass wir andere segnen, sie ermutigen und Leben spenden.

Das können wir! Ist der Gedanke nicht aufregend, dass wir als Partner des Heiligen Geistes nicht nur kleine Inseln der Hoffnung und Freundlichkeit, sondern auch treue Freundschaften aufbauen können, und das mitten im Meer der Lieblosigkeit, die viel zu viele Mädchen erleben müssen?

Geh vorsichtig mit der Wahrheit um

Es ist wichtig für unsere Freunde, dass sie glauben, wir seien vorbehaltlos offen zu ihnen, und es ist wichtig für die Freundschaft, es nicht zu sein.
Mignon McLaughlin, aus „The Complete Neurotic's Notebook"

An dieser Stelle möchte ich etwas über die Ehrlichkeit einfügen. In der Bibel werden wir aufgefordert, die Wahrheit in Liebe zu sagen. *In Liebe.* Das bedeutet, Ärger, Unmut und der Wunsch, den anderen zu verletzen, haben da nichts zu suchen. Bevor wir die Wahrheit aussprechen, müssen wir sorgfältig prüfen, welche Motive dahinterstecken. Wir müssen zuerst herausfinden, *warum* wir etwas sagen wollen, was in unseren Augen die Wahrheit ist. Wir müssen sichergehen, dass es wirklich in liebevoller Absicht geschieht und weil wir den andern segnen wollen. Eine gute Freundin erklärte mir einmal, dass Wahrheit nicht länger Wahrheit ist, wenn wir sie nicht in Liebe aussprechen.

Wir werden in der Bibel nicht ermahnt, *alles* zu sagen, was die Wahrheit ist. In unserer Kultur der Ehrlichkeit fühlen wir uns vielleicht veranlasst, alles mit unseren engsten Freunden zu teilen, sogar die negativen Dinge. Wir wollen doch ehrlich sein, nicht wahr? Wir wollen doch keine Geheimnisse voreinander haben, stimmts? Falsch. Wenn wir mit einem uns nahestehenden Menschen oder einer Freundin jeden Gedanken und jedes Gefühl teilen, werden wir in unserer Beziehung Chaos und Verwüstung anrichten.

Genau an diesem Punkt habe ich es einmal gründlich vermasselt. Ich erzählte einer guten Freundin von den negativen Gefühlen, die ich ihr gegenüber empfand. Ich war eifersüchtig auf ihre enge Beziehung zu einer anderen Frau, mit der ich ebenfalls gerne befreundet gewesen wäre. Ich fühlte mich ausgegrenzt. Nach dem Motto „Drei sind einer zu viel". Als mir bewusst wurde, wie falsch und dumm diese Gefühle waren – in Wahrheit war sie doch meine geliebte Freundin –, da bekannte ich ihr meine Gedanken. Ich sagte ihr, wie falsch diese Gefühle doch waren und entschuldigte mich dafür.

So weit, so gut. Bekennen ist gut für die Seele, aber vor wem sollte man ein Bekenntnis ablegen und wem tut das gut? Sicherlich nicht der Person, über die man verletzende Gedanken hegte! Am besten schüttelst du jetzt den Kopf über mich und sagst: „Ich kann es kaum glauben, dass Stacy so dumm war, so etwas zu tun!" Ich kann es selbst kaum glauben. Aber ich war so dumm. Ich habe mich dafür entschuldigt. Aber du weißt genauso gut wie ich, dass Worte, die einmal ausgesprochen wurden, nicht mehr rückgängig gemacht werden können. Wunden können heilen. Schaden kann repariert werden. Vergebung kann geschenkt werden. Aber Worte können nicht einfach ausgelöscht werden.

Während wir uns also immer mehr zu der Person entwickeln, zu der Gott uns bestimmt hat, müssen wir lernen, dass wir nur die Wahrheit aussprechen, die Gott uns aufs Herz legt, und zwar in Liebe – und nur dann, wenn Gott uns wirklich dazu auffordert.

Gibt es Gedanken oder Gefühle, die du einmal in Wahrheit aussprechen solltest, die aber lieblos wären, wenn du sie vor deiner Freundin bekennen würdest?

Schlechte Beziehungen erkennen und beenden

Okay, falls du gerade ein paar Seiten übersprungen oder nur flüchtig überflogen hast, lies diesen Abschnitt bitte wieder etwas gründlicher. Über dieses wichtige Thema wird nämlich selten gesprochen.

Bei manchen Menschen hat man das Gefühl, dass sie das Leben aus einem heraussaugen. Das liegt daran, dass sie im wahrsten Sinne des Wortes das Leben aus einem heraussaugen. Solche Beziehungen sind schlecht und nicht in Gottes Sinn. Du musst sie beenden.

Es gibt einige Missverständnisse und Diskussionen darüber, ob die Bibel von „Seelenverbindungen“ spricht. Ich will versuchen, das zu klären. Wie auch immer man es zu beschreiben versucht, die Bibel lehrt ganz deutlich, dass es heilige und unheilige Verbindungen zwischen Menschen gibt. Adam und Eva hatten eine heilige Verbindung; sie wurden eins. (Damit ist eindeutig nicht nur das körperliche Einswerden gemeint. Das wird dir jedes Ehepaar bestätigen können, besonders die, die schon jahrelang verheiratet sind. Die Verbindung besteht nicht nur auf körperlicher, sondern auch auf seelischer Ebene.) Jonathan und David hatten eine ganz besondere Beziehung: „Nach diesem Gespräch traf David Jonathan, den Sohn des Königs. Vom ersten Augenblick an liebte Jonathan David sehr, ja er liebte ihn mehr als sein eigenes Leben" (1. Samuel 18,1). In einer anderen Übersetzung heißt es: „… da verband sich das Herz Jonathans mit dem Herzen Davids" (LÜ). Es gibt zwischen Menschen also ganz klar Verbindungen auf seelischer Ebene.

Wenn Paulus davor warnt, nicht mit Ungläubigen an einem Strang zu ziehen, dann beschreibt er damit eine unheilige Beziehung. Wenn er Gläubige davor warnt, sexuelle Beziehungen außerhalb der Ehe zu haben, dann warnt er davor, sich mit dieser Person zu verbinden – dies ist ganz klar auch eine unheilige Beziehung. Aber solche unheiligen, unguten Bindungen existieren auch außerhalb sexueller Beziehungen. Es gibt Beziehungen, in denen ein Mädchen (oder ein Junge) zu viel Einfluss auf eine andere Person ausübt.

Wenn eine Freundin andere durch ihre Launen oder (unausgesprochenen oder ausgesprochenen) Drohungen kontrolliert, gibt es in dieser Beziehung eine schlechte Verbindung, die Gott nicht gefällt. Angesichts unserer Verletzlichkeit und unserer ausgeprägten zwischenmenschlichen Fähigkeiten müssen wir Frauen uns besonders vor unguten Beziehungen in Acht nehmen.

Wenn sich jemand um uns Sorgen macht, sich über uns ärgert oder uns verurteilt, und diese Emotionen dazu führen, dass sich diese Person zwanghaft mit uns beschäftigt, dann entsteht dadurch eine ungute Beziehung. Dabei handelt es sich ganz klar nicht um das Band der Liebe, das durch den Heiligen Geist entsteht und das Paulus als „gut“ bezeichnet. Nein, es ist ein ungesundes Band. Solche ungesunden Verbindungen verursachen in vielerlei Hinsicht Schaden. Sie bilden eine Art Kanal, durch den die zerstörerischen geistlichen Angriffe der anderen Person in dich eindringen können. Die negativen Gefühle oder anklagenden Gedanken, mit denen diese Person zu kämpfen hat, übertragen sich nun auf dich. Eine seelische Verbindung ist also niemals eine Einbahnstraße. Womit du zu kämpfen hast, das überträgt sich auch auf die andere Person.

In Galater 6,14 (WD) heißt es: „Wenn ich auf etwas stolz sein möchte, dann auf das, was Jesus am Kreuz für uns erlitten hat. Sein Kreuz macht mir einen Strich durch jede Art menschlicher Geltungssucht.“ Dieser Vers macht deutlich, dass das Kreuz jegliche Beziehung verändert, auch familiäre Beziehungen. „Wer seinen Vater oder seine Mutter, seinen Sohn oder seine Tochter mehr liebt als mich, der ist es nicht wert, mein Jünger zu sein. Und wer nicht bereit ist, sein Kreuz auf sich zu nehmen und mir nachzufolgen, der kann nicht zu mir gehören“ (Matthäus 10,37–38). Alle Beziehungen, alle Verbindungen sind nun der Herrschaft Jesu unterstellt. Aus diesem

Grund können wir sagen: „Ich bin der Welt gestorben, und die Welt ist für mich gestorben. Ich bin meiner Mutter, meiner Schwester, meiner Freundin und meinem Feind gestorben, und sie sind mir gestorben."

Aber verstehe das jetzt nicht falsch: Eine seelische Verbindung zu einer Person aufzulösen bedeutet *nicht*, dass du diese Person *ablehnen* sollst. Das, was du tust, soll immer von *Liebe* bestimmt sein. Lass nicht zu, dass der andere sich zwanghaft an dich bindet, und weigere dich, zwanghaft an den anderen gebunden zu sein. Lass es nicht zu, dass der andere dich kontrolliert, und weigere dich auch, den anderen zu kontrollieren. Weigere dich, deinen Unmut über die andere Person herauszuposaunen, wenn sie nicht in der Nähe ist. Und lass es dir auch nicht gefallen, wenn diese Person hinter deinem Rücken über dich redet. Ganz sicher willst du nicht den Kampf des anderen führen und der andere will auch nicht deinen Kampf austragen.[2]

Das folgende Gebet ist vielleicht eine Hilfe für dich:

Im Namen Jesu durchtrenne ich jetzt alle seelischen Verbindungen mit …………………… (nenne den Namen der Person). Diese Person hat keinen Einfluss mehr auf mich. Ich stelle das Kreuz Christi und seine Liebe zwischen uns. Ich lasse nicht zu, dass der Kampf von …………………… (nenne den Namen der Person) sich auf mich überträgt. Ich befehle meinen Geist neu dem Geist Jesu Christi an. Ich vertraue …………………… (nenne den Namen der Person) dir an, Jesus. Ich überlasse sie dir. Segne sie, Gott! Amen.

Eine Freundin sein

Es gibt soziale Medien und die wird es auch immer geben. Sie haben ihre guten Seiten, bergen aber auch manche Gefahren in sich. Sie sind sehr nützlich, um in Verbindung zu bleiben und sich mitzuteilen zu können. Doch sie sind kein Ersatz für persönliche Kontakte, bei denen man dem anderen in die Augen sehen kann. Du kannst Hunderte von Kontakten bei Facebook oder über WhatsApp pflegen. Doch so viele Freundschaften kannst du im realen Leben gar nicht aufrechterhalten. Doch es ist wichtig, dass du nicht nur via Internet unterwegs bist, sondern in der „realen Welt" deine Beziehungen pflegst.

Schon Jesus hatte seine Freundeskreise und du brauchst sie auch. Vielleicht gibt es ein bis drei Mädchen, mit denen du dich wirklich eng verbunden fühlst. Freundinnen, denen du jede Einzelheit deines Lebens, ob innerlich oder äußerlich, anvertrauen würdest. Dann gibt es noch einen größeren Kreis von, sagen wir, zehn bis fünfzehn Freundinnen, mit denen du zwar vertraut bist und regelmäßig abhängst, die du aber nicht unbedingt um drei Uhr morgens anrufen würdest. Sie sind aus deinem Teeniekreis, deiner Nachbarschaft oder deiner Schule. Darüber hinaus gibt es einen noch größeren Kreis von Bekanntschaften. Die, die du auf dem Flur siehst und denen du Hallo sagst. Das sind Freunde aus deinem Spanischkurs oder deinem Volleyballteam. Das ist alles schön und gut und normal. Du brauchst sie alle.

Freunde sind ein Geschenk Gottes an uns, ein Geschenk, das aus tiefstem Herzen kommt und für unser Herz bestimmt ist. Niemand kann bessere und vollkommenere Geschenke verteilen als er. So sind Freunde. Sie sind kostbare Schmuckstücke, die wir schätzen und pflegen sollten. Freundinnen teilen miteinander Kleidung, Notizen aus dem Unterricht, Mut, Ideen, Glauben und Hoffnung. Ralph Waldo Emerson sagte einmal: „Der einzige Weg, einen Freund zu haben, besteht darin, selbst einer zu sein.“ Also versuche eine gute Freundin zu sein. Bete für deine Freundinnen. Geh nett und mitfühlend mit ihnen um. Sprich die Wahrheit in Liebe aus. Vergib ihnen, wenn sie dich verletzt oder enttäuscht haben. Zeig dich als wahre Freundin, so wie du es dir auch von ihnen wünschst. Und bei allem vertraue dein Herz deinem besten, ewigen Freund, Jesus, an. Seine Liebe zu dir hört niemals auf!

Hast du die Freunde, die du dir wünschst? Wenn nicht, dann bete und bitte Gott, dass du sie bekommst. Wie könntest du eine bessere Freundin werden?

Kapitel 10:

Diese Jungs!

Er war wirklich schön. Ich weiß, Jungs sind das eigentlich nicht. Aber er war's.

John Green, aus „Das Schicksal ist ein mieser Verräter"

Ich gehöre zu der seltenen Gruppe von Mädels, die ihren Ehemann in der Schule kennengelernt haben. In der elften Klasse las ich in der Theater-AG die Anwesenheitsliste vor. Eines Tages kam ein Junge namens John auf mich zu, nahm meine Hand und sagte: „Stacy. *Liebes.*" Ich erwiderte: „Was willst du?" Er beschwor mich: „Ich werde heute mal schwänzen. Bitte schreib mir keinen Eintrag wegen Abwesenheit."

Und so war unsere Freundschaft geboren. Seit diesem Tag kam er *häufig* mit derselben Bitte zu mir. Manchmal willigte ich ein. Manchmal auch nicht. Er wusste nie, ob ich seiner Bitte nachkam, und er fragte auch nie danach. John war ein

Lausbub. Er sah aus wie ein moderner Pirat, warf in der Mittagspause wie ein griechischer Gott seine Frisbee-Scheibe über den Rasen und beherrschte mit seiner Anwesenheit die Bühne wie ein legendärer Shakespeare-Darsteller. Er besaß eine magnetische Anziehungskraft und ich fühlte mich zu ihm hingezogen. Er machte ständig Ärger und ich steckte mittendrin.

Im nächsten Schuljahr waren wir wieder zusammen in der Theater-AG, und mein Herz machte jedes Mal einen Sprung, wenn John den Raum betrat. Seine Anwesenheit elektrisierte mich. Jedes Wort, das er an mich richtete, bedeutete mir immens viel und ich dachte stundenlang darüber nach. Ein Blick, ein Lächeln oder auch nur ein Kopfnicken von ihm und ich schmolz nur so dahin. Ich bot ihm an, ihn nach Hause zu fahren, wann immer er einen Fahrer brauchte.

Er nahm mein Angebot an.

Ich liebe unsere gemeinsame Liebesgeschichte. Jetzt müsste ich eigentlich erzählen, dass wir von nun an zusammen ausgingen, gemeinsam das College besuchten, uns verlobten und dann heirateten. Wäre das nicht schön? Aber so verlief unsere Geschichte nicht. Im zwölften Schuljahr war ich sauer auf John, weil er meine Gefühle nicht erwiderte. Ein Jahr später hatte er wieder Interesse an mir, aber ich vertraute ihm nicht mehr. In den kommenden Jahren war unsere Beziehung mal mehr, oft weniger erfolgreich, doch irgendwie schaffte ich es, die Anstürme von verschmähter Liebe, verletzten Gefühlen und langen Trennungszeiten zu überleben. Erst als ich einundzwanzig war – nun, diese Geschichte werde ich ein andermal erzählen, aber für heute kann ich einfach nur sagen … *JUNGS!*

Sie machen das Leben auf jeden Fall interessanter. Ungefähr so interessant wie eine Fahrt mit der Achterbahn.

Anders ist gut

Das Erste, was in der Bibel über die Menschen gesagt wird, ist, dass Gott uns nach seinem Ebenbild geschaffen hat. „So schuf Gott den Menschen als sein Ebenbild" (1. Mose 1,27). Die zweite Sache, die wir hier erfahren, ist, dass wir entweder als Mann oder als Frau geschaffen sind: „Als Mann und Frau schuf er sie" (Vers 27). Das Geschlecht ist sozusagen das Herzstück des Menschen. Du bist eine junge Frau, also weiblich. Jungs sind nun mal … männlich. Ganz tief in ihrer Seele, nicht nur körperlich, sind Jungs einfach *Jungs*. Und Jungs sind ziemlich „anders" als Mädchen. Aber das weißt du ja bereits.

Jungs unterscheiden sich von Mädchen sowohl innerlich als auch äußerlich. Und das von Anfang an. Bereits während der Entwicklungsphase im Mutterleib gibt es geschlechtliche Unterschiede, was die Entwicklung des Gehirns, die Hirnchemie und den Hormonspiegel betreffen. Jungs tragen dieselbe tiefe Sehnsucht im Herzen – nämlich geliebt zu werden –, alle anderen Kernfragen, tiefen Wünsche und Ängste nehmen bei ihnen jedoch eine andere Form an als bei uns Frauen.

Denke daran, jedes Kind kommt mit einer Frage auf die Welt, auf die es eine Antwort sucht. Diese einfache Frage lautet: „Werde ich geliebt?" Kleine Mädchen formulieren diese Frage so (und richten sich dabei hauptsächlich an ihren Vater):

„Freust du dich über mich? Bin ich etwas Besonderes? Findest du mich hinreißend?“ Jungs stellen diese Frage anders. Sie wollen nicht wissen, ob man sich über sie freut. Sie wollen hören, dass sie stark sind. Ihre Fragen lauten eher ungefähr so: „Habe ich das Zeug dazu? Bin ich unschlagbar?“

Unsere Kernfragen unterscheiden sich und so auch unsere Ängste. Die größte Angst eines Mädchens ist die, verlassen zu werden. (Stimmt doch, oder? Fürchtest du nicht auch ganz tief in deinem Inneren, dass man dich allein lässt und du niemanden mehr hast? Das liegt daran, dass wir nicht dazu bestimmt sind, allein zu sein. Wir sind durch und durch ein Beziehungswesen.) Das größte Schreckgespenst eines Jungen ist das Versagen. Er hat Angst, nutzlos zu sein. Nicht stark genug zu sein. Keinen bleibenden Einfluss zu haben. Nicht in der Lage zu sein, schwierige Situationen zu meistern – einen Platten am Fahrrad, Mobbing oder der Tränenausbruch einer Freundin.

Kleine Jungen reagieren mehr auf Fotos von Menschenmengen als auf Fotos von einzelnen Personen, während Mädchen im Babyalter einzelne Gesichter interessanter finden. Kleine Mädchen betrachten lieber Gesichter, während kleine Jungen am liebsten Dinge beobachten, die sich *bewegen* (wie zum Beispiel ein Mobile über dem Bett). In der motorischen Entwicklung machen beide immer wieder Riesenfortschritte, wobei man beobachten kann, dass Jungen einen höheren Bewegungsdrang haben als Mädchen (sie zappeln mehr und recken und strecken sich häufiger). Die körperliche Kraft entwickelt sich bei Jungen schneller. Jungs werden häufiger in die Notfallambulanz gebracht als Mädchen. Mädchen haben eher einen Vorsprung in der verbalen Entwicklung. Als Babys gurren sie häufiger und bilden Laute. Mädchen reden mehr. Frauen übrigens auch. Manche Studien besagen, dass Frauen im Durchschnitt dreizehntausend Wörter mehr am Tag sprechen als Männer.

Diese Beobachtungen sind nicht allein auf die unterschiedliche Erziehung von Jungen und Mädchen zurückzuführen (obwohl wir da durchaus Unterschiede machen). Die Biologie hat ebenfalls einen großen Anteil an dieser Entwicklung. Die Geschlechtlichkeit gehört zum Wesen jedes Menschen. Immer noch versuchen Wissenschaftler und Soziologen herauszufinden, welche Rolle die Biologie und die Sozialisierung dabei spielen. Fest steht jedoch, dass die meisten Jungen mehr an Bewegung interessiert sind, während kleine Mädchen beziehungsorientierter sind.

Wir sind anders. Und anders ist gut!

Allgemein betrachtet reifen Mädchen emotional früher heran als Jungen. (Das wusstest du bereits, nicht wahr?) Jungen kommen irgendwie von einem anderen Planeten. Männer kommen vom Mars, Frauen von der Venus … Mädchen denken mehr über Beziehungen nach. Wenn du einen Jungen fragst, was er gerade denkt, und er antwortet: „Nichts“, dann meint er das tatsächlich. Das ist wirklich so.

Klartext

Okay, lass uns ein wenig über Sex reden.

Was die Sexualität betrifft, sind Jungs im Allgemeinen etwas frühreifer als Mädchen. Bei ihnen fangen die Hormone früher an, aktiv zu werden. Jungs reagieren stärker auf visuelle Reize, Mädchen mehr auf emotionale Reize. Studien zeigen, dass der männliche Geschlechtstrieb etwa mit 18 seinen Höhepunkt erreicht, bei Frauen liegt er in den Vierzigerjahren! Hier liegt also eindeutig Konfliktpotenzial vor. Dieser einfache Unterschied hat schon so manche junge Frau in Schwierigkeiten gebracht. In Amerika gibt es das Sprichwort: „Frauen verschenken Sex, um geliebt zu werden. Männer verschenken Liebe, um Sex zu bekommen." In meinem Leben hat sich das leider als wahr erwiesen und für mich ist das nicht besonders gut gelaufen.

Meine Erfahrungen mit Jungs in der Mittelstufe und Oberstufe waren weniger schön. Als ich fünfzehn war, war ich ganz aus dem Häuschen, wenn ein junger Mann Notiz von mir nahm und mit mir ausgehen wollte. Damals war mir nicht bewusst, wie sehr ich darauf aus war, dass dieser Junge mich als junge Frau anerkannte. Wenn er mich haben wollte, dann musste ich es wert sein. Wenn er dachte, dass ich hübsch sei, dann war ich es vielleicht ja auch. Ich ermächtigte ihn sozusagen, mir ein Lebenszeugnis auszustellen, und das war eine schlechte Entscheidung. Überhaupt ist es keine gute Idee, jemand anderen beurteilen zu lassen, wer du bist, egal, ob es sich dabei um ein Mädchen, einen Jungen, eine Freundin oder die Eltern handelt. Die einzige Person, die das Recht besitzt, dir zu sagen, wer du bist und wie wertvoll du bist, ist Gott. Und er hat sich längst dazu geäußert.

Doch in meiner Schulzeit wusste ich noch nichts davon. Ich wusste nur, dieser süße Star aus dem Basketballteam war der erste junge Mann in meinem Leben, der mich haben wollte! Da sagte ich doch nicht Nein! Was mir ebenfalls nicht klar war: Dieser erste „Freund" war in Wirklichkeit gar kein Freund. Ich war so etwas wie eine Mutprobe für ihn. Er probierte aus, wie weit er bei mir gehen konnte und erzählte dann seinen Mannschaftskameraden sämtliche intime Details. Sein Verhalten hat mich ziemlich verletzt und es war mir unendlich peinlich. Und das ist noch untertrieben. Ich wollte keinen Sex. Ich wollte Liebe. Aber die bekam ich nicht.

Hier ein hilfreicher Hinweis: Wenn ein junger Mann zu dir sagt: „Keine Sorge, ich beiße nicht", dann nimm am besten Abstand von ihm. Denn er wird dir garantiert näher kommen, als dir lieb ist.

Ein anderer Fehler, den ich in meiner Schulzeit gemacht habe, und den auch viele meiner Freundinnen begangen haben: Die Macht, die vorher Mädchen über mich hatten, überließ ich jetzt den Jungen. Für mich zählte nur noch, was sie dachten, sagten, taten oder was sie interessierte. Freundschaften zwischen Mädchen gingen kaputt, nur weil sie plötzlich „einen Freund" hatten. Teilweise jahrelange Mädchenfreundschaften werden für Beziehungen mit Jungs geopfert, die höchstens ein paar Monate oder auch nur Tage andauern. Irgendetwas in ihrem Inneren bringt viele Mädchen dazu, ihren Selbstwert einfach zu verscherbeln – an einen süßen Jungen, der ihr Herz höher schlagen lässt. Was für ein Wahnsinn! Pflege deine Mädchenfreundschaften! Diese Freundschaften werden wahrscheinlich viel länger halten und zählen letztendlich viel mehr, als irgendwelche Liebschaften.

Jetzt wollen wir noch etwas tiefer in die Materie eindringen. Was denkst du, wie weit kann man in einer Jungenfreundschaft gehen? Was ist für dich noch in Ordnung? Wo sind deine Grenzen? Wie sieht das aus, wenn ihr euch wirklich liebt? Was denken deine Freunde darüber? Was würden deine Eltern sagen? Was sagt Gott darüber?

In christlichen Kreisen ist es heutzutage üblich, sich diesbezüglich genau an die Buchstaben des biblischen Gesetzes zu halten. In der Bibel stehen eindeutige Aussagen zum Thema Geschlechtsverkehr außerhalb der Ehe. „Unzucht" ist der biblische Begriff dafür und dazu gibt es ein unmissverständliches Nein. Vielen ist klar, dass Gott außerehelichen Geschlechtsverkehr nicht gutheißt. Schwierig wird es für sie nur, wenn es um die anderen Bereiche geht, wo man sich näherkommt. Vielleicht hast du schon einmal gehört, außerehelicher Geschlechtsverkehr sei zwar gegen den Willen Gottes, Oralsex dagegen sei ihm egal. Alles sei erlaubt, außer eben das Eindringen des Mannes in die Frau. Falsch!

Das ist nämlich genau gemeint, dass man sich zwar an die Buchstaben des Gesetzes hält, nicht aber dem Geist des

Gesetzes folgt. Aus Gottes Sicht ist jede Art von sexueller Intimität außerhalb der Ehe weder vernünftig noch erlaubt. Sexuelle Reinheit, sexuelle Unversehrtheit ist eines der größten Geschenke, die du hast. Du sollst sie behüten und wie einen kostbaren Schatz behandeln. Denke an Sprüche 4,23: „Achte auf deine Gedanken und Gefühle, denn sie beeinflussen dein ganzes Leben!" Erinnerst du dich noch an die unguten Seelenbindungen in Kapitel sieben? Wir sind emotionale Wesen, und wo wir uns körperlich hinbegeben, da geht auch unser Herz mit.

Dieses Thema ist so immens wichtig, dass ich ihm mit einem einzigen Kapitel in diesem Buch nicht gerecht werden kann. Also schlage ich vor, dass du dich mit einem oder mehreren Erwachsenen, denen du vertraust, mal darüber unterhältst.

In deinem Alter ist der Zeitpunkt gekommen oder wird bald kommen, in dem deine Sexualität erwacht. Sie ist ein Geschenk Gottes, das wir würdig behandeln sollten. Nicht ausnutzen, nicht missbrauchen, nicht als Machtmittel nutzen, sondern würdig behandeln.

Sei dir deiner Macht bewusst

Eines Tages, ich war in der zehnten Klasse und gerade im Bus auf dem Weg nach Hause, bekam ich jede Menge Aufmerksamkeit von den Jungs, die mich umringten. Ich trug ein T-Shirt, das ich noch nie zuvor getragen hatte, aber ich dachte mir überhaupt nichts dabei. Die Jungs schon.

Ein befreundeter Junge, den ich schon seit fünf Jahren kannte, rief mich am selben Abend an und fragte, ob ich nicht zu ihm herüberkommen wollte. Das fand ich zwar irgendwie merkwürdig, aber ich willigte ein. Er bat mich, mit ihm in den Garten zu gehen, weil er sich dort mit mir unterhalten wollte. Als wir dann allein waren, fiel er über mich her. Er war auf einmal wie verwandelt! Ich erkannte ihn nicht wieder. Was war passiert?

Nun, Folgendes war passiert: Das T-Shirt, das ich an diesem Tag anhatte, stellte meine Brüste zur Schau wie noch kein anderes Oberteil, das ich besaß. Dasselbe war mir schon einmal in der Schule passiert, als ich eine knallenge Jeans trug. Die Reaktion der Jungs auf diese Hose war einfach verrückt. Diese Jeans war geradezu gefährlich. Sie verlieh mir eine Macht, die ich bisher nicht kannte. Aber ich musste sie kennen. Und du musst darüber ebenfalls Bescheid wissen.

Deine Schönheit, dein Körper und deine Sexualität haben etwas Machtvolles an sich. Sie haben einen starken Einfluss auf das andere Geschlecht, und zwar mehr, als dir bewusst ist. Das ist wundervoll, aber du solltest sie niemals als Waffe einsetzen. Das geht für ein Mädchen immer ins Auge.

Das ist dir bestimmt nicht neu. Ein Mädchen, das sich danach sehnt, geliebt zu werden, wird, auch wenn ihm das nicht bewusst ist, mit der Aufmerksamkeit der Jungs spielen. Wenn sie sie bekommt, fühlt sich das so toll an, dass sie versuchen wird, die Jungs mit ihrer Kleidung und ihrem Verhalten zu verführen. Sie opfert ihre Integrität für das andere Geschlecht. Sie fühlt sich wertvoll, weil sie begehrt wird. Sie benutzt ihre

Sexualität, um dafür Liebe zu bekommen. Sie setzt ihre Sexualität als Machtmittel ein, um das zu bekommen, was sie sich wünscht. In Wirklichkeit bekommt sie das jedoch nicht. Sex ist nicht dasselbe wie Liebe.

Liebe ist gut. Liebe ist großartig. Sexuelle Anziehungskraft ist ein Geschenk. Sie ist etwas Heiliges. Du bist heilig. Genau wie er. Behandle ihn also so, wie du behandelt werden willst, und verlange von ihm, dass auch er dich respektvoll behandelt.

Wenn ein Junge dich anlächelt, kann dir das den ganzen Tag versüßen. Wenn er dir nachläuft (und er dein Typ ist), sind das für dich die größten Glücksmomente. Das Problem ist, wenn du von einem Jungen einen Korb bekommst, kann dir das das Herz brechen. Ein junger Mann sollte niemals so viel Macht über dich bekommen, dass er deinen Wert, deine Schönheit oder den Grad deiner Begehrtheit festlegen darf. Kein Junge hat das Recht, dich als Frau zu bewerten.

Jungs können die tiefsten Fragen deines Herzens nicht beantworten. Nur Gott, unser himmlischer Vater, kann das. Er will, dass sich deine Seele in Sicherheit befindet. Du sollst wissen, dass du in jedem Moment deines Lebens bis in alle Ewigkeit geliebt bist. Du bist gut. Du bist begehrt. Du bist wunderschön. Du bist auserwählt. Jemand geht dir nach und interessiert sich für dich. Jesus hat alles getan, alles gegeben und alles gewonnen, um dich für sich zu gewinnen. Denn du bedeutest ihm alles.

Jungs sind großartig und romantische Beziehungen sind aufregend. Doch selbst in deinen besten Zeiten musst du tief in deinem Herzen wissen, dass du geliebt und begehrt bist, unabhängig von einem anderen Menschen oder einer anderen

Sache. Beziehungen verändern sich. Gott verändert sich nicht. Seine Liebe ist der einzige sichere Ort für dein Herz und dieser Ort wird für immer und ewig derselbe bleiben.

Ich liebe Jungs!

„Außerdem bin ich ein Junge. Und Jungs machen andere Dinge."
„Fahrrad fahren zum Beispiel?", fragte ich.
„Nein", erwiderte er. „Zum Beispiel ums Essen kämpfen. Sachen kaputt machen. Und Feuerwerkskörper bei anderen Leuten auf die Veranda werfen. Und …"
„Und du meinst, Mädchen können keine Feuerwerkskörper auf Verandas werfen?"
„Können schon", räumte er ein. „Aber sie sind schlau genug, es nicht zu tun. Das ist der Unterschied."
aus „Along for the Ride" von Sarah Dessen

Vielleicht hast du inzwischen das Gefühl, dass ich Jungs für eine Gefahr halte. Das stimmt nicht. Ich finde, Jungs sind wundervoll. Gefährlich wird es, wenn du dein Herz verschenkst. Gefährlich wird es, wenn du deinen Körper hergibst. Aber Jungs? Sie sind toll! Ich liebe sie! (Ich bin selbst Mutter von drei Prachtexemplaren.) Es gibt da draußen wirklich großartige Jungs, die Stärke besitzen, die freundlich, nett und anständig sind, eine gute Einstellung haben, gut aussehen, die tiefsinnig und fürsorglich sind, in denen viel Humor, Abenteuerlust und Kreativität steckt, die mutig sind und ein erstaunlich gutes Herz haben.

Trotzdem sind Jungs ein großes Rätsel. (Ich finde es sehr lustig, dass sie dasselbe auch von uns Frauen denken. Haha! Na ja, fairerweise müssen wir zugeben, dass wir uns manchmal selbst ein Rätsel sind. Aber das ist nichts Schlimmes. Ein Hoch auf das Unerklärliche in uns, oder wie der Franzose sagen würde: „Vive la différence! – Es lebe die Andersartigkeit!")

Jungs macht es Spaß, miteinander zu kämpfen und zu raufen. Wenn sie sich begrüßen, benutzen sie die Faust. Sie brauchen den Kick, und dazu müssen sie höher klettern, weiter springen und die Gefahrenmomente steigern. Je riskanter, desto besser. Sie brauchen Freunde, genau wie die Mädchen auch, aber sie sitzen nicht zusammen, um zu reden und mit den Haaren der anderen zu spielen. Sie müssen etwas *tun*. „Clash of Clans" spielen. XBox spielen. Fußball spielen. Fahrrad fahren. Ski fahren. Zu ihrem Dasein gehört es, mit anderen zu konkurrieren, aber auch sich spielerisch zu necken (was für uns oft den Anschein hat, dass das alles Boshaftigkeiten sind).

Ihre Seele ist wie ein tiefes Wasser. Sie sehnen sich danach, respektiert zu werden. Sie wollen, dass man an sie glaubt, ihnen sagt, dass sie stark sind. Sie wollen in ihrer Männlichkeit bestätigt werden. Und wie es auch bei uns ist: Sie müssen all dies von ihrem himmlischen Vater hören.

Die meisten Jungs und jungen Männer haben bisher noch keine Antworten auf ihre Fragen bekommen. So wie du in deiner Weiblichkeit Verletzungen erfahren hast, so fühlen auch sie sich oft in ihrer Männlichkeit verwundet. Mit all den tiefen, unbeantworteten Fragen in seinem Herzen gerät ein Junge leicht in die Versuchung, sein Leben und seine Person von einem Mädchen bewerten zu lassen. *Es ist ein Riesenfehler*, wenn er sich die Bestätigung für seine Fähigkeiten von einem Mädchen holt – genauso wie es ein Fehler ist, wenn du seine Bestätigung brauchst, dass du eine faszinierende Person bist. Aber die meisten Jungs wissen das noch nicht.

Sei freundlich und nett zu ihnen. Zeig ihnen deine Anerkennung für ihre Stärke. Weise sie auf Jesus hin. Behandle sie mit Respekt, und achte auf den Einfluss, den du auf sie ausübst. Er ist größer, als dir bewusst ist!

Eigentlich müssten Jungs eine Art Warnschild vor sich hertragen. Darauf könnte zum Beispiel Folgendes stehen:

- Ich bin kein Mädchen. Verwirre mich nicht mit deinen Freundinnen.
- Ich bin noch nicht so reif, wie du denkst.
- Ich habe keine Ahnung, wie ich mit dir umgehen soll.
- Ich bin sexuell schneller erregt als du.
- Ich bin genauso unsicher wie du, aber bei mir macht sich das anders bemerkbar.
- Lass nicht zu, dass ich dich als junge Frau bewerte.
- Ich reagiere auf optische Reize, und wenn du dieses knallenge, tief ausgeschnittene Teil trägst, will ich dich am liebsten überall berühren. Solltest du das zulassen, glaub nicht eine Sekunde lang, dass das bedeutet, dass ich dich liebe, oder dass ich mich später auch nur an deinen Namen erinnern werde.

- In Situationen, wo ich bei meinen Freunden manchmal unter Gruppenzwang stehe, sage oder tue ich Dinge, die eigentlich nicht zu mir passen.
- Ich muss lernen, wie man Mädchen und Frauen mit Respekt behandelt. Du musst mir zeigen, wie das geht, indem du dich selbst respektierst.
- Ich habe tiefe Gefühle in mir, und falls ich mich in dich verlieben sollte, wirst du imstande sein, mein Herz in tausend Stücke zu zerbrechen. Bitte tu das nicht!
- Die beste Art und Weise, wie du mich lieben kannst, ist, zuerst Gott zu lieben und ihm deine tiefsten Fragen und Sehnsüchte zu bringen.

Was sollte noch auf diesem Warnschild stehen? Und wo wir gerade beim Thema sind: Was würde auf deinem Warnschild stehen, wenn du eines hättest? „Vorsicht, zerbrechlich?" Oder: „Bitte vorsichtig behandeln?"

Kannst du ihm vertrauen?

Neulich las ich in einem Artikel, dass du den Charakter einer Person am besten daran erkennen kannst, wenn du beobachtest, wie sie die Angestellten einer Dienstleistungsbranche – also eine Kellnerin, eine Reinigungskraft oder einen Handwerker – behandelt. Das ist eine gute Bewährungsprobe. Liebe ist niemals unhöflich. Weder zu Freunden und zu Geschwistern noch zu den eigenen Eltern oder dem Kellner. Wie wir andere behandeln, zeigt so viel von unserem Charakter. Wenn du dich zu einem Jungen hingezogen fühlst, gibt es ein paar Bewährungsproben, durch die du ihn schicken kannst, bevor du entscheidest, ob du die Beziehung zu ihm weiter vorantreiben willst. Wie lebt und verhält sich jemand, wenn niemand ihn sieht? Dann kommt nämlich ans Licht, wie er in Wahrheit ist.

Wie behandelt er also andere? Welche Freunde hat er? Das sagt eine Menge über seine Person aus. Was tut er für andere? Ist er in irgendeiner Form hilfsbereit? Oder dreht sich in seinem Leben alles nur um ihn? Hat er eine persönliche Beziehung zu Jesus? Magst du seine Freunde? Und, was am wichtigsten ist: Behandelt er andere mit Respekt? Behandelt er sich selbst mit Respekt? Wenn nicht, dann wird er dich garantiert auch nicht respektvoll behandeln. Du musst sicherstellen, dass du diesem Jungen vertrauen kannst.

Mein Mann und ich haben vor ein paar Jahren ein Buch über die Ehe geschrieben, „Das wilde Herz der Ehe". Darin haben wir erwähnt, dass wir Folgendes glauben: *Der einzige Grund, warum wir hier auf der Erde sind, ist der: Wir sollen lernen zu lieben. Wir sollen Gott, andere Menschen und uns selbst lieben.* Das ist nicht einfach. Daran müssen wir ein Leben lang arbeiten. Wir lernen es nur durch Übung! Wir haben die Ehre, gemeinsam mit Gott andere Menschen zu lieben. An jedem einzelnen Tag erfahren wir ein Stück mehr davon, wie sehr Gott uns liebt.

Wir sind dazu bestimmt, geliebt zu werden und andere zu lieben. Wenn wir andere lieben, gehen wir das Risiko ein, von ihnen verletzt zu werden. Verletzungen kommen vor. Die einzige Möglichkeit, nicht verletzt zu werden, ist ... nun, wenn ich dir die Wahrheit sagen soll: Es gibt keine. In seinem Buch „Vier Arten der Liebe“ schreibt C. S. Lewis:

Zu lieben bedeutet, überhaupt verwundbar zu sein. Verschenke Liebe und du wirst ganz sicher ausgenutzt, vielleicht wird dein Herz gebrochen. Wenn es unversehrt bleiben soll, darfst du dein Herz an niemanden verschenken, noch nicht einmal an ein Tier. Verstecke es sorgfältig unter deinen Hobbys und kleinen Luxusartikeln; vermeide jegliche Art von Verwicklungen; verschließe dein Herz sicher im Sarg deiner Selbstsucht. Doch bedenke, in diesem Sarg, wo es sicher und dunkel ist und weder Bewegung noch Luft vorhanden sind, wird sich dein Herz verändern. Es wird nicht gebrochen werden; es wird unzerbrechlich, undurchschaubar, verstockt.[1]

Ja, zu lieben bedeutet, verwundbar zu sein. Wir werden verletzt, missverstanden, verwundet und sogar betrogen. Wenn wir Frauen bleiben wollen, die trotzdem Liebe verschenken, müssen wir anderen immer wieder vergeben. Falls du von Jungs verletzt worden bist, musst du ihnen vergeben. Das bedeutet nicht, dass du die Beziehung zu ihnen aufrechterhalten musst. Es bedeutet, dass du sie loslässt, und Jesus einlädst, dich zu heilen und dir zu helfen, daraus zu lernen.

Jesus,

mein Herz ist verwundet. Ich bin so sehr verletzt davon, was .... mir angetan hat. Doch weil ich dich liebe, und weil du willst, dass ich liebe; weil du weißt, was das Beste für mich ist, weil ich dich brauche; weil du mir vergeben hast, deshalb vergebe ich ihm auch. Ich vergebe ihm folgendes Unrecht: .... Ich lasse es jetzt los und bringe es dir.

Und ich vergebe mir auch selbst folgendes Unrecht: .... Jesus, bitte wasche mein verwundetes Herz rein. Reinige mich von allem Schmutz und allen Verwundungen. Bitte sprich jetzt zu mir. Ich brauche wieder deine Liebe. Hier und jetzt. Danke, dass dein Blut ausreicht, um mich von jeder Sünde, die ich begangen habe, und die andere mir angetan haben, zu befreien. Du bist genug. Ich liebe dich! Und, Jesus, ich durchtrenne jede Seelenverbindung mit .... Ich stelle dein Kreuz und dein Blut zwischen mich und .... Ich gebe ihn an dich ab. Amen.

Verwirrend

Jungs können verwirrend sein.

verwirren: Überraschung oder Verwirrung (in jemandem) auslösen, besonders durch unerwartetes Handeln[2]

Wenn du ein Teenager bist, machst du eine schwierige Zeit durch, und die kann manchmal ganz schön kompliziert sein.

Aber du stehst nicht allein da. Lade Jesus ein, jeden Tag mit dir durchzustehen. Du musst nicht allein mit dir selbst, deinen Beziehungen oder deinem Leben zurechtkommen. Der Heilige Geist ist nicht nur deine Stärke und dein Tröster. Er ist auch dein ganz persönlicher Ratgeber, den Gott dir geschickt hat, weil – nun, weil wir alle ihn brauchen. Nicht nur hin und wieder, sondern in jedem Moment unseres Lebens. „Dann werde ich den Vater bitten, dass er euch an meiner Stelle einen Helfer gibt, der für immer bei euch bleibt" (Johannes 14,16).

Du bist Gottes Schatz. Du stehst im Zentrum seiner Zuneigung und Liebe. Er liebt dich so sehr! Er möchte, dass du das weißt, darin lebst und andere genauso behandelst. Auch die Jungs. Eines Tages wird das höchstwahrscheinlich ein ganz bestimmter Junge sein. Bitte Gott, dass er dir hilft, in seiner Liebe zu leben. Er liebt es, für dich da zu sein und dir zu helfen.

Kapitel 11:

Verschwenderische Liebe

Die Liebe aber ist das Größte.
1. Korinther 13,13

Unser Hund Oban liebt mich über alles. Er ist ein Golden Retriever und mittlerweile fünf Jahre alt. Und ich bin sein Liebling. Wenn ich nicht zu Hause bin, schmollt er und bleibt in seiner gemütlichen Hundehütte, ohne sich für das zu interessieren, was um ihn herum passiert – auch wenn an gewöhnlichen Wochentagen ohnehin nicht so schrecklich viel passiert. Wie auch immer, er schmollt. Wenn ich aber zu Hause bin, folgt mir Oban auf Schritt und Tritt und legt sich zu meinen Füßen, sobald ich mich hinsetze; egal, ob ich im Wohnzimmersessel sitze, an meinem Schreibtisch oder am Küchentisch. Auch in diesem Moment, wo ich diese Zeilen hier schreibe, liegt er mir zu Füßen.

Oban folgt mir ständig, weil er mich liebt. Und auch wenn ich gerne glauben würde, dass seine Anhänglichkeit nichts damit zu tun hat, dass ich die einzige Person bin, die ihm zu fressen gibt, weiß ich sehr wohl, dass es tatsächlich damit zusammenhängt. Obans Anhänglichkeit ist seine Antwort auf meine Art, ihn zu lieben, und ist mit der Hoffnung verbunden, dass ich ihm jeden Moment meine Liebe mit einem Leckerli zeigen werde.

Oban ist ein kluger Hund. Er weiß, worauf er seine Aufmerksamkeit besonders konzentrieren muss, um den größtmöglichen Nutzen daraus zu ziehen.

Wir verhalten uns ähnlich. Sobald Jesus unsere Aufmerksamkeit erobert hat, wollen wir zu seinen Füßen sitzen.

Wonach sich Jesus sehnt

Was möchte Jesus? Was wünscht er sich mehr als alles andere? Nun, das ist nicht schwer zu beantworten, denn Jesus hat kein Geheimnis daraus gemacht. Er möchte, dass wir ihn lieben. Erinnern wir uns an die Frage, die ihm jemand stellte: „Herr, welches ist das wichtigste Gebot im Gesetz Gottes?“ (Matthäus 22,36). Und er antwortete: „Du sollst den Herrn, deinen Gott, lieben von ganzem Herzen, mit ganzer Hingabe und mit deinem ganzen Verstand!“ (Vers 37). Gott lieben! Jesus ist Gott. Er sagt: „Liebe mich! Das Wichtigste und Größte, was du mit deinem Leben anfangen kannst, ist dies: mich zu lieben!“

Es ist faszinierend: Wir sind ein Abbild Gottes, denn wir wurden nach seinem Bild erschaffen. Mit deiner Weiblichkeit, die in der Tiefe deines Herzens verankert ist, zeigst du der Welt einen Teil von Gottes Abbild. Und wonach sehnt sich jedes weibliche Herz? Nach Liebe. Danach, von jemandem erwählt zu werden, die erste Wahl zu sein. Mach dir einmal bewusst, wie brennend dieser Wunsch in dir ist. Dann weißt du auch etwas ganz Entscheidendes über das Herz Gottes: Er wünscht sich nämlich genau dasselbe wie du.

Nichts ist wichtiger, als dass wir Gott aus freien Stücken unsere Liebe schenken. Die Liebe zu Jesus ist das Feuer, das jede gute Tat in unserem Leben anfacht. Die Liebe zu Gott macht uns fähig, beherzt zu handeln; wir können dann nicht anders, als uns für unseren Nächsten einzusetzen. In der Bibel gibt es eine Frau, von der wir uns hier eine Scheibe abschneiden können. Sie liebte Gott mit allem, was sie besaß, und räumte ihm den ersten Platz ein: Maria von Bethanien.

Sie war die Schwester von Lazarus, die eine Hälfte des Duos „Maria und Martha“. Sie kannte Jesus sehr gut. Und weil sie ihn so gut kannte, liebte sie ihn so sehr.

In dieser Geschichte ist Martha das Symbol für vielbeschäftigte Christen, die ihre Aufmerksamkeit vom Wesentlichen ablenken lassen. Martha ist somit auch ein Bild für uns.

Jesus kam mit seinen Jüngern in ein Dorf, wo sie bei einer Frau aufgenommen wurden, die Martha hieß. Maria, ihre Schwester, setzte sich zu Jesu Füßen hin und hörte ihm aufmerksam zu. Martha aber war unentwegt mit der Bewirtung ihrer Gäste beschäftigt. Schließlich kam sie zu Jesus und fragte: „Herr, siehst du nicht, dass meine Schwester mir die ganze Arbeit überlässt? Kannst du ihr nicht sagen, dass sie mir helfen soll?“

Doch Jesus antwortete ihr: „Martha, Martha, du bist um so vieles besorgt und machst dir so viel Mühe. Nur eines aber ist wirklich wichtig und gut! Maria hat sich für dieses eine entschieden, und das kann ihr niemand mehr nehmen.“
Lukas 10,38–42

Martha kritisierte ihre Schwester und machte Jesus Vorwürfe. „Warum sitzt du einfach da und siehst nicht, was hier abläuft? Ich arbeite so hart und meine Schwester macht überhaupt nichts. Sag ihr, dass sie mir helfen soll.“ Ich finde es wundervoll, wie liebevoll Jesus Martha für ihre Sorgen und ihre Geschäftigkeit tadelte. Er kritisierte Martha nicht für das, was sie tat, sondern er korrigierte ihre Haltung. (Das ist wahrscheinlich auch für uns ein guter Hinweis, dass wir unsere Einstellung ändern sollten, wenn wir Gott Vorwürfe machen wollen, weil er nicht eingreift!)

Maria dagegen konzentrierte sich hundertprozentig auf das Wesentliche. Sie war nicht faul, sondern sie war gebannt von Jesus. Sie lief nicht umher, um ihrer Schwester zur Hand zu gehen, weil sie von Jesus ergriffen war. Sie hatte sich dafür entschieden, von Jesus zu lernen, seinen Worten zu lauschen, ihm ihr Herz zu öffnen. Sie tat das eine, was Gott von uns erwartet: Sie liebte Jesus. Und Jesus lobte sie dafür.

Meine Familie behauptet, ich hätte Oban völlig verdorben, weil ich mir angewöhnt habe, ihm jedes Mal etwas von dem, was ich esse, abzugeben. Er liebt es, einen Apfel mit mir zu teilen. Ein Biss für mich, ein Stück für ihn. Oban ist beim Essen nicht wählerisch. Er frisst alles, und wenn ich das sage, meine ich wirklich *alles*. Schmutzige Socken mag er besonders gern. Doch vor allem will Oban das, was die Menschen essen. Wenn also jemand zum Beispiel einen Apfel isst, setzt Oban sich zu seinen Füßen, fixiert mit seinen Augen den Leckerbissen und ist vollkommen darauf konzentriert. Er ist gebannt. Nun, vielleicht ist das nicht der eleganteste Vergleich, aber ich muss dabei immer wieder an Maria denken. Oban wird sich von nichts ablenken lassen, was um ihn herum geschieht, weil er sich auf das Allerwichtigste konzentriert. Er bleibt mit der ungeteilten Aufmerksamkeit auf seinem Platz sitzen.

Maria saß Jesus zu Füßen – und das ist charakteristisch für jemanden, der ein Jünger Jesu ist. Anstatt damit beschäftigt zu sein, etwas für Jesus zu tun, war Maria einfach nur bei ihm. Und Jesus machte deutlich, dass es für ihn weitaus wichtiger ist, bei ihm zu sein, ihm zuzuhören, ihm die ganze Aufmerksamkeit zu widmen, als geschäftig für ihn hin und her zu wuseln. „Martha, Martha ... Nur eines aber ist wirklich wichtig und gut. Maria hat sich für dieses eine entschieden, und das kann ihr niemand mehr nehmen."

Jesus verteidigte Marias Entscheidung. Im Übrigen war er Martha auch nicht böse. Er zeigte ihr einfach, was in diesem Moment die bessere Wahl war – und lud sie ein, es so zu machen wie Maria.

Jesus sehnt sich nicht zuallererst danach, dass wir ihm dienen, auch wenn unser Dienst noch so wundervoll ist. Er hat Wünsche und Träume in unser Herz gelegt, doch für ihn ist es nicht das Allerwichtigste, dass wir unsere Gaben einsetzen, um das Reich Gottes voranzubringen. Das Allerwichtigste für ihn ist, dass wir ihn lieben. Und diese Liebe zeigen wir ihm am besten, wenn wir bei ihm sind, Zeit mit ihm verbringen und ihn anschauen. (Ja, natürlich ist es auch wahr, dass wir ihn lieben, wenn wir die anderen lieben, aber die unmittelbare Liebe zu Jesus steht über allem.)

Wenn man jemanden wirklich liebt, dann ist man einfach glücklich, im gleichen Raum mit ihm zu sein. Unsere Söhne leben nicht mehr mit uns im Haus, und wenn sie zu Besuch kommen, bin ich überglücklich. Die Tatsache, dass sie unter dem gleichen Dach sind wie ich, macht mich froh. Du kennst dieses Gefühl bestimmt auch. Maria kannte es … und Jesus kennt es auch.

Ich liebe dich, ich vertraue dir

In der Bibel begegnen wir Maria von Bethanien nach dem Tod ihres Bruders Lazarus wieder. Jesus liebte Lazarus. Er liebte auch Maria und Martha, doch er eilte nicht gleich zu Lazarus, als er hörte, dass dieser krank war. Er beschloss, noch zwei Tage zu warten, bevor er sich auf den Weg nach Bethanien machte. Die Schwestern wünschten sich natürlich, dass er sofort kommt und Lazarus heilt. Doch Jesus hatte etwas Besseres vor.

Also wartete er. Und dann vollbrachte er eines der größten Wunder, die er hier auf der Erde getan hat. Maria und Martha mussten auf Gottes Eingreifen warten – und so geht es uns auch oft. Warten auf Gott ist eines der schwersten Dinge im Glauben. Doch wenn Jesus sofort gekommen wäre und

Lazarus geheilt hätte, hätten wir alle etwas Großartiges verpasst.

Worum hast du Jesus gebeten? Worauf wartest du?

Ja, es ist unglaublich hart, mitten in der Wartezeit daran zu glauben, dass Gott gut ist. Mitten in schwerem Leid, im Schmerz oder angesichts eines Verlustes an seine Güte zu glauben, ist noch viel schwieriger. In solchen Zeiten wird unser Glaube hart auf die Probe gestellt – aber am Ende wird er sehr kostbar sein, so wie Gold, das durch das Feuer gereinigt wurde. Wenn wir durch schwere Zeiten gehen, lernen wir Gott tiefer kennen. Wir erleben seine Nähe viel intensiver und können hinterher sogar sagen: „Ich möchte diese Zeit nicht missen." Das ist verrückt, ja, aber so funktioniert das Reich Gottes.

Ich weiß, es gibt Zeiten, da antwortet Gott nicht so auf unsere Gebete, wie wir es uns wünschen, oder nicht so schnell, wie wir erhoffen. Doch was er dann am Ende daraus macht, ist weitaus besser. Auch wenn das „weitaus Bessere" darin besteht, dass du ihm durch dein Leid tiefer als zuvor vertraust.

Wir alle erleben in unserem Leben Dinge, die rätselhaft und auch schmerzlich sind. Das ist die Realität. Ich kann nur erahnen, was in dir vorgeht … worauf du hoffst … wonach du dich sehnst … worüber du traurig bist und weinst und wofür du an deinem Glauben festhältst. Ich weiß ja, was in mir selbst vorgeht. Hey, da wird gerade Gold geschmiedet! Unbezahlbares, unendlich kostbares Gold. Um es mit Philip Yanceys Worten auszudrücken: *Der Glaube vertraut vor der Zeit auf das, was man nur sieht, wenn man zurückblickt.*[1] Es wird ein Tag kommen, an dem wir zurückschauen und verstehen werden. Doch in der Zwischenzeit brauchen wir Gottes Kraft, der unsere Herzen stark genug macht, um daran festzuhalten.

Lazarus war bereits vier Tage tot, als Jesus schließlich in Bethanien ankam. Ich liebe es, was dann geschah: Als Martha von seiner Ankunft hörte, lief sie sofort los, um ihn zu treffen. Martha wurde vielleicht manchmal ungerecht behandelt, aber in diesem Moment lief sie zu Jesus. Sie liebte ihn. Sie stammelte: „Herr, wärst du hier gewesen, würde mein Bruder noch leben“ (Johannes 11,21). Und dann fügte sie hinzu:

„Aber auch jetzt weiß ich, dass Gott dir alles geben wird, worum du ihn bittest.“ (…)

Darauf erwiderte ihr Jesus: „Ich bin die Auferstehung, und ich bin das Leben. Wer mir vertraut, der wird leben, selbst wenn er stirbt. Und wer lebt und mir vertraut, wird niemals sterben. Glaubst du das?“

„Ja, Herr“, antwortete Martha ihm. „Ich glaube, dass du Christus bist, der Sohn Gottes, auf den wir so lange gewartet haben“ (Verse 22–27).

Theologen nennen dies das dreifache Bekenntnis. Es war das höchste Bekenntnis, das Martha ablegen konnte. „Aber auch jetzt weiß ich, dass Gott dir alles geben wird, worum du ihn bittest!“, sagte sie. Martha hoffte trotz allem darauf, dass Jesus durch ein Wunder eingreifen würde.

Maria kam nicht. Sie blieb im Haus und trauerte. Sie ging erst dann zu Jesus, als man ihr sagte, dass er nach ihr gefragt habe. Maria war realistisch. Sie war nicht das perfekte Mädel, das sowieso immer und jederzeit alles richtig macht. Sie war eine Frau wie du und ich, die manchmal vor Kummer wie erstarrt ist. Maria konnte sich nicht rühren, bis sie von Gott gerufen wurde.

Sie liebte Jesus. Und als er sie rief, lief sie sofort zu ihm und fiel ihm zu Füßen. Sie betete ihn an. Sie trat vor ihn, so wie sie war, mitsamt ihrer tiefen Trauer und ihren unkontrollierbaren Tränen. Als Jesus sie weinen sah, war er „tief bewegt und erschüttert" (siehe Vers 33). Jesus war tief gerührt durch die heißen Tränen einer Frau, die ihn liebte, und auch deine Tränen gehen ihm unter die Haut.

Hast du gut zugehört? Deine Tränen, deine Liebe, dein Warten, dein Kummer gehen Jesus unter die Haut! Er ist tief bewegt, wenn du ihm vertraust, obwohl alles hoffnungslos zu sein scheint. Ein solches Vertrauen ist einer der stärksten Beweise unserer Liebe zu ihm.

Martha und Maria schütteten Jesus ihr Herz aus. Sie beschlossen, ihm zu vertrauen. Du weißt, was dann passierte …

Gibt es in deinem Leben auch eine Situation, wo Gott nicht so auf deine Gebete eingegangen ist, wie du es dir gewünscht hast, oder wo er sich mehr Zeit gelassen hat, als du erhofft hast – aber wo sich am Ende herausgestellt hat, dass alle deine Erwartungen weit übertroffen wurden? Was ist geschehen?

Überschwängliche Liebe

Tage später, als Jesus erneut mit dem quicklebendigen Lazarus beim Essen saß (Jesus hatte ihn nämlich von den Toten auferweckt), tat Maria das Unvorstellbare. Still betrat sie den Raum mit einem Alabasterfläschchen in der Hand, das mit einem sehr kostbaren Parfüm gefüllt war. Viele Bibelkommentatoren glauben, dass dieses Öl Marias ganze Ersparnisse darstellte.

Maria brach also das Siegel des Fläschchens auf und goss langsam das Öl über Jesu Kopf und zum Schluss über seine Füße. Danach tat sie etwas sehr Intimes, ja sogar Skandalöses. Sie löste ihr Haar, was damals eine anständige Frau niemals in der Öffentlichkeit tat, und trocknete seine Füße damit.

Maria machte sich keine Gedanken darum, was die anderen von ihr halten würden. Sie hatte ein ungeteiltes Herz. Sie goss alles, was sie besaß, über Jesus aus und brachte ihm damit ein verschwenderisches Opfer der Anbetung. Sie gab ihm sich selbst. Sie diente ihm in einer Weise, die in biblischen Zeiten sehr bedeutsam war. Heutzutage würde eine Beziehung wohl in die Brüche gehen, wenn man eine Flasche Chanel No. 5 über eine Person, für die man große Achtung empfindet, ausgießen würde. Doch was Maria tat, war damals ein für jedermann sichtbares Opfer der Anbetung.

Daraufhin passierten gleich mehrere Dinge.

Zuerst wurde der ganze Raum vom Duft des Öls erfüllt. *Die Atmosphäre veränderte sich.* Wenn wir Jesus anbeten und ihm dabei alles bringen, was wir haben, dann bemerken auch andere etwas von der Schönheit dieser „Opfergabe". Das ist wie ein verlockender Duft, der in der Luft hängen bleibt.

In den ersten Kapiteln der Apostelgeschichte lesen wir, wie die Pharisäer über den Mut von Petrus und Johannes staunten. Sie sprachen mit Vollmacht, und die Pharisäer erkannten, dass diese Leute mit Jesus zusammen gewesen waren. Wenn wir Jesus anbeten, wenn wir in seiner Nähe sind, erfüllt der Duft seiner Liebe unser Herz und strömt anschließend nach außen. Die Atmosphäre in und um uns herum verändert sich. So wie die Pharisäer können die Menschen in unserer Umgebung erkennen, dass wir mit Jesus zusammen waren.

Das Zweite, was passierte, nachdem Maria ihr Opfer über Jesus ausgegossen hatte, war, dass die Jünger nicht mit Vorwürfen sparten. Immer wieder hatte Jesus ihnen gesagt, dass er in Jerusalem getötet und danach auferstehen würde. Doch sie konnten das nicht begreifen. Die Feindschaft gegen Jesus nahm täglich zu. Man verfolgte ihn, man wollte ihn töten. Die aufmerksame Maria, die zu den Füßen Jesu saß, wusste, dass nicht mehr viel Zeit blieb. Und deshalb gab es nichts, was Maria ihm nicht gegeben hätte.

Im Neuen Testament lesen wir, dass alle, die mit Jesus und Maria im Raum waren, empört reagierten und Maria schwere Vorwürfe machten. *Was für eine Verschwendung! Das Gehalt eines ganzen Jahres für nichts und wieder nichts einfach ausgegossen! Wie viele arme Familien hätten eine Woche lang davon leben können!* Sie dachten nur an das Geld. Maria sah nur Jesus.

Hast du es jemals erlebt, dass deine Motive missverstanden wurden? Hat man dich je dafür kritisiert, wie du dich kleidest oder wie du deine Zeit oder dein Geld einsetzt, wie du glaubst oder wie du dich für andere einsetzt – oder auch nicht? Diese Erfahrung habe ich schon unzählige Male gemacht und ich finde das ganz schlimm. Auch Jesus gefällt das überhaupt nicht. Er weiß genau, wie weh es tut, missverstanden und verurteilt zu werden. Er weiß, dass wir diesen Kummer ertragen müssen, weil wir in einer vom Bösen infizierten Welt leben.

Wir verletzen andere, wenn wir ihr Tun falsch interpretieren, weil wir durch unsere eigene Zerrissenheit und Fehlerhaftigkeit zu Missverständnissen neigen. Auch wir sind verletzt, wenn andere uns das antun. Wie sollen wir uns also verhalten, wenn uns das passiert? Wie hat Maria reagiert? Nun, sie sagte kein einziges Wort zu ihrer Verteidigung. Aber Jesus ergriff das Wort für sie. Er verteidigt jeden, der ihn anbetet. Manchmal will Gott, dass wir Dinge klarstellen und dabei in Liebe vorgehen, aber er wird uns immer verteidigen.

Aber Jesus sagte: „Lasst sie in Ruhe! Warum kränkt ihr sie? Sie hat etwas Gutes für mich getan. Arme, die eure Hilfe nötig haben, wird es immer geben. Ihnen könnt ihr jederzeit helfen. Ich dagegen bin nicht mehr lange bei euch. Diese Frau hat getan, was sie konnte. Mit diesem Salböl hat sie meinen Körper für mein Begräbnis vorbereitet. Und ich sage euch: Überall in der Welt, wo Gottes rettende Botschaft verkündet wird, da wird man auch von dieser Frau sprechen und von dem, was sie getan hat!“
Markus 14,6–9

Jesus verteidigte Marias unbekümmerte Zuneigung. Er verstand sie und er versteht auch dich. Er erkannte ihr Herz und die Tiefe ihrer Liebe. Seine Erklärung lautete: „Sie hat etwas Gutes für mich getan.“ An keiner anderen Stelle hat er das je über eine andere Person gesagt. Worin bestand denn dieses Gute? Sie schenkte ihm all ihre Liebe.

Aber ist dir auch aufgefallen, was Jesus noch sagte? „Sie hat getan, *was sie konnte.*“ Sie besaß etwas ganz Besonderes und gab es ihm ganz, ohne etwas für sich zurückzubehalten. „... was sie konnte“, sagt Jesus. Was für eine Entlastung ist das für uns! Jeder von uns hat etwas, was er geben kann. Wir müssen uns nicht mit anderen vergleichen – das führt uns nur ins Unglück. Wir sind ein Leib. Wir brauchen einander. Wir tun, was *wir* können. Du kannst das tun, was *du* kannst.

Nach dieser Begebenheit wird Maria im Neuen Testament nicht mehr erwähnt. Sie stand nicht unter dem Kreuz oder vor dem leeren Grab. Diese Maria, die zu Hause über den Tod ihres Bruders weinte und unfähig war, zu Jesus zu laufen, ist dieselbe Frau, die genau wusste, dass Jesus sterben würde – und sie glaubte daran, dass er am dritten Tag auferstehen würde. Doch ihr Herz ertrug es nicht, dies mit eigenen Augen anzusehen.

Obwohl Maria bei der Kreuzigung nicht körperlich dabei war, so war sie doch durch ihr Liebesopfer anwesend. Der Duft des Öls, das sie Tage vor seinem Tod über Jesus ausgegossen hatte, hing noch immer in seinen Haaren und lag auf seinen Füßen und überall dort, wo es hingetropft war. Maria war nicht bei der Kreuzigung anwesend, doch die Schönheit ihres Opfers war immer noch präsent.

Maria hatte begriffen, was los war, sie hatte einen erstaunlichen Glauben, und weil sie Jesus kannte, diente sie ihm auf eine Weise, die die anderen noch nicht einmal verstanden. Sie liebte ihn. Die Art und Weise, wie sie ihn anbetete, war verschwenderisch.

Und Jesus *liebte* das.

Maria zeigte Jesus ihre Liebe und Anbetung in Form eines kostbaren Öls, das ihre gesamten Ersparnisse darstellte. Sie liebte ihn hingebungsvoll und ohne Rücksicht auf Verluste. Wie könnte bei dir eine solche hingebungsvolle Anbetung aussehen? Was würdest du Jesus schenken?

Maria hat Jesus an die erste Stelle gesetzt. Bist du schon einmal aus einer größeren Gruppe ausgewählt worden? Hat dich beim Völkerballspiel schon mal jemand als Erstes für sein Team ausgesucht? Dich zum Tanz aufgefordert? Dir die Wahl gelassen, welche Rolle du beim Theaterstück in der Schule übernehmen willst? Einen Preis überreicht? Es ist eine tolle Sache, ausgewählt zu werden.

In meiner Kindheit und Jugend war ich nicht besonders sportlich. Ich wurde nie als Erste für eine Mannschaft ausgesucht und ich wurde auch nie zum Tanz aufgefordert. Im vierten Schuljahr wurde ich dagegen von meinen Klassenkameraden zur „Bürgerin des Jahres" gewählt. Ich kann mich noch gut daran erinnern, wie sehr ich mich darüber freute. Jeden

Tag wählte die Lehrerin einen Schüler als „Bürger des Tages“ aus. Der Name wurde dann auf einer besonderen Tafel veröffentlicht. Am letzten Schultag las der Lehrer alle Namen noch einmal durch, um zu sehen, wer am häufigsten diese Ehre erhalten hatte. Es ergab sich, dass ein netter Junge namens Bobby und ich gleich viele Stimmen hatten. Also wurde eine Wahl angesetzt. Allerdings gab es in unserer Klasse mehr Jungen als Mädchen, sodass ich mir ziemlich sicher war, nicht zu gewinnen.

Doch ich hatte einen Vorteil. Ich sollte eine Woche später mit meiner Familie aus Kansas nach Kalifornien ziehen. Ich würde fortgehen und alle wussten das. Und weil es ein schönes Abschiedsgeschenk war, gewann ich die Wahl.

Damals dachte ich, meine Mitschüler hätten aus Wohlwollen für mich gestimmt, oder sie fanden einfach, dass ich tatsächlich mehr einem „Bürger des Jahres“ ähnelte als Bobby, aber letztlich wollte ich gar nicht wissen, warum ich gewonnen hatte. Es war einfach nur wichtig für mich, dass *ich* gewählt worden war. Als Preis bekam ich ein Zertifikat und ein Poster, auf dem die Fotos aller meiner Klassenkameraden klebten. Ich nahm die Fotos vom Poster, steckte sie in einen Umschlag und nahm sie mit nach Kalifornien.

Das war kurz bevor ich ein regelrechtes Erdbeben in meinem jungen Leben durchmachte. Denn als wir nach Kalifornien gezogen waren, brach unsere Familie vollkommen auseinander. Wie oft ging ich mein kleines Kästchen holen, nahm die Fotos von meinen Klassenkameraden heraus, um mich daran zu erinnern, dass ich geliebt wurde und dass es einen

Ort gab, wo man mich kannte und gern hatte. Ich war gewählt worden. Das war wie eine Rettungsleine, die Gott mir gegeben hatte, als ich sie am meisten brauchte.

Auch du bist ausgewählt worden.

Nicht ihr habt mich erwählt, sondern ich euch.
Johannes 15,16

Schon vor Beginn der Welt, von allem Anfang an, hat Gott uns, die wir mit Christus verbunden sind, auserwählt.
Epheser 1,4

Ihr seid von Gott auserwählt und seine geliebten Kinder, die zu ihm gehören.
Kolosser 3,12

Es ist so wichtig, dass unser Herz auf diese Zusagen vertraut. Wir dürfen niemals vergessen, dass wir geliebt sind. Denn auch wir sind ausgewählt worden.

Liebe als Form der Anbetung

Eine der besten Möglichkeiten, wie wir nicht vergessen, wer unser Gott ist und wer wir für ihn sind, ist die Anbetung. Wenn wir Gott anbeten und dabei unsere Aufmerksamkeit von uns selbst und unseren Wünschen abwenden und sie stattdessen auf Jesus richten, findet ein geheimnisvoller Wandel in uns statt, der überaus positive Auswirkungen auf unser Leben hat. Wenn wir vor Jesus stehen, der so mächtig und liebevoll ist, verblassen die größten Kämpfe und Sorgen. Wenn wir ihn anbeten, erinnern wir uns daran, dass wir mit seinem kostbaren Blut erkauft wurden. Wir erinnern uns daran, zu wem wir gehören.

Du bist Jesu geliebtes Kind. „Ich gehöre meinem Liebsten, und sein Herz sehnt sich nach mir“ (Hohelied 7,10). Seine Fürsorge für dich und für die, die dir nahestehen, ist unbeschreiblich. Du bist für immer geliebt!

Anbetung ist eine Möglichkeit, wie wir seine Liebe erwidern können. Sie ist unsere Reaktion darauf, dass er uns liebt, uns vergibt und uns kennt. Sie ist unsere Gelegenheit, ihm dafür zu danken, dass er uns gesehen und auserwählt hat, dass er sich für uns entschieden hat, uns versteht, sich um uns kümmert und uns neu macht. Anbetung ist unsere Reaktion darauf, dass wir Jesus so sehen, wie er wirklich ist: würdig und wunderschön, unendlich gütig, freundlich, bereit zu vergeben, großzügig, wundervoll und ganz und gar *für* uns.

Anbetung ist eine vertraute Begegnung mit Gott, die uns verändert, indem unser Geist mit der göttlichen Wahrheit verbunden wird, auch wenn es sich nicht wahr *anfühlt*. Wir schütten unser Herz vor ihm aus und er strömt in uns hinein. Es ist ein geheimnisvoller Austausch, der ihm gefällt und unser eigenes Herz erneuert.

Wenn wir Jesus anbeten, wird das Reich der Finsternis zurückgedrängt und wir werden hineingeführt in das Reich Gottes. Anbetung verändert die Atmosphäre um uns herum, sodass andere spüren können, dass wir mit Jesus zusammen waren.

Vertraute Anbetung bedeutet einfach, dass wir Gott sagen, wie wunderbar er ist und warum. Es bedeutet, unsere Liebe auszugießen, so als würden wir kostbares Öl über ihm ausgießen. Wir bringen ihm alles, was uns als Person ausmacht, auch unsere Schwächen und Sorgen.

Jesus,
ich gebe dir meine Schwächen. Ich gebe dir meine Zweifel. Ich gebe dir meinen Wunsch, einfach aufzugeben. Ich komme mit meinen Bedürfnissen. Ich bringe dir meine Wünsche, meine Gaben, meine Schwachheit, meine Hoffnungen, alles, was ich habe. Ich bringe dir alles, was ich bin. Ich gebe dir meine Liebe.

Wenn wir Jesus lieben, öffnen wir uns immer mehr für sein Wirken in uns, das uns zu der Frau verwandelt, die wir so gern sein möchten.

Wenn wir Jesus anbeten, sind wir wie Maria von Bethanien: Wir können Jesus mit unserer Anbetung, unseren Tränen und unserem dankbaren Herzen dienen. Warum nimmst du dir nicht ein paar Minuten Zeit, um gerade jetzt zu ihm zu kommen?

Jesus verdient unsere Hingabe und unseren Dank. Unser Jesus ist der eine, der in die tiefste Dunkelheit und den tiefsten Kerker hinabgestiegen ist, um seine wahre Liebe zu retten. Er ist der Eine, der auf einem weißen Pferd reiten wird, mit Feuer in den Augen und einem flammenden Schwert in der Hand. Er hat deinen Namen in seine von Nägeln durchbohrte Hand eingeschrieben. Er kennt jeden deiner Gedanken, hat jedes deiner Haare gezählt und sammelt alle deine Tränen. Jesus weint um dich und mit dir. Er sehnt sich nach dir, hofft für dich, träumt von dir und jubelt über dich. Er ist der eine, der alle Mächte der Finsternis bekämpft hat, um dich zu befreien, und er kämpft noch immer.

Jesus ist unser Ritter in glänzender Rüstung. Er ist die Liebe, nach der wir uns gesehnt haben. Er ist unser wahr gewordener Traum. Er ist unser Held. Er ist Aslan, der Löwe von Juda und das Lamm Gottes. Er ist der Friedensfürst, der Erste und der Letzte, der König der Könige und Herr der Herren, der Allmächtige.

Sein Name ist wie ein sanfter Kuss und wie ein aufrüttelndes Erdbeben zugleich. Seine Blicke ruhen auf dir. Er hat dir seine Liebe zugesagt und er hat sich für immer mit dir verbunden. Er ist unveränderlich und seine Liebe zu dir bleibt für immer bestehen.

Wie wirst du darauf reagieren? Liebe ihn. Verehre ihn. Bete ihn an.

Gott lädt uns ein, eine Frau wie Maria von Bethanien zu werden, die wusste, dass Jesus unser größter Schatz und die Anbetung die größte Freude für ihn ist.

Nimm dir Zeit für vertraute Anbetung. Erinnere dich: Vertraute Anbetung bedeutet einfach, dass du Gott sagst, wie wundervoll er ist und warum. Es bedeutet, dass wir unsere Liebe wie Öl über ihm ausgießen. Wir kommen so vor ihn, wie wir sind. Wir bringen ihm unsere Liebe,

unsere Hoffnungen, auch unsere Schwächen und Sorgen. Nimm dir zwanzig Minuten Zeit, lass im Hintergrund gute Anbetungsmusik laufen und komme vor Jesus, einfach nur um ihm deine Liebe zu schenken. Er wird es lieben!

Kapitel 12:

Dein wahrer Name

Sag mir, wer dich bewundert und liebt, und ich sage dir, wer du bist.

Antoine de Saint-Exupéry

Ich liebe gute Märchen. Am Ende der Geschichte heißt es fast immer: „Und sie lebten glücklich bis an ihr Lebensende." Diesen Satz könnte ich jeden Tag hören! Glaspantoffeln, die Macht des ersten Kusses eines Geliebten, das Gute, das über das Böse triumphiert und die Enthüllung der wahren Natur aller Figuren in der Geschichte (Sie ist ein Drache! Sie ist eine Prinzessin!) – all das bereitet mir einfach wahres Vergnügen. Und so ist es kein Wunder, dass die königliche Hochzeit von Prinz William und Kate Middleton meine Fantasie beflügelt hat. Es war eine Märchenhochzeit, die sich 2011 vor den Augen der ganzen Welt abspielte.

Schätzungen zufolge verfolgten etwa zwei Milliarden Menschen weltweit die Hochzeit von William und Kate am Bildschirm. Offenbar war die ganze Welt von diesem Ereignis in den Bann gezogen. Die hübsche Kate wurde als „Bürgerliche“ geboren, doch nun ist sie mit dem künftigen König von England verheiratet. Das Magazin *People* veröffentlichte eine Spezialausgabe, auf dessen Titelseite „Die Liebe regiert!“ zu lesen war. Ja, ganz tief in unserem Innern sehnen wir uns alle nach Erfahrungen, die jenseits des Möglichen zu liegen scheinen; wir sehnen uns danach, dass Märchen wahr werden!

Gestohlene Identität

Der Erbe des britischen Throns trägt seit dem 13. Jahrhundert den Titel „Prince of Wales“. Das war die Zeit, als König Edward (erinnerst du dich noch an *Longshanks* aus dem Film *Braveheart*? Dieser Edward ist gemeint.) die wilden, edlen Waliser besiegte und ihnen ihr Land, ihre Gesetze und ihre Sprache nahm. Doch Edward und die, die nach ihm kamen, schafften es nicht wirklich, den Walisern ihre Identität zu rauben. Auch achthundert Jahre später sind die Sprache und die einzigartige Geschichte noch nicht ausgerottet, und der Geruch von Wales liegt immer noch in der Luft.

Ich gestehe, dass ich ein wenig für *Llewelyn den Großen* schwärme. Dieser Prinz von Wales war der Erste, der das Land wirklich vereinte. Vieles in seinem Leben erinnert mich an Jesus, und ich verstehe nicht, warum Hollywood nicht längst diese glorreiche Geschichte verfilmt hat.

Wie auch immer, er war ein Edelmann, dessen Enkelsohn und Namensvetter – bekannt als *Llewelyn der Letzte* – den Fußstapfen seines Großvaters folgte und sich bemühte, Wales zu vereinen, zu lenken und zu schützen. Auch seine Lebensgeschichte ist eine edle, aber eine zugleich traurige Geschichte. Er wurde in einem Gefecht getötet und konnte sein Land nicht vor der englischen Invasion schützen, die das Schicksal des kleinen Landes veränderte.

Llewelyn der Letzte hatte einen Erben – ein kleines Mädchen. Es war erst wenige Monate alt, als Wales von England erobert wurde. Doch da es ein Baby und außerdem ein Mädchen war, ereilte der Kleinen kein so schlimmes Schicksal, als wäre sie ein Junge gewesen. Sie wurde von Edwards Truppen gefangen genommen und vom König für den Rest ihres Lebens in einem Kloster in England interniert. Als sie etwa dreißig Jahre alt war, wurde sie schließlich Nonne und starb rund zwanzig Jahre später. Sie wusste nur wenig von ihrem Erbe und kannte die Sprache ihres Landes nicht.

Ihr Name war Gwenllian. Ich weiß nicht, wie man diesen Namen richtig ausspricht, aber auch sonst niemand wusste es. Die Engländer konnten ihn nicht richtig aussprechen, also verkürzten sie den Namen. Sie war eine Prinzessin im Exil, sie lebte in einem Land, das vom Feind ihres Vaters regiert wurde. Das Sehnen ihres Herzens nach ihrem wahren Zuhause wurde vermutlich von niemandem verstanden und ganz sicher niemals erfüllt. Ihr Leben lang blieb sie im Kloster.

Die Waliser haben ein Wort für die Sehnsucht nach dem wahren Zuhause, für dieses Sehnen, das tiefer ist als jedes

Begreifen: *hiraeth*. Es ist ein heiliges Wort für einen heiligen Schmerz.

Gwenllian lebte mit diesem Schmerz. Sie war zum Herrschen bestimmt, doch man hatte ihr den Thron gestohlen. Ihre Autorität wurde ihr geraubt, und sie lebte ihr Leben lang in Gefangenschaft, ohne ihre wahre Identität zu kennen, ohne ihren wahren Namen zu hören.

Kannst du dir vorstellen, von königlicher Abstammung zu sein, aber wie ein Diener behandelt zu werden? Kannst du dir vorstellen, die Tochter des wahren Königs zu sein, aber geringschätzig behandelt zu werden und niemals den Fuß auf heimatlichen Boden setzen zu können? Kannst du dir vorstellen, dazu bestimmt zu sein zu regieren und dann noch nicht einmal deinen wahren Namen zu kennen? Sicher kannst du das. Denn die Parallelen sind verblüffend. Wirklich.

Wäre ihr Leben anders verlaufen, wenn Gwenllian die Wahrheit gekannt hätte? Hätte es eine Bedeutung gehabt für ihr Leben, für ihr Herz, wenn sie gewusst hätte, wer ihr Vater war? Wer sie war? Macht das einen Unterschied in unserem Leben? Oh ja! Das ergibt einen ganz entscheidenden Unterschied.

Wir wollen uns daran erinnern, wer wir wirklich sind. Wir wollen uns nach oben strecken und all den Reichtum, die Freude, die Vertrautheit und die Heilung in Anspruch nehmen, die Gott für uns bereithält! Erinnerst du dich, wer du bist? Zu wem gehörst du?

Zunächst bist du **die Tochter des Königs**. Du bist die Freude deines himmlischen Vaters. Du bist sein Augapfel und diejenige, die er unveränderlich liebt.

Zweitens bist du **die Braut Christi**. Du bist mit dem höchsten Prinzen verlobt. Du bist Jesu Geliebte. Eine königliche Hochzeit steht bevor, ein beispielloses Ereignis in der Geschichte der Menschen und der Engel, und die gesamte Schöpfung wird fasziniert sein und jubeln.

Drittens bist du **die Verbündete und Freundin von Jesus**, von ihm ausgesandt, um sein Königreich voranzubringen. Du spielst eine Rolle in einer beeindruckenden Geschichte voller Schönheit und Gefahren.

Wenn wir glauben, dass etwas wahr ist, dann beeinflusst das die Entscheidungen, die wir treffen. Wir glauben, dass die Erdanziehungskraft existiert, also springen wir in die Höhe mit der Gewissheit, wieder herunterzukommen. Wir glauben, dass die Sonne aufgeht, also gehen wir zu Bett ohne die Befürchtung, die Nacht könnte nie mehr aufhören. Doch manchmal – eigentlich ziemlich oft – fordert Gott uns auf, etwas zu glauben, bevor wir erfahrungsgemäß etwas davon wissen. Es gibt zwar den bekannten Spruch: „Sehen ist glauben", doch in Jesus Christus führt der Glaube zum Sehen. Gott lädt uns ein zu glauben, wer wir nach seinen Worten sind, unabhängig von unserer Erfahrung.

Was ist ein Name?

Namen sind etwas ungeheuer Wichtiges.

Hinter dem Namen oder der Bezeichnung, die wir uns selbst geben, steckt eine große Kraft. Auch wie andere uns nennen, birgt sehr viel Kraft in sich. Wir haben die Macht zu segnen und die Macht zu verfluchen, und beides kommt aus unserem Herzen und fließt durch unseren Mund, sobald wir etwas aussprechen. Die Namen, die wir anderen geben oder die man uns gibt, seien sie gut oder schlecht, haben einen Einfluss auf unser gesamtes Leben. Der folgende Artikel ist ein perfektes Beispiel aus dem wahren Leben.

Mehr als 200 indische Mädchen, deren Name auf Hindi „unerwünscht" bedeutet, haben sich für einen neuen Start ins Leben einen neuen Namen ausgesucht.

Am Samstag gab es in einem zentralen indischen Bezirk eine feierliche Zeremonie, bei der die Mädchen ihren Namen ändern durften. Dies soll ihnen eine neue Würde verleihen und ihnen helfen, gegen die weitverbreitete Diskriminierung anzukämpfen, die in Indien für ein verzerrtes Geschlechterverhältnis mit weitaus mehr Jungen als Mädchen verantwortlich ist.

Die 285 Mädchen, die in ihren schönsten Kleidern und mit Schleifen und Spangen im Haar erschienen, standen Schlange, um aus den Händen von Beamten des Staates Maharashtra die neuen Namensurkunden sowie einen kleinen Blumenstrauß entgegenzunehmen.

Ihre alten Namen, wie „Nakusa" oder „Nakushi", die auf Hindi „unerwünscht" oder „ungewollt" bedeuten, legten sie ab, und manche wählten stattdessen die Vornamen bekannter Stars aus Bollywoodfilmen, wie zum Beispiel „Aishwarya". Einige haben sich auch für Vornamen hinduistischer Tradition entschieden. „Vaishali" ist einer der neuen Namen und bedeutet „wohlhabend, schön und gut", was sehr viel positiver klingt als „unerwünscht".

„In der Schule werden meine Klassenkameraden und Freunde mich von nun an mit meinem neuen Namen ansprechen, und darüber bin ich sehr froh", strahlte ein fünfzehnjähriges Mädchen. Ihr Großvater hatte sie aus Enttäuschung über ihre Geburt „Nakusa" genannt.[1]

Ist das nicht eine wunderschöne Geschichte? Und gleichzeitig auch eine schreckliche? Enthält dieser Bericht nicht eine äußerst wichtige Aussage?

Wie bezeichnest du dich selbst – wenn du zum Beispiel an einem Spiegel vorbeiläufst? Oder wenn du etwas vermasselt hast?

Die Worte und Namen, die du über andere Personen oder Dinge aussprichst, bergen sehr viel Kraft in sich. Auch wie andere dich bezeichnen, hat großen Einfluss auf dein Leben, deine Beziehungen und deinen Weg mit Gott. Die Namen, die du dir selbst gibst, *beeinflussen deine Fähigkeit, so zu werden, wie Gott dich haben wollte.* Gott weiß, welche Kraft hinter den Worten liegt, mit denen wir uns selbst bezeichnen. Lies dir vor diesem Hintergrund einmal die folgenden Verse durch, in denen Gott seine leidenschaftliche Absicht erklärt, dass er *deinen* Namen ändern will:

Mein Herz schlägt für Jerusalem,
darum kann ich nicht schweigen.
Ich halte mich nicht zurück,
bis Gottes Hilfe über der Stadt auf dem Berg Zion aufstrahlt wie die Morgensonne,
bis ihre Rettung aufleuchtet wie ein heller Schein bei Nacht.
Dann sehen alle Völker, wie der Herr dir Recht verschafft, Jerusalem,
und ihre Könige bestaunen deinen neuen Glanz.
Du wirst einen neuen Namen tragen,
der Herr selbst wird ihn dir geben.
Ein Schmuckstück wirst du sein,
das der Herr in seiner Hand hält wie ein König seine Krone.
Man nennt dich nicht länger „die verstoßene Frau"
und dein Land nicht „die Verlassene".
Nein, du heißt dann „meine Liebste"
und dein Land „die glücklich Verheiratete".
Denn der Herr wird dich lieben und sich über dich freuen,
und dein Land wird nicht mehr vereinsamt sein.
Wie ein junger Mann sein Mädchen heiratet,
so werden deine Einwohner sich mit dir verbinden.
Wie ein Bräutigam sich an seiner Braut freut,
So wird dein Gott sich über dich freuen.
Jesaja 62,1–5

Dieser wunderschöne Abschnitt folgt auf Jesaja 61, wo wir die Verheißung nachlesen können, dass wir Heilung und Befreiung erfahren werden. Und hier verspricht Gott uns nun einen neuen Namen. Wir heißen nicht länger „die Einsame", sondern „die Begehrte". Du bist nicht unerwünscht. Du bist erwünscht! Du bist es wert, dass man dich begehrt, dich sucht, dich umwirbt! Du bist gewollt!

Gott will, dass wir Dinge und Personen korrekt benennen, auch uns selbst. Es ist äußerst wichtig, dass wir das tun.

Ich gehöre meinem Liebsten, und sein Herz sehnt sich nach mir.
Hohelied 7,10

Gott nennt dich „Liebste". Was bedeutet das? Es bedeutet, dass er dich sehr liebt, dass du sehr wichtig für ihn bist. Es bedeutet, bewundert, geliebt und umsorgt zu sein. „Liebste" bedeutet: Liebling, Schatz, Allerliebste. Es bedeutet Geliebte, Wertvolle, Geachtete, Geehrte. „Liebste" – das bist du! Es sagt aus, was du Gott bedeutest. Und was du Gott bedeutest, das bedeutet alles.

Gott will, dass du das glaubst. Er will, dass du weißt, wer du bist. Du musst das wissen.

Wenn du weißt, wer du für Jesus bist, wird das zu einer tiefen Vertrautheit mit ihm führen. Es bedeutet nicht, dass du nun eingebildet herumläufst und damit prahlst: *Seht mich an! Ich bin etwas ganz Besonderes!* Nein, die Erkenntnis, dass du ein geliebtes Kind des Höchsten bist, zeigt sich weder durch Stolz noch Arroganz, sondern durch Bescheidenheit und Demut. Durch tiefe Dankbarkeit. Wenn wir glauben, dass wir sind, was Gott über uns sagt, dann ist das Ergebnis eine Liebe zu Jesus, die immer tiefer wird. Wir lieben ihn, weil er uns zuerst geliebt hat. Glaube ruft Reaktionen hervor; wir entscheiden uns, diesem Gott, der uns so sehr schätzt, näherzukommen. Und genau darauf hat es Gott abgesehen.

Wer bist du also?

Nun, vielleicht bist du wie ich, und es fällt dir schwer, diese Frage zu beantworten, wenn du dich gerade sehr über jemanden geärgert hast. Wenn Gott mich ansieht, findet er mich großartig, aber jetzt in diesem Augenblick, wo ich vor Ärger über meinen Mann aus dem Zimmer gelaufen bin, sind meine Gedanken alles andere als großartig. Ich brauche Hilfe!

Wenn wir glauben, dass unsere Fehlerhaftigkeit unsere wahre Identität ausmacht, dann laufen wir mit einem Gefühl der Scham, der Schuld und der Verurteilung herum und fühlen uns getrennt von Gott. Das führt nicht gerade dazu, dass wir glücklich und zufrieden sind, und genau das will unser Feind, der Teufel, erreichen. Nicht umsonst wird er auch der „Ankläger" genannt.

Warte mal eine Sekunde. Ich muss mich eben mal bei meinem Mann entschuldigen …

Okay, bin wieder da! Wenn sich unser Herz allein auf unsere Fehler konzentriert, dann befindet es sich in einer Abwärtsspirale. Gott will, dass wir uns nicht auf unsere Fehler und unser Versagen konzentrieren, sondern auf seine Treue. Er fordert uns auf, den Blick nicht auf unsere Zerbrochenheit zu richten, sondern auf den, der uns heilt. Er ermutigt uns: „Dabei wollen wir nicht nach links oder rechts schauen, sondern allein auf Jesus. Er hat uns den Glauben geschenkt und wird ihn bewahren, bis wir am Ziel sind" (Hebräer 12,2). Wir bewegen uns auf das zu, worauf wir den Blick richten.

Die Bibel warnt uns davor, höher von uns zu denken, als angemessen ist, aber ganz ehrlich: Das kommt bei Frauen äußerst selten vor. Mir ist so eine Frau noch nie begegnet. Dagegen habe ich eine Menge Frauen kennengelernt, die viel geringer von sich denken als sie sollten – und ganz sicher viel geringer, als Gott von ihnen denkt. Und das ist nicht nur entmutigend, sondern sogar gefährlich. Warum? Weil wir kein gutes Leben führen, nicht lieben und unsere Bestimmung erfüllen können, wenn wir nicht wissen, wer wir sind.

Du kannst nicht du selbst werden, wenn du nicht weißt, wer du nach Gottes Plan werden sollst.

Anzeigetafel

Gannon, der Sohn meiner Freundin, ist ein hervorragender Fußballspieler. Als Schüler der neunten Klasse trug er entscheidend mit dazu bei, dass die Mannschaft seiner Schule an der Meisterschaft des Bundesstaates teilnehmen konnte. Er ist ein ruhiger, höflicher junger Mann, der sich in einen Kämpfer verwandelt, sobald er den Rasen betritt. Und während eines Spiels, das vor Kurzem stattfand, hatte er die Gelegenheit, seinen Glauben zu stählen.

Gannons Mannschaft lag mit drei Toren weit vorne. Um ihn zu demotivieren, wurde er von einem Gegenspieler fortwährend beschattet, der ihn bewusst immerzu boshaft und gemein beschimpfte, um ihn aus dem Konzept zu bringen: „Du bist der schlechteste Spieler der Mannschaft!“ – „Du kannst noch nicht mal den Ball treffen!“ – „Niemand in deiner Mannschaft mag dich!" – „Du hast in dieser Mannschaft nichts verloren!" – „Du bist ein blutiger Anfänger!" – „Geh nach Hause, Kleiner!"

Kommt dir das bekannt vor? „Du vermasselst immer alles!" – „Du kannst das überhaupt nicht und du wirst es auch nie können." – „Du bist einfach nicht geeignet dafür." – „Du hast keine echten Freunde." – „Du solltest einfach nach Hause gehen."

Welche Stimmen werden in dir laut, wenn du den Geburtstag einer Freundin vergessen hast? Wenn du jemanden verletzt hast? Wenn du herausfindest, dass du nicht zu der Party eingeladen bist? Wenn du zwei Kilo zugenommen hast? Wenn du Fehler gemacht hast?

Gannons Quälgeist ließ ihm keine Ruhe. Nach jeder Pause klebte er ihm erneut an den Fersen und beschimpfte ihn. Gannon sagte hinterher, es sei das Schwierigste gewesen, was er je auf dem Spielfeld erlebt hatte. „Daneben! Du wirst immer danebenschießen!" Anklagen tun weh.

Gannon ließ sich nicht auf ein Wortgefecht ein. Er ging weder auf die Beleidigungen ein noch verteidigte er sich. Seine einzige Antwort war: „Anzeigetafel!" Mehr als dieses eine Wort sagte er nicht: „Anzeigetafel!" Sein Ankläger konnte sagen, was er wollte; er war nicht zum Schweigen zu bringen. Doch Gannons Mannschaft war dabei, das Spiel zu gewinnen. Er und seine Kameraden spielten gut. Die Wahrheit war auf der

Anzeigetafel abzulesen. Gannons Verteidigung bestand darin, dass er auf die Wahrheit hinwies. Seine Mannschaft war unbezwingbar. Jeder war sicher, dass sie das Spiel gewinnen würden, und das brachte Gannons Ankläger schließlich zum Schweigen.

Anzeigetafel. Es ist vollbracht. Jesus hat für uns den Sieg erkämpft und in ihm sind auch wir siegreich. Nicht unsere Sünde, unser Versagen und unsere Vergangenheit machen uns als Person aus. Wir werden einzig und allein – und bis in alle Ewigkeit – über das definiert, was Jesus am Kreuz für uns vollbracht hat. Alles, was Jesus getan und gewonnen hat, tat er für uns. Ja, wir waren Sklaven der Sünde. Aber durch Jesus sind wir nicht länger Sklaven. Wir sind Töchter. Wir sind Bräute.

Was glaubst du, wer du bist? Wer du wirklich bist?

Ich liebe das folgende Zitat, über dessen Quelle man sich allerdings uneinig ist. Die Worte helfen mir zu realisieren, dass meine Gedanken spürbare Auswirkungen zur Folge haben. Das, was ich denke, zählt. Es hat Konsequenzen.

Achte auf deine Gedanken, denn sie werden zu Worten.
Achte auf deine Worte, denn sie werden zu Taten.
Achte auf deine Taten, denn sie werden zu Gewohnheiten.
Achte auf deine Gewohnheiten, denn sie werden dein Charakter.
Achte auf deinen Charakter, denn er wird dein Schicksal!
Wir werden zu dem, was wir denken.

Mitten in deinem Alltag – mitten im Chaos oder inmitten der Freude – ist es so hilfreich, wenn du dir angewöhnst, zwischendurch innezuhalten und dir die Frage zu stellen: „Stimmt das, was ich gerade über mich denke?“ Wenn deine Gedanken nicht mit Gottes Wort übereinstimmen, dann solltest du sie als Lüge identifizieren und durch die Wahrheit ersetzen.

Wie wäre es, wenn du jetzt, in diesem Augenblick, die Möglichkeit in Erwägung ziehst, dass alles, was Gott über dich sagt, wahr ist?

Du bist seine Freude.

Du machst ihn glücklich, einfach nur weil du *du* bist.

Er findet dich großartig.

Du bist seine Liebste.

Du bist die, die sein Herz erobert hat.

Was würde sich in deinem Leben ändern, wenn all das wirklich wahr wäre? Denke einmal darüber nach und stelle es dir bildlich vor. Denn es macht einen Riesenunterschied, wenn das stimmt!

Frag ihn doch:

„Bin ich deine Geliebte?“

„Wie siehst du mich?“

„Freust du dich über mich?“

„Liebst du mich, weil du Gott bist und weil das eben dein Job ist, oder liebst du mich einfach um meiner selbst willen?“

Das ist so, so wichtig und eine ganz persönliche Sache: Wir müssen wissen, wer wir in Gottes Augen sind. Also müssen wir ihn fragen. Stelle Gott deine Fragen. Jetzt, in diesem Moment.

Du bist Gottes Geliebte.

Jesus,
danke für diese Wahrheit über mich. Ich nehme sie an. Ich stimme mit dir überein und erkläre, dass ich deine Tochter bin. Ich bin auserwählt, heilig und von Herzen geliebt. Ich bin dein Augapfel. Ich bin deine Geliebte und du sehnst dich nach mir. Bitte präge diese Wahrheit ganz tief in mein Herz hinein. Amen.

Deine Identität

Musstest du jemals zu einer Party, einer Sportveranstaltung oder einer Familienfeier gehen, auf die du gar keine Lust hattest? Ich war neulich zu einer Geburtstagsparty eingeladen und ich war nicht sehr glücklich darüber. Ich beklagte mich bei meinem Mann, dass ich dorthin gehen und Stunden mit Leuten verbringen müsste, die ich nie zuvor gesehen hatte und auch nie wieder sehen würde. Bla, bla, bla. Und John antwortete: „Du musst das anders sehen. Betrachte diesen Geburtstag als etwas Gutes."

Genau – dieser Geburtstag ist nicht schlecht, sondern gut. Er gibt mir die Gelegenheit, jemanden zu segnen, der mir sehr viel bedeutet. Ich kann dabei sein, wenn das Leben dieser Person gefeiert wird. Ich betrachtete das Ganze von der anderen Seite, änderte meine innere Haltung und ging mit fröhlichem Herzen zu dieser Feier.

Es gibt viele Dinge in unserem Leben, die wir mit andern Augen sehen sollten. Unsere Erfahrungen, die wir machen. Unsere Beziehungen. Unser Leben als Ganzes. Gib diesen Dingen, deinem Leben, eine andere Bezeichnung. Es ist ein gutes Leben. Denn es gehört unserem guten Gott, du gehörst zu ihm. Also gib dir selbst andere Bezeichnungen. *Gott tut es auch.*

Meine Eltern haben mich Stacy genannt. Das bedeutet „Auferweckung". Es gibt viele Dinge in meinem Leben, die im Laufe der Jahre einer Auferweckung bedurften – mein verwundetes Herz, meine verletzte Sexualität, meine beschädigte Selbstwahrnehmung, meine Träume, meine Beziehungen, meine Berufung. Gott lässt jeden Bereich meines Lebens wieder lebendig werden. Er erweckt meinen Geist zum Leben, damit ich in der Lage bin zu glauben, dass alles, was er getan und an *mir* getan hat, gut ist. Er erweckt meine Träume und Wünsche zum Leben und sogar meine Sehnsucht danach, zutiefst gekannt und vollkommen geliebt zu werden. Ja, meine Eltern nannten mich Stacy, aber in Wirklichkeit hat Gott mich „Auferweckung" genannt.

Wie haben deine Eltern dich genannt? Was bedeutet dein Name?

Kennst du die Bedeutung deines Namens? Es ist eine gute Idee, es einmal herauszufinden. Und solltest du die Bedeutung, die du entdeckst, nicht mögen, dann versuche, mehr darüber herauszufinden. Bitte Gott, dir zu zeigen, warum man dich so genannt hat. Eine Freundin von mir heißt Melanie. Ich fragte sie, was der Name bedeutet, und sie sagte achselzuckend: „Dunkel." Oh. Dunkel. Wir versuchten, mehr darüber herauszufinden und stellten fest, dass der Name nicht einfach nur „dunkel" bedeutet, sondern „dunkle Schönheit". Im Hebräischen bedeutet er „mit Gnade erfüllte Schönheit". Im Hohelied lesen wir: „Schwarz bin ich und doch anmutig" (Kapitel 1,5; ELB). Das kann so viel bedeuten wie: „Ja, ich bin unvollkommen, und ich sehe meine Fehler und Sünden, aber wenn Gott mich ansieht, sieht er meine Schönheit, nicht meine Sünde. In Jesu Augen bin ich und war ich immer großartig." Das bedeutet der Name Melanie. Siehst du, es ist eine gute Idee, die Bedeutung des eigenen Namens herauszufinden.

Denn was auch immer dein Name bedeutet, Gott sagt Folgendes über dich:

Du bist nicht länger die Einsame, sondern die Vermählte.

Du bist nicht länger allein oder ungesehen, dein Name ist „Gesuchte", „Geliebte", „Mein".

Du heißt nicht länger „Nakusa", „Unerwünschte",

sondern" Vaishali" – „wohlhabend, schön und gut".

Auf dem Weg zu unserem wahren Ich wollen wir nach Gottes heiligem Plan leben. Wir wollen wach sein für den gegenwärtigen Augenblick, für die Menschen um uns herum, für den Geist in unserem Inneren und für unsere Seele. Wir sind dazu bestimmt, ein Leben zu leben, das Bedeutung und Sinn hat. Es ist gut, dass wir für einen höheren Zweck leben wollen als nur für den Wunsch, unsere Haut vor einem Sonnenbrand zu schützen und beliebt zu sein. Wir wollen einer Berufung nachkommen, einem tieferen Zweck dienen, und dieser Zweck ist unmittelbar mit unserer Identität verbunden.

Wenn wir wissen, wer wir sind, können wir das Leben führen, für das wir geschaffen wurden, das Leben, das die sichtbare und unsichtbare Welt braucht. Wir müssen wissen, wer wir sind und dieses Wissen dann für uns in Anspruch nehmen. Wer bist du? Was ist deine Identität – deine wahre Identität?

Du gehörst zu Jesus. Du bist eine neue Schöpfung. Du bist siegreich, stark, bevollmächtigt, sicher, geborgen, und der Heilige Geist lebt in dir. Du bist ein Kanal, durch den das Leben und die Liebe Gottes fließt. Du bist Gottes Geliebte. Du bist sein.

Wer ist Jesus? Er ist die Liebe, nach der du dich dein ganzes Leben lang gesehnt hast. Nie hat er seine Augen von dir abgewandt. Er hat einen Namen für dich, dem du nun ganz gerecht werden sollst. Er hält deine wahre Identität in den Händen, und du sollst darin hineinwachsen. Also los, frage Jesus nach deinem wirklichen Namen (oder nach *den* Namen, die er dir gegeben hat – denn oft gibt er uns mehrere).

Jesus,
ich entscheide mich zu glauben, dass ich deine Geliebte bin und dass du dich nach mir sehnst. Ich beschließe zu glauben, dass ich nicht länger verlassen und einsam bin, sondern dass du dich

über mich freust, mich begehrst und mich zutiefst liebst. Jesus, ich möchte die junge Frau werden, die ich nach deinem Plan werden soll. Zeige mir, wer sie ist; zeige mir, wer ich wirklich bin, wer ich schon immer hätte sein sollen. Sag mir meinen wahren Namen; gib mir eine Vorstellung davon, welche Person du in mir siehst. Gib mir Augen zu sehen und Ohren zu hören und den Mut zu akzeptieren, was du über mich sagst. Sprich zu mir, Jesus!

Und wenn er zu dir spricht, dann entscheide dich, daran zu glauben. Denn du bist das, was Gott über dich sagt. Du bist gut, so wie du bist!

Du wirst einen neuen Namen tragen, der Herr selbst wird ihn dir geben.
Jesaja 62,2

Abschließende Gedanken

Danke, dass du diese Reise mit mir zusammen unternommen hast. Auch wenn das Buch hier zu Ende ist, sind wir ganz bestimmt noch nicht am Ziel angekommen. Du und ich, wir befinden uns immer noch in der Entwicklung zu der Frau, die wir einmal sein wollen, der Frau, die wir nach Gottes Plan sein sollen. Unser Leben ist eine beständige Entdeckung und Verwandlung. Wir müssen bestimmte Erfahrungen machen. Wir müssen Entscheidungen treffen. Es gibt Wahrheiten, denen wir Glauben schenken müssen. Wir müssen sehr viel lernen. Ich lerne immer noch. Und du auch. Wir sind nicht allein unterwegs, wir werden angetrieben von einer großen Menge an Zeugen – sichtbare und unsichtbare. Wir sind in jedem Augenblick unseres Lebens von Liebe umgeben. Wir sind im Blickfeld des Einen, der alles gewonnen, alles getan und alles bezahlt hat, damit wir frei sind zu leben, zu lieben und wir selbst sein können. Jetzt haben wir die Freiheit, ihm alles zurückzugeben, was er uns geschenkt hat, und ein Leben zu führen, das reich ist an Freude. Ein Leben, das umhüllt ist von seiner Güte, gestärkt ist mit Hoffnung und überfließt vor Liebe.

Jesus geht vor dir her, er ist hinter dir und in dir. Du bist nie allein und du wirst immer alles haben, was du brauchst. Lass uns gemeinsam Schritte nach vorn machen!

Gott allein kann uns davor bewahren, dass wir vom rechten Weg abirren. So können wir von Schuld befreit und voller Freude vor ihn treten.

Ihm, dem einzigen Gott, der uns durch Jesus Christus, unseren Herrn, gerettet hat, gehören Ehre, Ruhm, Macht und Herrlichkeit. So war es schon immer, so ist es jetzt und wird es in alle Ewigkeit sein. Amen.
Judas 24–25

Nachwort

Du hast dieses Buch gelesen und deshalb weiß ich, dass du dich nach einem Leben sehnst, das Kraft und Bedeutung hat. Du willst ein Leben nach dem Plan Gottes führen, du willst so werden, wie Gott dich gemeint hat, und gemeinsam mit Jesus sein Reich voranbringen. Du sollst wissen, dass du dabei nicht allein bist! Es gibt eine Menge Leute, die für dich beten und sich mit dir freuen, darunter auch ich.

Ich möchte dir Mut machen, am Ball zu bleiben. Dies ist kein Buch, das man mal eben so liest und dann zur Seite legt, um etwas Neues zu lesen. Es geht um die Reise deines Lebens, es geht darum, dass du immer mehr erkennst, dass Gott der Schlüssel zu dem Leben ist, für das du bestimmt bist. Lass die Botschaft und die Themen dieses Buches tief in dein Herz dringen. Du kannst noch mehr haben vom Leben – mehr Heilung, mehr Freiheit und mehr Freude bekommen!

Besuche doch mal meine Facebook-Seite. Dort findest du Blogs und verschiedene Videos und du erfährst auch so einiges aus meinem Leben. Da ich in den USA lebe, gibt es sie allerdings nur auf Englisch.

Und wenn du magst, besuche doch auch einmal die Homepage unseres christlichen Dienstes „Ransomed Heart“. Du findest sie unter www.ransomedheart.com. Abonniere dort die kostenlosen „Daily Readings“ (täglichen Andachten). Like uns auf Facebook. Lies unsere Blogs. Geselle dich zu all den anderen, die auch auf diesem Weg sind.

Je besser wir Jesus kennen, desto inniger lieben wir ihn. Je inniger wir ihn lieben, desto mehr werden wir zu der Person, die Gott sich einmal vorgestellt hat. Die Menschen um dich herum werden dich nach der Hoffnung fragen, die du in dir trägst! Jesus ist der Grund dafür. Er ist einfach fabelhaft, und wir werden nie aufhören, die Schönheit und Größe seines faszinierenden Herzens zu erforschen. Das Abenteuer geht also weiter. Du und ich – wir stecken mittendrin!

In Liebe und Hoffnung verbunden
grüßt dich
Stacy Eldredge

Der Herr segne dich und bewahre dich!
Der Herr wende sich dir in Liebe zu
und zeige dir sein Erbarmen!
Der Herr sei dir nah und gebe dir Frieden!
4. Mose 6,24–26

Quellen und Anmerkungen

Kapitel 1: Der springende Punkt

1 Dr. Seuss, *Happy Birthday to You!*, Random House, New York

2 John Eldredge, *Der ungezähmte Christ*, Brunnen Verlag, Gießen

Kapitel 2: Wie lautet deine Geschichte?

1 George MacDonald, *The Diary of an Old Soul*, entry for June 16, Augsburg, Minneapolis

2 Oswald Chambers, *Mein Äußerstes für sein Höchstes*, Blaukreuz Verlag

Kapitel 3: Die Landschaft deines Lebens

1 Zu diesem Thema empfehle ich: Jean Lush & Patricia H. Rushford, *Emotional Phases of a Woman's Life*, Revell, Grand Rapids

2 zum Beispiel das Buch „Sex. Liebe. Gott" von Jochen Wagner (Edition Wortschatz 2014) oder „Baustelle erste Liebe für Teens" von Ute Buth (Hänssler, 6. Aufl. 2015)

3 „Ethiopian Girl Reportedly Guarded by Lions“, NBC News.com, 21. Juni 2005, www.nbcnews.com/id/8305836/ns/world_news-africa/t/ethiopian-girl-reportedly-guarded-lions/#.U4eiRPmICM4
4 „Misogyny“, in *Merriam-Webster*, Web. http://www.merriam-webster.com
5 Michael Flood et al., eds., *International Encyclopedia of Men and Masculinities*, New York, 2007
6 Jimmy Carter, @askjimmycarter, Twitter, 5. Mai 2014
7 „The Crisis“, compassion2one, http://www.compassion2one.org/contentpages/12814/d24aa06f-18ba-486b-bc03-89bbe8c6fe64/TheCrisis.aspx
8 Julie Baumgardner, „Human Trafficking“, Timesfreepress.com, 15. April 2012, www.timesfreepress.com/news/2012/apr/15/041512e2-human-trafficking/
9 Julie Baumgardner, „First Things First: What About the Children?“, Timesfreepress.com, April 1, 2012, http://www.timesfreepress.com/news/2012/apr/01/what-about-the-children

Kapitel 4: Deine Mutter und du

1 Mark Salzman, „Jailhouse Bach“, *Reader's Digest*, Mai 2004
2 bei den Israeliten im Alten Testament war es üblich, Schuld mit dem Blut eines Opfertieres zu sühnen, also ein begangenes Unrecht mit einem Opfer zu begleichen
3 Becky, in Absprache mit der Autorin, verwendet mit freundlicher Genehmigung

Kapitel 5: Sei du selbst – und niemand anderes

1 Dan Zadra, *Where Will You be Five Years from Today?*, Seattle

Kapitel 6: Geheimnisse der Schönheit

1 Autor unbekannt

Kapitel 7: Taumelnd in die Freiheit

1 *Die Verurteilten*, Regisseur Frank Darabont, DVD
2 Sabatina James, „Sabatina James: Why My Mother Wants Me Dead", Newsweek, 5. März 2012, http://www.newsweek.com/sabatina-james-why-my-mother-wants-me-dead-63709.
3 John Eldredge, *Der ungezähmte Christ*, Brunnen Verlag, Gießen
4 Mehr zu diesem Thema in: John Eldredge, *Der ungezähmte Christ*, Brunnen Verlag Gießen, und Neil T. Anderson, *Der die Ketten sprengt*, Lichtzeichen Verlag

Kapitel 8: Verregnete Zeiten

1 Sarah Young, *Ich bin bei dir*, S. 372 (22. November), Gerth Medien, Asslar

Kapitel 9: Freundschaft

1 „Boys and Girls Are Bullied Differently, from Ann Shoket", Webvideo, MarloThomas.com/Huffington Post, 27. September 2013, www.huffingtonpost.com/2011/09/20/boys-and-girls-are-bullie_n_972144.html
2 Mehr zu diesem Thema in: John Eldredge, *Der ungezähmte Christ*, Brunnen Verlag, Gießen

Kapitel 10: Diese Jungs!

1 C. S. Lewis, *Vier Arten der Liebe,* Benziger, 1961

2 Oxford Dictionaries, s. v. „confound“, www.oxforddictionaries.com/us/definition/american_english/confound

Kapitel 11: Verschwenderische Liebe

1 Philip Yancey, *Wo ist Gott in meinem Leid?,* Gerth Medien 2002, Asslar (vergriffen)

Kapitel 12: Dein wahrer Name

1 Chaya Babu, „285 Indian Girls Shed ‚Unwanted‘ Names“, Yahoo! News, 22. Oktober 2011, http://news.yahoo.com/285-indian-girls-shed-unwanted-names-122551876.html

MIX
Papier aus verantwortungsvollen Quellen
FSC® C083411

Verlagsgruppe Random House FSC® N001967
Das für dieses Buch verwendete FSC®-zertifizierte Papier *Munken Premium Cream* liefert Arctic Paper Munkedals AB, Schweden.

Die amerikanische Originalausgabe erschien im Verlag David C. Cook, 4050 Lee Vance View, Colorado Springs, Colorado 80918 USA unter dem Titel „Free to be Me"

1. Auflage 2016
Bestell-Nr. 817096
ISBN 978-3-95734-096-2

Umschlaggestaltung: Amy Konyndyk/Hanni Plato
Lektorat: Verena Keil
Satz: Uhl + Massopust GmbH, Aalen
Druck und Verarbeitung: CPI books GmbH, Leck
Printed in Germany